U0936613

新的文史研究，
如不更广泛一些和有关问题联系，
只孤立用文字证文字，
正等于把一桶水倒来倒去，
得不出新东西，
路是走不通的。
文史研究必须结合文物。

传播新知 优美表达

在历史中寻找美：旧时风物

沈从文 著

上海文艺出版社

图书在版编目（CIP）数据

在历史中寻找美：旧时风物 / 沈从文著. -- 上海：上海文艺出版社，2022.6
(2024.3重印)
ISBN 978-7-5321-8231-2
Ⅰ. ①在… Ⅱ. ①沈… Ⅲ. ①随笔—作品集—中国—现代
Ⅳ. ①I266.1
中国版本图书馆CIP数据核字(2022)第025420号

发 行 人：毕 胜
策　　划：王会鹏
出版统筹：杨 婷
责任编辑：汪冬梅
装帧设计：任展志

书　　名：在历史中寻找美：旧时风物
作　　者：沈从文
出　　版：上海世纪出版集团　上海文艺出版社
地　　址：上海市闵行区号景路159弄A座2楼 201101
发　　行：上海文艺出版社发行中心
上海市闵行区号景路159弄A座2楼206室 201101 www.ewen.co
印　　刷：天津鸿景印刷有限公司
开　　本：880×1230 1/32
印　　张：10.5
字　　数：210,000
印　　次：2022年6月第1版 2024年3月第3次印刷
I S B N：978-7-5321-8231-2/G.347
定　　价：46.00元
告 读 者：如发现本书有质量问题请与印刷厂质量科联系　T: 022-22458681

目 录

文史研究必须结合文物

七月十八日《文学遗产》，刊载了一篇宋毓珂先生评余冠英先生编《汉魏乐府选注》文章，提出了许多注释得失问题。余先生原注书还未读到，我无意见。惟从宋先生文章中，却可看出用“集释法”注书，或研究问题，评注引申有简繁，个人理解有深浅，都同样会碰到困难。因为事事物物都在不断发展和变化，文学、历史或艺术，照过去以书注书方法研究，不和实物联系，总不容易透彻。不可避免会如纸上谈兵，和历史发展真实有一个距离。这里涉及的是一个“方法”问题。古代鸿儒如郑玄，近代博学如章太炎先生假如生于现代而治学方法不改变，都会遭遇到同样困难；且有可能越会贯串注疏，越会引人走入僻径，和这个时时在变化的历史本来面目不相符。因为社会制度和事物，都在不断发展变更，不同事物相互间又常有联系，用旧方法搞问题，是很少注意到的。

例如一面小小铜镜子，从春秋战国以来使用起始，到清代中叶，这两千多年就有了许多种变化。从装镜子的盒子、套子，到搁镜子的台子、架子，都不断在变。人使用镜子的意义又跟随在变。同时它上面的文字和花纹，又和当时的诗歌与宗教信仰发生过密切联系。如像有一种“西王母”镜子，出土仅限于长江下游和山东南部，年代多在东汉末年，我们因此除了知道它和越巫或天师教有联系，还可用它来校定几个相传是汉人作的小说年代。西汉镜子上面附有年款的七言铭文，并且是由楚辞西汉辞赋到曹丕七言诗两者间唯一的桥梁（记得冠英先生还曾有一篇文章谈起过，只是不明白镜子上反映的七言韵文，有的是西汉，有的是三国，因此谈不透彻）。这就启示了我们的研究，必须从实际出发，并注意它的全面性和整体性。明白生产工具在变，生产关系在变，生产方法也在变，一切生产品质式样在变，随同这种种形成的社会也在变。这就是它的发展性。又如装饰花纹，一个时代有一个时代的风格；反映到漆器上是这个花纹，反映到陶器、铜器、丝绸，都相差不多。虽或多或少受材料和技术上的限制，小有不同，但基本上是彼此相似的。这就是事物彼此的相关性。单从文献看问题，有时看不出，一用实物结合文献来作[①]分析解释，情形就明白了。

① 编者注：为保持作品原貌，尊重并保留了作者原有用语习惯，如“做”“作”及“的”“地”“得”的使用参考了沈从文先生作品中较早的版本，特此说明。

这种做学问弄问题的方法，过去只像是考古学的事情，和别的治文史的全不相干。考古学本身一孤立，联系文献不全面，就常有顾此失彼处，发展也异常缓慢。至于一个文学教授，甚至一个史学教授，照近五十年过去习惯，就并不觉得必须注意文字以外从地下挖出的，或纸上、绢上、墙壁上，画的、刻的、印的，以及在目下还有人手中使用着的东东西西，尽管讨论研究的恰好就是那些东东西西。最常见的是弄古代文学的，不习惯深入史部学和古器物学范围，治中古史学的，不习惯从诗文和美术方面重要材料也用点心。讲美术史的，且有人除永远对"字画同源"发生浓厚兴味，津津于绘画中的笔墨而外，其余都很少注意。谈写生花鸟画只限于边鸾、黄荃，不明白唐代起始在工艺上的普遍反映。谈山水画只限于王、李、荆、关、董、巨，不明白汉代起始在金银错器物上、漆器上、丝绸上、砖瓦陶瓷和在各处墙壁上，还留下一大堆玩意儿，都直接影响到后来发展。谈"六法"中"气韵生动"，非引用这些材料就说不透。谈水墨画的，更不明白和五代以来造纸制墨材料技术上的关系密切，而晕染技法间接和唐代印染织物又相关。更加疏忽处是除字画外，别的真正出于万千劳动人民集体创造的工艺美术伟大成就，不是不知如何提起，就是浮光掠影地一笔带过。只近于到不得已时应景似的找几幅插图。这样把自己束缚在一种狭小孤立范围中进行研究，缺少眼光四注的热情，和全面整体的观念，论断的基础就不稳固。企图用这种方法来发现真理，自然不免等于是用手掌大的网子从海中捞鱼，纵使偶然碰中了鱼群，还是捞不起来的。

王静安先生对于古史问题的探索，所得到的较大成就，给我们树立了一个新的工作指标。证明对于古代文献历史叙述的肯定或否定，都必须把眼界放开，用文物知识和文献相印证，对新史学和文化各部门深入一层认识，才会有新发现。我们所处的时代，比静安先生时代工作条件便利了百倍，拥有万千种丰富材料，但一般朋友做学问的方法，似乎依然还具保守性，停顿在旧有基础上。社会既在突飞猛进中变化，研究方面不免有越来越落后于现实要求情形。有些具总结性的论文，虽在篇章中加入了新理论，却缺少真正新内容。原因是应当明确提起的问题，恰是还不曾认真用心调查研究分析理解的问题。这么搞研究，好些问题自然得不到真正解决。这是一个"认识"问题，也是一个"思想"问题，值得全国治文史的专家学人，正视这一件事情。如果领导大学教育的高等教育部和直接领导大学业务的文史系主任，都具有了个崭新认识，承认唯物史观应用到治学和教学实践上，是新中国文化史各部门研究工作一种新趋势和要求，那么，想得到深入和全面的结果，除文献外，就不能不注意到万千种搁在面前的新材料。为推进研究或教学工作，更必须把这些实物和图书看得同等重要，能这么办，情形就会不同许多了。因为只要我们稍稍肯注意一下近五十年出土的材料，结合文献来考虑，有许多过去难以理解的问题，是可望逐渐把它弄清楚的。如对于这些材料重要性缺少认识，又不善于充分利用，不拘写什么，注什么，都必然会常常觉得难以自圆其说，而给人以隔靴搔痒之感。特别是一面尽说社会是在发展中影响到各方面的，涉及生活中的衣食住行和器物花纹形式制度，如不和实物广泛接触，说发展、要证据时实在不可能说得深入而具体。照旧这么继续下去，个人研究走弯路，还是小事。如果这一位同志，他的学术研究工作又具有全国性，本人又地位高，影响大，那么走弯路的结果，情形自然不大妙。近年来，时常听人谈起艺术中的民族形式问题，始终像是在绕圈子，碰不到实际。原因就是谈它的人并没有肯老实具体下点功夫，在艺术各部门好好的摸一个底。于是社会上才到处发现用唐代黑脸飞天作装饰图案，好像除此以外就没有民族图案可用似的。不知那个飞天本来就并非黑脸。还有孤立的把商周铜器上一些夔龙纹搬到年轻女孩子衣裙上和舞台幕布上去的。这种民族形式艺术新设计，自然也不会得到应有成功。最突出不好看的，无过于北京交道口一个新电影院，竟把汉石刻几辆马车硬生生搬到建筑屋顶上部去作为主要装饰。这些现象怪不得作设计的年轻朋友，却反映另外一种现实，即教这一行的先生们，涉及装饰设计民族形式时，究竟用什么教育学生！追根究底，是人之师不曾踏实虚心好好向遗产学习，具体提出教材的结果。“乱搬”的恶果，并不是热心工作年轻同志的过失，应当由那些草率出书、马虎教学的人负更多责任的。不把这一点弄清楚，纠正和补救也无从作起。正如谈古典戏的演出，前些时还有人在报纸上写文章提起，认为“屈原”一戏演出时，艺术设计求忠于历史，作的三足爵模型和真的一模一样。

事实上屈原时代一般人喝酒，根本是不用爵的。楚墓和其他地方战国墓中，就从无战国三足爵出土，出的全是羽觞。戏文中屈原使用三足爵喝酒，违反历史的真实，给观众一种错误印象，不是应当称赞的！反过来看看，人面杯式的羽觞的出土年代，多在战国和汉代，我们却可以用它来修正晋代束皙所谓羽觞是周公经营洛邑成功而创始的解释。

如上所说看来，就可知我们的研究工作或教学工作，都必须和新的学习态度相结合，才可望工作有真正的新的展开。如果依旧停顿在以书注书阶段，注《诗经》《楚辞》，固然要碰到一大堆玩意儿，无法交代清楚具体。即注《红楼梦》，也会碰到日常许多吃用玩物，不从文物知识出发，重新学习，作注解就会感觉困难或发生错误。目下印行的本子，许多应当加注地方不加注解，并不是读者已经懂得，事实上倒是注者并不懂透，所以避开不提。注者不注，读者只好马马虎虎过去。这对于真的研究学习来说，影响是不很好的。补救方法就是学习，永远虚心学习。必须先作个好学生，才有可能作个好先生。

我们说学习思想方法不是单纯从经典中寻章摘句，称引理论。主要是从实际出发，注意材料的全面性和不断发展性。若放弃实物，自然容易落空。苏联科学家伊林说，我们有了很多用文字写成的书，搁在图书馆，还有一本用石头和其他东东西西写成的大书，埋在地下，等待我们去阅读。中国这本大书内容格外丰富。去年楚文物展览和最近在文化部领导下，午门楼上那个全国出土文物展览，科学院考古所布置的河南辉县发掘展览，历史博物馆新布置的河北望都汉墓壁画展览，及另一柜曹植墓出土文物展览，就为我们新中国学术研究提供了许多无比重要的资料。大如四川“资阳人”的发现，已丰富了旧石器时代晚期中华民族的分布区域知识。全国各地新石器中的石镰出土，既可说明史前中华民族农耕的广泛性，修正了过去说的商代社会还以游猎为主要生产的意见，也可说明西周封建农奴社会的经济基础，奠定男耕女织的原因。小如四川砖刻上反映的弋鸿雁时的矰缴架子，出土实物的汉代铁钩盾，都能具体解决问题，证明文献。还有说明燕国生产力发展的铁范，说明汉代南海交通的木船，说明汉代车制上衡轭形象的四川车马俑，说明晋缥青瓷标准色釉的周处墓青瓷，说明青釉陶最原始形象的郑州出土殷商釉陶罐，一般文史千言万语说不透的，一和实物接触，就给人一种明确印象。这还只是新中国建设第一年，十五万件出土文物中极小一部分给我们的启示。

另外还有许多种新旧出土十分重要的东西，实在值得专家学者给以应有的注意。近三百年的实物，容易损毁散失的，更需要有人注意分别收集保存。这工作不仅仅是科学院考古所诸专家的责任，而且应当是新中国综合性大学文史研究者共同的目标；也是一切美术学校教美术史和实用美术形态以及花纹设计重要学习的对象。因此个人认为高教部和文化部目下就应当考虑到全国每一大学或师范学院，有成立一个文物馆或资料室的准备。用它和图书馆相辅助，才能解决明天研究和教学上种种问题。新的文化研究工作，能否有一种崭新的气象，起始就决定于对研究工作新的认识上和态度上，也就是学习的新方法上。即以关于余、宋二先生注解而论（就宋引例言），有始终不能明白的地方，如果从实物注意，就可能比较简单，试提出以下数事，借作参考：

第一条“峭头”，引证虽多，但仍似不能解决。特别是用郑玄注礼，碰不到实际问题。因头上戴的裹的常在变，周冠和汉冠已不相同，北朝漆纱笼冠和唐代四脚幞头又不同。宋先生用“以书注书”方法是说不清楚的。若从实物出发，倒比较省事。“少年”极明显指的是普通人，就和官服不相干，应在普通人头上注意。西蜀、洛阳、河北各地出土的汉瓦俑，河北望都汉画，山东沂南石刻，和过去发现的辽阳汉书、山东汉石刻，和时代较后的十七孝子棺石刻，及画本中的《北齐校书图》《斫琴图》《洛神赋图》，及敦煌壁画上面，都有少年头上的冠巾梳裹可以印证。

第二条关于跪拜问题，从文字找证据作注解，也怕不能明白清楚。因为汉人跪拜有种种形式：例如沂南石刻和辽宁辽阳营城子画，有全身伏地的，山东武梁石刻有半伏而拜的。另外也有拱手示敬的，还有如曹植诗作“磬折”式样的。余注系因敦煌唐画供养人得到印象汉石刻有这一式。宋文周折多，并不能说明问题。因诗文中如用“长跪问故夫”的意思，就自然和敬神行礼不一样。接近这一时期的石刻却有不少长跪形象。

第三条余注不对，宋注也和实际不合。试译成白话，可能应作“不同的酒浆装在不同的壶樽中，酒来时端正彩漆爬勺、为客酌酒”。酌的还大致是羽觞式杯中，不是圆杯，也不是商周的爵。长沙有彩绘漆勺出土，另外全国各地都出过朱绘陶明器勺。汉人一般饮宴通用“羽觞”，极少发现三足爵。曹植《箜篌引》中的“乐饮过三爵”，诗意反映到通沟墓画上，用的也是羽觞。在他本人的墓中，也只挖出羽觞，并无三足爵。如仅从文字引申，自然难得是处。

第五条“媒人下床去”，汉人说床和晋人的床不大相同。床有各式各样，也要从实物中找答案，不然学生问道：“媒人怎么能随便上床?”教员就回答不出。若随意解释是“炕头”，那就和二十年前学人讨论“举案齐眉”的“案”，勉强附会认为是“椀”，才举得起，不免以今例古，空打笔墨官司。事实上从汉代实物注意，一般小案既举得起，案中且居多是几只羽觞耳杯，圆杯子也不多!《孔雀东南飞》说的床，大致应和《北齐校书图》的四人同坐的榻一样。不是《女史箴图》上那个“同床以疑”的床。那种床是只夫妇可同用的。

第八条“柱促使弦哀”，明白从古诗中“弦急知柱促”而来。余说固误，宋注也不得体。宋纠正谓琴、瑟、筝、琶都有柱，而可以移动定声，和事实就不合。琵琶固定在颈肩上的一道一道名叫“品”，不能移。七弦琴用金、玉、蚌和绿松石作徽点，平嵌漆中，也不能移。“胶柱鼓瑟”的“柱”，去年楚文物展战国时的二十三弦琴，虽没有柱，我们却知道它一定有：一从文献上知道，二从声弦方法上知道，三从后来的瑟上知道。柱是个八字形小小桥梁般东西，现在的筝瑟还用到！唐人诗中说的雁行十三就指的是筝上那种小小八字桥形柱（新出土河南信阳锦瑟已发现同式柱）。

第九条“方相”问题，若从文献上看，由周到唐似无什么不同。从实物出发看看，各代方相形貌衣着却不大相同，正如在墓中的甲士俑各时代都不相同一样。那首诗如译成现代语言，或应作“毁了的桥向出丧游行的方相说：你告诉我不胡行乱走，事实上可常常大街小巷都逛到。你欺我，你那能过河？”“欺”作“弃”谐音，还相近。意思即“想骗我也骗不了我！”后来说的“不用装相”，意即如方相那么木头木脑，还是一脉传来，可作为附注。大出丧的游行方相是纸扎的，后人称逛客叫“空老官”，也是一脉相传。这些知识一般人都不知，大学专家也很少注意到了。如照宋说“相呀，我那能度你？”倒不如原来余注简要，事实上两人对它都懂不透。

第十二条关于草履纠正也不大妥。宋说“草履左右二支，以线结之，以免参池”，引例似不合。南方草履多重叠成一双。原诗说的则明明是黄桑柘木作的屐和蒲草编的履，着脚部分都是中央有系两边固定，意即“两边牵挂拿不定主意”，兴而比是用屐系和履系比自己，底边两旁或大小足趾比家庭父母和爱人，一边是家庭，一边是爱人，因此对婚姻拿不定主意。既不是“婚姻和经济作一处考虑”，也不是“女大不中留”。这也是要从西南四川出土俑着的履和西北出土的汉代麻履可以解决，单从文字推想是易失本意的。

第十三条“跋黄尘下”，译成如今语言，应当是“在噼里啪啦尘土飞扬中”。宋注引申过多，并不能清楚。一定要说在黄尘下面，不大妥。原意当出于《羽猎赋》和枚乘《七发》叙游猎，较近影响则和曹植兄弟诗文中叙游猎之乐有关，形象表达较早的，有汉石刻和空心大砖，稍晚的有通沟图，再晚的有敦煌西魏时的洞窟狩猎壁画和唐代镜子图案反映，都十分具体，表现在射猎中比赛本领的形象！

从这些小小例子中，我们也可以看出，新的文史研究，如不更广泛一些和有关问题联系，只孤立用文字证文字，正等于把一桶水倒来倒去，得不出新东西，路是走不通的。几首古诗的注，还牵涉许多现实问题，何况写文学史，写文化史呢？朋友传说北京图书馆的藏书，新中国成立后已超过五百万卷，这是我们引以为傲的一面。可是试从图书中看看，搞中古雕刻美术问题的著作，他国人越俎代庖的，云冈部分就已出书到三十大本，我们自己却连几个像样的小册子也还没有，这实在格外值得我们那些自以为是这一行专家学者深深警惕！这五百万卷书若没有人善于用它和地下挖出来的，或始终在地面保存的百十万种不同的东西结合起来，真的历史科学是建立不起来的！个人深深盼望北京图书馆附近，不多久能有一个收藏实物、图片、模型过百万件的“历史文物馆”一类研究机构出现。这对于我们新中国不是做不到的，是应当做，必须做，等待做，或迟或早要做的一件新工作。但是否能及早做，用它来改进新中国文史研究工作，和帮助推动其他艺术生产等工作，却决定于我们对问题的认识上，也就是对于问题的看法上。据我个人意见，如果这种以实物和图片为主的文物资料馆能早日成立，倒是对全体文史研究工作者是一种非常具体的鼓励和帮助。实在说来，新的文史专家太需要这种帮助了。

中国古玉

中国的雕玉艺术，是从石器时代磨治石器发展下来的一种特殊艺术。它的初期作品，在形态和花纹上的成就，我们目下实在还不大明白。只知道至迟在公元前12世纪左右，殷商时代古坟中出土的种种雕玉，就显示出它在艺术上已达成熟期。后来雕玉技术中的平面透雕、线刻、浮雕和圆雕，种种不同表现方法，都已具备。并且可以看出已经熟练运用旋轮车盘，利用高硬度的宝石末和高硬度金属工具，来切磋琢磨。艺术上的特征，即把严峻雄壮，和秀美活泼几种美学上的矛盾，极巧妙的融合统一起来，表现于同一作品中，得到非常的成功。无论大型玉戈和玉刀，还是一件小佩玉，效果都是相同的。由于玉本质的光莹润泽和制作设计上的巧慧，做工的精练与谨严，特别是治玉工人对于材料的深刻理解，使它在中国古代美术史中，占有一个特别重要的位置。

中国历史文献称商代最后一个帝王纣辛，因人民反抗他的残暴政治，自焚于鹿台时，身边还有宝玉一亿有余。统治者大量雕玉的占有，充分反映出中国奴隶社会的末期，奴隶主和奴隶之间的阶级对立，如何尖锐鲜明。当时一般人民进行生产、种植和狩猎，大都还使用石斧、石镰、蚌锯和石、骨、蚌箭头作为生产工具，统治者却用精美玉器装饰他心爱的狗马和本人一身。这时期的玉器制作，自然多出于有技术的奴隶之手。

大致可以分作两部分：

一、大型玉多属玉兵器和礼仪上用玉。兵器中有玉戈、玉矛头和玉斧钺等，有的还镶嵌在刻有非常精美花纹的青铜柄上。礼仪用玉有圆形玉璧、筒状玉琮、齿轮状玉璇玑等。二、小件佩玉多从日用工具发展而来，大部分还不完全脱离实用范围，如玉鱼璜可作小刀，玉觿可以解结。一部分又反映古代社会风俗习惯，特别生物如玉龙凤，常见生物如玉牛、玉虎和燕雀蛙兔，龙凤多用双线碾刻，制作异常精美，鸟兽虫鱼等生物，多用平面透雕，刻法简朴而生动。玉材大致可分白玉和灰青玉二系，还有比较少量的绿色硬玉。材料来源有从本土较近区域内取得的，也有从万里外西北和阗昆仑山下河谷中取得的。属于本土生产的，古称蓝田出美玉，或以为即陕西西安附近的蓝田。从和阗河谷中采取的，可以说明我国古代西北的交通，实远在三千年前。采玉必有专工，并且用的还是女工人（不过有关这种记载，是在 7 世纪的唐代才发现的）。

雕玉必用金刚砂，别名解玉砂，唐代贡赋名目中，忻州每年就贡解玉砂六十斤。周代只知道玉作有工正专官，主持生产。从河中采取的名子儿玉，大小有一定限度，从山上凿取的名山材玉，有大过千斤的。汉代虽已见出使用山材玉的情形，但直到13世纪，才使用大件山材玉。

周代前后八百年间（公元前12世纪到公元前5世纪），雕玉工艺随同时代有不断进一步发展。主要是雕玉和中国初期封建社会，发生了紧密的结合，成为封建制度一部分。周代初年，虽把从殷商政府得来的大量宝玉，分散于诸侯臣民，表示有道德的帝王，把人民看得比宝玉还重要。但在公元前8世纪间，却出了个好探险、喜游历的帝王，驾了八骏马的车子，往中国西方去寻玉，直到昆仑山下，留下了一个穆天子会西王母的故事，影响到中国文学艺术和宗教情感两千多年，成为一个美丽神话传说的主题。

周代大型雕玉，由戈矛斧钺衍变而成的圭、璋、璜、琮、璧，和当时青铜器中的钟鼎，都是诸侯王国分封不可少的东西，政治权威的象征，同有无比尊贵地位的。这种大型雕玉，特别是陕西出土，有可能是商周之际制作的薄质黑玉刀，一部分还依旧保持实用工具的作用，锋利坚刚，可以割切肉食。随后才成为种种仪式上的定型。器物中最重要的是圭、璧，既是政治权威的象征，还兼具最高货币的意义。诸侯王分封，诸侯之间彼此聘问通好，此外祭祷名山大川、天地社稷诸神，婚丧庆吊诸事，都少不了要用到。后来加入由石庖丁衍变而成的玉璋、外方内圆近于机织衡木的琮、破璧而成半月形的璜，以及形制不甚明确的瑁，玉中五瑞或六瑞的说法，因之成立。当时国家用玉极多，还特别设立典守玉器的专官保管收藏。遇国有大事，就把具典型性的重器陈列出来，供人观看。玉的应用也开始逐渐扩大了范围，到士大夫生活各方面去。商周之际，惟帝王诸侯才能赏玩的，晚周春秋以来，一个代表新兴阶级的知识分子，也有了用玉装饰身体的风气，因此有“君子无故玉不去身”的说法。并且认为玉有七种高尚的品德，恰和当时社会所要求于一个正人君子的品德相称，因之雕玉又具有一种人格的象征，社会更加普遍重视玉。这里说的还仅指男子佩玉。至于当时贵族女子，则成组列的雕玉环佩，已经有了一定制度。孔子删辑古诗时，诗中提起玉佩处就极多。花纹上的发展，则和同时青铜器纹饰的发展有密切的联系，大致可分为三个阶段，即西周、春秋和战国。礼仪用玉如圭璧，多素朴无纹饰，或仅具简单云纹。佩服用玉因金工具的进步，发展了成定型的回云纹和谷状凸起纹，和比较复杂有连续性的双线盘虬纹。佩服玉中如龙环、鱼璜和牺首兽面装饰镶嵌用玉，一部分犹保留商代雕玉作法，一部分特别发展了弯曲状云纹玉龙。玉的使用范围虽显明日益扩大，一般做工却不如商代之精。大型璧在各种应用上，已有不同尺寸代表不同等级和用途，但比较普通的璧，多具一定格式，以席纹、云纹为主要装饰。有一种用途不甚明确成对透雕玉龙，制作风格雄劲而浑朴，作风直影响到西汉，还不大变。这种薄片透雕青玉龙，过去人多以为是公元前二三世纪间制作的，近来才明白实创始于周代，至晚在公元前 6 世纪，就已成定型。

中国雕玉和中国古代社会既有密切联系，玉工艺新的进步，和旧形式的解放，也和社会发展矛盾蜕变同时，实在公元前 5 世纪的战国时代。那时社会旧封建制度已逐渐崩溃解体，由周初千余国并为百余国，再兼并为五霸七雄，一面解除了旧的王权政治制度上的束缚，另一面也解放了艺术思想上的因袭。更因商业资本的发达流转，促进了交通和贸易，虽古语有“白璧无价”“美玉不鬻于市”的成规，雕玉艺术和玉材的选择，却因此得到空前的提高。相玉有了专工，雕玉有了专家，历史上著名的和氏连城璧，就产生于这个时代。韩非著述中叙卞和故事说，平民卞和，发现了一个玉璞后，就把它献给国王，相玉专工却以为是顽石，因此卞和被罚，一只脚被砍掉了。后又拿去呈献，玉工依然说是顽石，因此把另一只脚也砍掉了。断了脚的卞和，还深信自己见解正确，抱着那个玉璞哭泣，泪尽血出，悲伤世无识玉之人。后来玉经雕琢，果然成为一块精美无比的玉璧。司马迁作《史记》，说璧归赵国所有，诸侯都非常歆羡。秦王自恃兵力强大，就派人来取玉，并诈说用十五座城市交换。赵王不得已，派蔺相如带璧入秦国，见秦王无意履行前约，因用计完璧归赵。故事流传两千余年，还十分动人。和氏璧真实情形已不得而知。至于同时代因诸侯好玉社会重玉成为一种风气后，而提高了的雕玉艺术，则从近三十年在河南洛阳附近的金村，和河南辉县地方发现的各种精美玉器，已经完全证实这个时代的雕玉风格和品质。花纹制作的精美，玉质的光莹明澈，以及对于每一件雕玉在造型和花纹相互关系上，所表现的高度艺术谐调性，都可以说是空前的。特别是金村玉中的玉奁、玉羽觞和几件小佩玉，故宫博物院收藏一件玉灯台，和三四种中型白玉璧，科学院考古所在辉县发掘的一个白玉璜，一个错金银嵌小玉玦的带钩，无一不显明指示出，这个时代雕玉工艺无可比拟的成就。在应用方面，这个时期又开辟了两个新用途，一是青铜兵器长短剑柄部和剑鞘的装饰玉，二是玉带钩。这两方面更特别发展了小件玉的浮雕和半圆雕。至于技术风格上的特征，则纹饰中的小点云乳纹和连续方折云纹，已成通用格式。又线刻盘虬纹，有精细如发，花纹活泼而谨严，必藉扩大镜方能看清楚花纹组织的。由于应用上的习惯，形成制作上的风格，最显著的是带钩上镶嵌用玉和成组列的佩服玉，特别发展了种种海马式的弯曲形透雕玉龙。极重要发现，是金村出土的一全份用金丝纽绳贯串起来的龙形玉佩。至于玉具剑上的装饰玉，又发展了浅浮细碾方折云纹和半圆雕的变形龙纹（大小螭虎）。圆形玉璧也起始打破了本来格式，在边沿上著二奔龙和中心透雕盘夔。一般雕玉应用图案使用兽物对象，有由复杂趋于简化情形，远不如商代向自然界取材之丰富。但由于从旋曲规律中深刻掌握住了物象的生动姿态，和商代或周初玉比较，即更容易见出新的特征。换言之，雄秀与活泼，是战国时代一般工艺——如青铜器和漆器的特征，更是雕玉工艺的特征。雕玉重品质，选择极精，也数这个时期……近三十年这种种新的发现，不仅对于历史科学工作者是一种崭新的启示，也为世界古代美术史提示出一份重要新资料。

西汉继承了这个优秀传统，作多方面的发展，用玉风气日益普遍，但在技术上不免逐渐失去本来的精细、活泼，而日见呆板，因之比较简质的半圆雕辟邪，应用到各种雕玉上去，也起始用到玉璧类。汉武帝时，因西域大量玉材入关，配合政治上和宗教上的需要，仿古制雕玉，于是又成为一时风气。二尺长大玉刀，径尺大素玉璧，和礼制上六瑞玉其他诸瑞，汉代都有制作。由武帝到王莽摄政这段时期，祀事上用玉格外多。大型青玉璧中刻云纹或蒲席纹，外沿刻夔凤虬龙，制作雄壮而浑朴。大型璜玦也刻镂精工，然终不如周代自然。这时期社会崇尚玉色，照古玉书所称，贵重难得的玉计四种：黑玉必黑如点漆，黄玉必黄如蒸栗，赤玉必赤如鸡冠，白玉必白如截肪，才够得上美玉称呼。但汉坟中发现的却多白玉和青苍玉。所谓白如截肪，即后世的羊脂玉，汉代小件佩玉中的盾形佩和玉具剑上的装饰玉，都常见到。礼仪祀事用玉，则多用白、青和菜碧玉作成。又因大件重过百斤的山材玉起始入关，影响到汉代建筑装饰用玉也极多。政府工官尚方制作有一定格式的大型青玉璧，已成为当时变形货币，诸侯王朝觐就必须一个用白鹿皮作垫的玉璧。诸侯王郡守从尚方购置时，每璧得出五铢钱四十万个。因之也成了政府向下属聚敛的一种制度。宫廷中门屏柱椽间，则到处悬挂这种玉璧作为装饰。玉具剑上的雕玉，更发展了种种不同半圆雕和细碾云纹，风行一时。汉代重厚葬，用玉种类也更具体，有了一定制度。例如手中必握二玉豚，口中必有一扁玉蝉，此外眼耳鼻孔无不有小件雕玉填塞。胸肩之际必着一玉璧或数玉璧。贵族中有身分的，还用玉片裹身作玉甲。此外平时一般厌胜用玉，如人形玉翁仲，方柱形玉刚卯，在汉墓中都是常见之物。当时小件精美雕玉是得到社会爱好，有个物质基础的。西汉末通人桓谭就提起过，见一小小玉器，竟值钱二万。当时山东出的一匹上等细薄绸料和绣类，还只值钱一万五千！

出土汉玉较多，后人玩玉，因难于掌握时代，于是都把它叫作汉玉，式样古旧一些的又称三代玉。定名也大都无确切根据。其实由商到汉，前后约十三四个世纪，雕玉花纹和形制，各代是不尽相同的。玉材也不相同。且因入土时间有长短，各地土质又不一，时代性和区域性，因之显著明白。照历史时代可分作殷商、西周、春秋战国和汉代。照风格分商和西周为一段，春秋为一段，战国到西汉初为一段，东汉为一段。但雕玉工艺虽有其时代性，却由于工艺传统也有其连续性，严格的区别还是不可能的。

中国好玉风气和雕玉艺术，同汉代政治一样，结束于1世纪左右。文献上虽还叙述到汉末名人曹丕、吴质等人用玉具剑作礼物赠答，但古代玉佩制当时即已失传，幸得王粲从当时博学的蔡邕学习过，才恢复典礼中的玉佩制。近年山东发掘汉末著名诗人曹植坟墓出土玉佩数种，制作简朴而无风格可言，也可以证实这个时代的确是中国古代雕玉艺术的衰落期。此后不久，到晋代，因鲜卑东胡西羌诸民族陆续入侵北中国，以致中国雕玉艺术绝期四百余年，直到唐代，才又稍稍恢复，发展了第二期由唐到清代近一千年来的雕玉工艺。虽同是雕玉，方法基本相同。但花纹的构成，和在社会上致用的意义，有些和前一期雕玉，就已大不相同了。这个区别是需要另作叙述的。

玉的应用

玉的应用，是从石器应用挑选而来，所以一面保留石器的实用的种种，一面也就因为难得，很早即转到象征方面去，如圭，就是由石斧变化的；璋，是由石刀变化的；璧，是由圆石斧变化的。照现代地面知识，河南安阳殷墟，即发现过铜玉工作地，已分开。又商代玉雕琢已和牙骨铜器媲美，所以最低可以说，至少在三千二百年前，这个部门的雕刻美术生产品，已经用到分工的方式，为奴隶主大量生产。

玉的应用照中国文献记载，应当是从黄帝起始。提到这个问题，多引《越绝书·宝剑篇》，说轩辕神农以石为兵，黄帝以玉为兵。《越绝书》出世晚，对于中国史说明不可靠。但是这种传说和近代推论却相合。《中国通史简编》即用这个意见，认为黄帝是一个西方民族，用玉作兵器侵入黄河流域。大致商代，奴隶主对于玉的应用已极广泛，所以《逸周书·克殷篇》，说武王伐纣，纣自焚于鹿台，简直是用玉包裹一身。

玉的质度既坚硬，所以玉的雕刻术的发达，必和铜的应用有关。那就是说，玉的加工，大致是在商代。比较古的玉，必和石器差不多，只钻孔，磨光，刻镂少。

现在对于古玉的时代判断，比如玉斧类，一般方式即从花纹决定时代。作斧铲式，无花纹，打孔眼一面大一面小，或两面大中间小，孔圆而精，是古玉。大小一律是后作。这是一种判断。必须看玉材，作为补充知识。

玉材知识必从比较经验得来，图录不甚可靠。

到商代，玉纹饰多了些，有极精细的，如罗振玉藏的大玉刀，上面刻字多而精。但大多数重器，刻镂还少。可以作两种解释，如圭、璋多朴素，所谓大器不琢，作为天子权威象征，不必有过多花纹。玉器过于坚硬，亦难刻花纹。

在应用上，照周代人记载，是那么处理，把它和奴隶社会制度作紧密结合。《周礼·考工记》“玉人”条说：

> 镇圭，天子守之；信圭，侯守之；躬圭，伯守之。

这就是说，这些变相的石刀，是归奴隶主掌握的，且居多用来镇压奴隶的。

璋，是天子巡狩时候祭山川的东西。巡狩是打猎，也是打仗。

玉戚、玉钺都是斧类，武王伐纣砍这个奴隶主和当时宠姬妲己的头，就用的是玄钺、素钺，即是黑玉斧和白玉斧式武器。

圆形石斧到玉器上发展为三种，即璧、环、瑗。

这是日人滨田耕作的说法，或不尽可靠。因为中国细石器中发现的环状石器，即战国时的环或瑗，和石斧条件不合，倒像是古代货币代用品。璧、环等的说明多根据《尔雅正义》。它的区别是：孔小边大，名叫璧；孔大边小，名叫瑗；孔和边相等，名叫环。

璧到后来是重要东西，礼天、祭河、聘问都用它，象征最重礼物。由礼器又转为佩饰。比较小，就名叫系璧，意思是悬挂佩的。这个制度从周代起始。上刻半浮雕子母夔，大致是汉代才用到。普通常见三五种，多汉式。

朝鲜汉代古坟的发现，又让我们知道大璧用到殉葬，是放在胸前。比较后一些时代用的青铜镜，也放在胸前，可能就是这个方式的遗留转变。

系璧中一种佩饰玉，有个缺口的叫玦。《广韵》说：佩如环而有缺，逐臣待命于境，赐环则返，赐玦则绝。

其他史传上也常有提到，著名的如《史记》记项羽和刘邦鸿门宴时，项羽伏下甲士想害刘邦，范增累举玦给项羽看，表示要下决心，羽不忍。因此刘邦得借故逃脱。环则有还意思，也用到封建君臣男女关系象征上。后来一般用到衣袢上，直到唐宋和尚还用。

瑗和环用处同，荀子说“召人以瑗”，象征还。

由于玉本质的光莹润泽和制作设计上的巧慧，
做工的精练与谨严，
特别是治玉工人对于材料的深刻理解，
使它在中国古代美术史上，
占有一个特别重要的位置。

又射箭时右手拇指扳弓弦用的和扳指相差不多的玉，也叫做玦，有玉和骨牙做的，吴大澂以为不是一物。这个可能叫做韘。

半璧名叫璜。《周礼》称，大宗伯以玄璜礼北方，即祀地用的玉器。后来成为佩玉，由朴素到浮雕、透雕花纹，还有半圆雕双兽头的，是胸前装饰。

又有叫做珩的，式样相差不多。以为起源是模仿兽牙作成的。是矗挂的。古诗常提起，大约是周代封建主和上大夫普通装饰。

古代祭天祭地是一件大事。因为社会生产力主要是农耕和蚕桑。地下生产又非靠雨露阳光不可。祭天用璧，祭地则用琮。琮是方柱形中空的玉。《周礼》即提起黄琮礼地之说。注为八方所宗，像地德。用来祭地，由王后主管。诸侯献天子也用它。有好几种，常见的是分段形刻纹和素的。内圆外方。有象征，解说不大清楚。有的说和井田制有关系。有的说是从商周之际祭家庭的中溜来的（影响到瓷器，广窑的琮瓶即模仿而成）。也用来殉葬。和璋璧、琮琥同。按照《周礼正义》说，是圭在左，璋在右，琥在足，璧在背，琮在腹。不大可信。和琮一样极短的，俗称车锏头，一般以为是封建主车轴的镶嵌装饰。似可疑。因从实物证明，有些极小，不适用。有些白玉质过精，不像车饰。可能用到人身上。

和琮同样不易理解的是璇玑。如一个齿轮，照例有三圭角，不雕花纹。因《尚书》有“璇玑玉衡，以齐七政”，后人解释作天文用仪器。也即是汉代浑天仪，是看星宿用的，用法已不明白。也可能是石斧衍变下来的。这种玉多素朴不琢，时代旧。

磬本来是石质乐器，重在发音。商代发现过玉磬。是玉制乐器较古的。古乐器八音中之一种。

有名璂的，如大纽扣，古代皮帽上用装饰。

有玉笄，插头上的，后变作簪。直到唐代贯发还用得着。明、清二代道士贯发也还用它，即圆柱簪。

珥，瑱，或以为是耳环，或以为葬时放耳朵内，说法不一。后代耳环从这个产生。罗振玉以为是挂在耳朵上。

封建时代用玉，一切有象征，这个也有象征，封建主不乱听杂声。正如冠冕上下垂的珠和勾玉，挂在眼前，防止乱看。

有刚卯，是四方或六方小玉柱，上刻符咒，是王莽时方士造作的，说可以辟兵，也就是后来符牌意思。

翁仲是小玉人，多刻作老头子形，刻法简单，多汉或以前物。大都有孔可穿，可能是仿秦始皇时南海出的长人，孩子们佩戴易于长大，如后时符牌厌胜物。

蟄，玉坠式佩玉，有圆雕，形短，多琮式。有琚，是玉佩间的东西，说明不大详。有觿，仿兽牙作成，即解结的锥。“礼”称童子佩觿，是小孩子用的。

玉既从石器发展下来，独立成一个系列。商周、两代用玉的多，一面可见出西方交通和商业交换制度，这也是一个主要东西。就文献所载和杂史材料，中国送出去的是丝绸或粮食（晚些日子才有茶叶），拿回来最有用的是马，最无用的就是玉。玉虽由应用石器转成象征东西，在璧、璜、圭、璋形态上还可看出。玉的加工精制，必是用铜器来处理材料时。到这时，玉自然已完全脱离了应用，成为装饰。这个从铜器上也可看出变化。商代兵器玉钺、玉戈，还兼用铜、玉在一器上。刃用玉，用铜镶嵌。又有以铜为主的兵器，镶一点玉。再后是剑鞘、靶、托的玉的装饰，也即是古书上常提到宝剑值千金的玉具剑。剑不一定值钱，价值大半在玉装饰雕工上。由战国到三国，成为一种风气。这从现存的遗物可知。

剑鞘中段名叫璏、璲（大多刻作云兽对称花纹，也有浮刻蟠夔的。时间晚些）。剑托名叫琫。又或作璏。剑柄部分叫琫。剑鞘下端叫珌。

汉代又讲究带钩，所谓视钩而异，意思是人人不同，很大程度上发展了小件浮刻圆雕设计。洛阳金村遗宝中有镶玉的，又另外有全玉的。《石玉概说》作者认为，因胡服马上应用，带钩因此不用玉用铜，是一种推测，不甚可信。因用铜，中国兵车战也会自用，春秋时即有，不必学来。带钩虽已少用玉，玉带制度却一直到唐宋明，十分贵重。这时，玉多是方片镶嵌，有的十二片成一围。清代复改制，一种是复古，盘龙盘螭，一种是刻龙。刻龙镶到金或鎏金的，制度容易认识。比较简略具体的区别，即明以前多圆刻，纹较简，清代多刻龙云，细密繁复。工虽多，并不美。

汉代既特别重玉饰，佩玉刻龙凤云是主体，式样特别多。另外还有玉鸠，是手杖头上用的，封建主尊敬老年，用这个作赏赐，因相传鸠不噎食，老年健康意。玩玉的也因此保存鸠杖头比较常见。

还有玉刻女人像，玉刻禽兽二十四肖，人多是一般佩件。为玩玉的所重视。又有方柱玉串，俗称十八子，十八枚形式不同，有人形、鸟形和其他状式，多汉代或以前出土。

玉既贵重难得，所以封建奴隶主和公侯士大夫统治阶级，还把它殉葬。纣王用玉裹身而死，只知道名天智玉的，火焚不毁。周、汉两代殉葬玉，一部分是日用的，一部分是特别的。特别为死人用的有两种极重要：有玉豚，有的说握手用，有的说塞肛门用。象征意义已不明白。有琀，刻成蝉形，放口内，象征如蝉蜕化而升天。或根据方士黄帝成仙说而来。刻法都极简古，和翁仲，是刻玉法最简的，只用八刀。从何而来已不明白。

汉代王公大臣死，赏赐葬物有玉衣，多用小片玉金银丝穿成如甲状，汉墓中发现过。

玉鼎类容器，和铜器相同，多战国时和汉代器物。到后来只有香炉还保存。

玉碗、玉杯，记载多，实物不多。玉杯多刻云夔纹，筒形。饮器多用玉、斝、爵、角、觥、斗、觞。玉斗是方杯，双耳。觥作兽形，大器。爵如鹤，高足。

洛阳金村遗宝里面，玉觞特别好。也有素的。形制和周、汉漆陶觞式相同，长圆双翅，本来是象征鸟翅，后来通称双耳。所以到汉时叫耳杯。是漆器上写的。晋代王羲之著名的墨迹《兰亭序》曲水流觞，就是把这种有耳朵的船式喝酒器皿（大体还是用漆的）浮到水里，大家坐在溪边喝酒事。这故事据记称是周公经营洛邑发明的方法。到现在为止，我们还不曾发现这个时代的漆觞。玉觞多战国时制，到现在为止，应数金村所发现玉觞足代表当时最高成就。

还有一种东西和历史关系极大，即封建主用的即位玉玺，所谓传国宝。最著名的玉玺是相传秦始皇时李斯写字“受命于天，天禄永昌”八字玺。作皇帝得不到它，就不能骗人。从此二千年封建，封建头子的印信总是用玉刻的。

战国到汉代普通官人也用小玉印。战国多平坛式，桥式。汉多有浮刻点龟兽纽头。字体易区别，制作上也易区别，战国制精美过于汉代。

还有一种玉镜，战国和汉代，和铜镜式同。到后代似只在武装的甲上作装饰。汉代有琉璃镜，即人造玉镜，可以说是后代玻璃镜的祖先。

此外玉珠串、簪环、约指，直到现代还用。其中珠串用得最久，因从石器时代最初用起，到现代，女人永远少不了，和人发生关系，且恰恰是从锁链而来。到现代，应当如《共产党宣言》所说，无产阶级革命是去掉锁链，女人也应当把这个放弃了。

玉乐器的箫管，大多是唐代东西。记载上称，盗发敦煌太守张骏墓，得玉箫管等等。就文献说来，温峤用玉镜台一枚作聘礼，已是稀礼。晋代二豪门王恺、石崇斗富，比赛珊瑚大小，一用丝步幛，一用锦幛，提玉器不多。《水经注》提昆仑山下西王母神祠用玉作成，都说明晋人已对于这部门工艺不常用，成为传说。所以外国贡玉佛，到东昏侯时且被改作钗环，如玉多，哪用得着玉佛？所以晋六朝玉我们知之甚少。如为唐代玉，比较容易辨识，即花纹。除仿古，花纹和唐代其他工艺美术必有相联系处，唐代已重玉带，多用玉片镶嵌而成。

玉的价值判断色泽问题

王逸《正部》论：或问“玉符”。曰：“赤如鸡冠，黄如蒸栗，白如猪肪，黑如淳漆，玉之符也。”

《魏略》称：窃见玉书，称美玉白如截肪，黑譬纯漆，赤似鸡冠，黄似蒸栗。

这种红玉古名琼，黑玉名玖，名瑎。《诗经》上即尝提及。黄色有的说如燕栗，后名甜黄。白的即羊脂玉。这种白色名瑳。玉的价值和色泽有关，时代各有不同。到明代高濂著《遵生八笺》，以为：玉以甘黄为上，羊脂色次之。黄为中色，白为偏色。

又说今人贱黄而贵白，以少见也。所说多本于《格古要论》。以黄玉为重，可能起于唐代，因唐、宋封建帝王多尚黄，牡丹也以黄为贵，是封建主色。白色则自古以来即重视，说美玉无瑕，多指羊脂玉或白玉而言。

明末宋应星著《天工开物》则以为，白、绿两种玉是真玉，其余红、黄应归入奇石琅玕一类。

明张应文《清秘藏》，又以为红色最贵。

大体说来，玉的价值从四方面决定：

一、纯洁光润，从品质定。

二、色彩，因时代习惯而定。

三、奇色，以稀少为贵。

四、刻工，设计奇巧精美为贵。

惟自明代起始，玩玉的风气一起，到清代直到民国，小件佩玉价值，忽然增高，每件到千百两银子。玉色的价值，又以殉葬玉受色沁出土经由人工盘摩现出的颜色决定。纯黑名水银浸，和玖玉的本色已大不相同。所谓五色玉，即一玉五色，价值特别高。完全是好古争奇结果。

如从汉代本简记载看来，说琅玕，说玫瑰，似所送的大都已琢成器，不是玉璞。也可能指明色泽，也可能只是文雅一点称呼。

又妇女用首饰，头上帽勒、耳环，手镯，戒指，翡翠绿玉的小小件头，动辄千百银子，而且直到现在，还是一种高价装饰品。市场大致以华南华侨及外国比较多。翡翠来源是缅甸腊戍边上，因此云南大理和昆明也保留治玉工艺，近几十年已大为衰落，较重大器物多运香港、广州处理。

翡翠有结晶如晶片闪光的。绿而透明的名玻璃翠，极贵。也有白色和浅红的。

翡翠本鸟名，翡色即赤红色。但一般翡翠玉，多指绿色硬玉而言。绿玉也有极不值钱的，即菜绿玉。和所谓碧玉又有区别。

明代以前，菜绿玉琢器似不多，重要器多碧玉、白玉二色。

清代玉大多从新疆和阗来，器物用菜绿玉的较多。故宫所藏可见，似乎多从大片山材玉而来。这多指本色玉言。汉王逸称古玉，所说四种美玉，和《诗经》上常用到的对于美玉的形容，可知赵国的和氏璧、楚国的白珩等不离乎四种色泽。战国时，和氏璧价值十五城，《战国策》上形容美玉且以为有一看也值十城的。说的虽嫌夸张，惟玉价之贵，也可想见。

桓谭是西汉末时人，《新论》即说，见一玉检，有人给价至三万，还不出售，应值十余万的。十余万钱在王莽时实不是一个小数目，比当时奴隶价高多了。古诗常说宝剑值千金，其所以值千金，一部分或在玉的装饰上，所谓玉具剑，即在剑鞘、剑鼻、剑护手、剑柄的装饰玉上。

清代人袭明人旧习气，封建士大夫多玩玉。玉价因之特别提高，但爱重的已不在器物大件。供手中把玩的旧玉，似乎特别容易受重视。因此玉价在色泽上应分别为文字学上的和玩古董的两类。如称玉有九色，元如澄水曰瑿，蓝如靛淀曰碧，青如藓苔曰璋，绿如翠羽曰瓐，黄如蒸栗曰玵，赤如丹砂曰琼，紫如凝血曰璊，黑如墨光曰瑎，白如割肪曰瑳。白色又分九等，赤白斑花曰瑌。此新玉、古玉自然之本色。

至于旧玉，从玩古出发，则又分别外浸、内沁色泽，各因接触浸染不同而作各种颜色。玩古的以为各种颜色多随地下水银沁入。受黄土沁名玵黄，受松香则名老玵黄，更好。受靛青沁色即蓝，色如青天，名玵青。受石灰沁色红，色如碧桃，名孩儿面（注称酷似碧璊。也即和石榴子同色）。受水银沁色黑，色如乌金名曰纯漆古。受血沁的色赤，有浓淡分别，名枣皮红。受铜沁色绿，名鹦哥绿。

此外还有朱砂红、鸡血红、棕毛紫、茄皮紫、松花绿、白果绿、秋葵黄、老酒黄、鱼肚白、糙米白、虾子青、鼻涕青、雨过天青、澄潭水苍……总名十三彩。

另有虾蟆皮、洒珠点、翠磁文、牛毛文、唐斓斑等名目。

把玩玉多从受热摩挲而得。这些颜色究竟是在地下如何形成，玩古的说法可能有所根据，实不易考。上面所说各色，多从明人记载，为清代玩玉专家陈性，在清末著的书中提及。另一刘心白，补充《玉纪》，为加上鱼肚白、鸡骨白、米点白、糙米白，青有蟹壳青、竹叶青，紫有酱瓣紫，墨有纯漆黑、陈墨黑……这种种不同颜色，多是在出土玉经过盘功盘出的。凡是古玉，红色牛毛纹是其通性。《玉纪》补作者，以为这是人的精神沁入玉之腠理，血丝如毛，铺满玉上，而玉色润溽无土斑，才是真的。

由玩古出发，清代特重红玉，红色名目也就分外多。计有宝石红、鸡血红、朱砂红、樱桃红、洒金红、枣皮红、膏药红等。大多出古董商人说出的，但积因成习，早代替了文字学上对于玉的色泽称呼，为玩古的所熟悉。一般最贵重鸡骨白和水银浸。鸡骨白如象牙，玩玉的以为受地火所炙变成。多汉代以前玉。鸡骨白或者以商玉为多。特点是镂刻简，制度严。微黄又名象牙白。泛青又名鱼骨白。这种色泽的旧玉，虽加工也不能再复原。水银浸有夹土斑的，纯黑中见朱砂点，加工复原时淡黑色成深青色，朱砂点变黄色。如本来是白玉，结果见五彩。不夹土斑的，纯黑如漆。在日光下照，赤如鸡冠。又有水银古，在水中映照，有银星闪闪的真。这种种都出于玩玉者的说法。这种颜色必加工而成。加工方法计两种：一藏身上俟热用布摩挲，二在水中煮。因大多出土古玉，所谓生坑玉，和土壤石块相近，已失去玉的本来，不经人工是看不出的。

近代玩玉者之一，刘大同著《古玉辨》，对于这一点又总结前人经验补充新知，有些发挥。

红如血曰血古，微红曰尸古，水银沁曰黑漆古，纯白曰鸡骨白，微黄曰象牙白，微青曰鱼骨白。且以为受色沁不止九种，多到十多种，和瓷器中的窑变相同。由于玩玉而起，因此还有许多不同名称，如：

两色的称“黑白分明”，又名“天地玄黄”；

三色为“三光照耀”，又作“三元及第”，广东南洋名“桃园结义”；

四色名“四维生辉”，又名“福禄寿喜”；

五色为“五星聚魁”，又名“五福呈祥”，通称“清五彩”；

杂色到十五六种名“群仙上寿”或“万福攸同”，通称“混五彩”。

另有铁莲青、桃花红、雪白、栗黄等。另外尚有“秋葵西向”“孤雁宿滩”“银湾浮萍”等名目，都载于《古玉辨》中，从名目看，就可知这是玩玉的和无多知识的商贾定下的名称，大致清代风气作成的。古称“良玉无价”，又谚语说“玉得五色沁，胜过十万金”，都可见出一种封建的病态嗜好，发展到极端时情形。和玉工艺已无多关系。这种嗜好是一直延长到现代，一部分封建遗老还未放弃的。由于这种嗜好影响到石印章，由明到清再到民国后，印章中的田黄、鸡血红、芙蓉白、苹果青，价值有时竟超过玉价百倍。

惟对于玉的颜色尊重，来源其实也就很古。玉书所举四色，至少是汉代一般认识。最先或者还是和宗教仪式有关，受阴阳家、儒家阴阳五行说，放到封建制度上去应用结果。《周礼》即说得很清楚：

> 苍璧礼天（古璧多青玉可证），黄琮礼地（琮多黄白玉），青圭礼东方，赤璋礼南方，白琥礼西方。

多和五行说相通，颜色必有所象征。和后代玩玉的对于颜色爱好是两件事。《吕氏春秋》称，封建帝王按时季服用青、赤、黄、白玄玉。如服指的是食玉，也即是古方士骗帝王用的方法，如《抱朴子》一书所说的把玉碾末和天上天然露水服下，那么封建主当时如吃玉，还是按四季用不同色泽的。

明、清二代既因玩玉的把玉价抬高到比金子数倍或十数倍，因此自然即有伪造的杂色玉。这种作伪方法，几种玩玉专书都提到，《古玉辨》把它归纳成如下几项：

用虹光草加硇砂染玉，用竹枝火烤炙，即成红玉，名老提油。用乌木屑煨炙，玉即黑，名新提油。用红木屑煨，色即红。近代玉工多用这个方法。

又把羊腿割开，把玉放羊肉中，埋地下三五年，即取出一盘，即如古玉，名羊玉。

又杀狗乘热把玉放狗腹中，埋地下三五年，也可成土古，名狗玉。

用乌梅水煮玉，也可成水坑古。

造鸡骨白多用火烧玉，淬入水中或用水泼玉上即成。

用玉在乌梅水中煮，乘热放风雪中，或冰箱中，即可成伪牛毛纹。

又用毛坯玉器，用铁屑拌和，用熟醋淬玉，埋地下几个月，就可成铁锈。起橘皮纹，铁锈作深红色，煮煮即变黑。且有土斑，不容易盘出。

总之，用硇砂、红木、乌木、紫檀、蓝靛，作成细末，把玉搁到里面，用火煨烤，都能染玉变色。想一部分变，一部分不变，就用石膏粉贴一部分，这部分即保留本色。

作伪地方，照《古玉辨》计七处，长安为最，其次是苏州、杭州、河南洛阳、山东掖县（今莱州市）、潍县及北京。长安、洛阳、潍县、北京多同时是造伪铜器、石刻、泥俑地方，既有高度商业价值，因之作伪也相当精。所以玩玉的对于这些地方的假古董，也不易于鉴别。

玉生产地在新疆分白玉河、绿玉河、乌玉河，出玉多不同。经近人考察，以为不可尽信。惟新疆产玉和缅甸产玉，性质似易区别。翡翠绿玉大多出于缅甸。

古玉出土，以陕西、甘肃多而好，冀、鲁、豫、晋、皖北徐扬较次。其余不受称道。这也可见玉的大规模应用，是在封建初期和铜器文化相并行，到汉末已成尾声。封建初期文化在黄河流域，淮河以南不大发现美玉，道理易明。惟近三十年古坟、古墓发掘日多，如朝鲜汉墓的发掘，因此明白璧殉葬用在胸部，玉豚用在掌握中，并明白古称玉具剑几种装饰。既多明白了些古代用玉的方法，也说明玉的流动性，实随封建社会而存在。《玉雅》并称，广东发汉墓，也发现玉具剑上的玉饰件璲或璏。可以证明古玉的分布，不限于淮北。生产地虽来自西方，封建制度所到的地方，都可能发现。这种玉饰件就现在见到的说来，用的多是白玉，讲究的大体是白玉。碾和刻纹较多，浮雕较少。云龙兽夔纹多，盘螭少。最讲究部分在剑护手。战国或以前琢磨制度似比汉代精致。浮刻方法可以和铜器比较，但巧艺过之。因铜器从泥砂范铸成，下手易。玉为琢磨而成，施工难。当时玉具剑贵重，既重在玉质，又重在工艺。正如带钩，从方寸材料间可以见出种种不同作风。

中国古代陶瓷

陶瓷发展史是民族文化发展史的一部分。

中国有代表性的史前陶器，是三条胖腿的鬲。鬲的产生过程，目下我们还不大明白，有的专家认为是从三个尖锥形的瓶子合并而成的。当时没有锅灶，用鬲在火上烹煮东西，实在非常相宜。比较原始的鬲，近于用泥捏成，作法还十分简单。后来才加印上些绳子纹，并且起始注重造形，使它既合用，又美观。进入历史时期，鬲依然被广泛使用，却已经有另外两种主要陶器产生，考古学者叫它作彩陶和黑陶。

彩陶出土范围极广，时间前后相差也很大。研究它的因此把它分作数期，但年代终难确定。河南、陕西、甘肃、山西黄河流域一带发现的，时期比较接近，但更新的发现还不断在修正过去的估计。这是一种用红黄色细质泥土作胎，颈肩部分绘有种种黑色花纹，样子又大方又美观的陶器。工艺制造照例反映民族情感和气魄。看看这些彩陶，我们可以明白，古代祖国人民的性格历来就是健康、明朗、质朴和爱美的。

比彩陶时代稍晚些，又有一种黑陶在山东产生，是 1921 年在日照县城子崖发现的。用细泥土作胎，经过较高火度才烧成。黑陶的特征是素朴少装饰，胎质极薄，十分讲究造形。同时还发现过一个旧窑址，因此把烧造的方法也弄明白了。有一片残破黑陶器，上面刻划了几个字，很像“网获六鱼一小龟”，可以说是中国陶器上出现的最早期文字。少数历史学者，想把这些东西配合古代历史传说，认为是尧舜时代的遗物。这一点意见，目前还没有得到科学考古专家的承认。

代表文字成熟时期的最重要发现，是在河南安阳县洹水边古墓群里出土的四种不同陶器（因为和大量龟甲文字同时出土，已经确定这是三千二百年前殷商时代的东西）：一、普通使用的灰陶；二、山东城子崖系的黑陶；三、完全新型的白陶；四、带灰黄釉的薄质硬陶。灰陶在当时应用极普遍，大小墓中都有，而且特别具有发展性。到了周代，记载上就提起过用它作大瓦棺。春秋战国时，燕国都城造房子，用瓦已大到两尺多长，还印有极精美的三角形云龙花纹。又有刻花的墙砖，合抱大陶鼎，径尺大瓦头，图案都十分壮丽。在长安洛阳一带汉代古墓里，还发现过许多印花空心大砖，每块约七十斤重，五尺多长，上面全是种种好看花纹，有作动植物和游猎车马图案的，有作一条非常矫健活泼龙形的。这些大砖图案极为精美，设计又合乎科学，表现出了古代中华民族的伟大气魄和切实精神，也表现了古代工人的智慧和优秀技术。由此发展，两千年来，中国驰名于世界的古代建筑艺术，特别是一千七百年前晋代以来塔的建造和唐宋明清典型的宫殿建筑，更加显出民族艺术的壮美和崇高。

在商代坟墓中的黑陶，有几件是雕塑品，装饰在墓壁间，可以推想在当时已经是比较珍贵的生产。后来浙江良渚镇也发现过一些黑陶，时代还不易估定。近年来河南辉县又发现过一些战国时期的黑陶鼎，北京郊外也发现过一些汉代黑陶朱画杯盘，都可以说是古代黑陶的近亲。

至于白陶的出现，实在是文化史上一件大事情，因此这种花纹精美，形式庄严的白质陶器，在世界陶瓷美术史中，占据了首席位置。它的花纹和造形，虽不如同时期青铜器复杂多样，有几种却和当时织出的丝绸花纹相通。重要的是品质已具有白瓷的规模，后来唐代河北烧造的邢瓷、宋代的定瓷，虽和它相去已两千年，还是由它发展而来。

另外重要的发现是涂有一层薄薄黄釉的陶器，明白指示我们，三千年以来，聪敏优秀的中国陶瓷工人，就已经知道敷釉是一种特别有进步发展性的技术加工。这种陶器的特征，胎质比其他三种都薄些，釉色黄中泛青，釉下有简单水纹线条，本质已具备了瓷器所要求的各种条件，恰是后来一切青绿釉瓷器的老大哥。

随后又有四种不同的日用釉陶，在不同地区出现。

第一类是翠绿釉陶器，当时用作墓中殉葬品，风气较先，或从洛阳长安创始。主要器物多是酒器中的壶、尊和羽觞，近于死人玩具的杂器，有楼房、猪羊圈、仓库、井灶和种种不同的陶俑。此外还有焚香用的博山炉，是依照当时神话传说中的海上蓬莱三山风景作成的。主要纹样是浮雕狩猎纹。这种翠绿色亮釉的配合技术，有可能是当时方士从别处传来的。在先或只帝王宫廷中使用，到东汉才普遍使用。

第二类是栗黄色加彩亮釉陶器。在陕西宝鸡县斗鸡台地方得到，产生时代约在西汉末王莽称帝前后，器物有各式各样，特征是釉泽深黄而光亮，还著上粉绿釉彩带子式装饰，色调比例配合得非常新颖，在造形风格上也大有进步。一切从实用出发，可是十分美观。两种釉色的原理，恰指示了后来唐代三彩陶器和明清琉璃陶一个极正确的发展方向。

第三类是茶黄色釉陶器，起始发现于淮河流域，形式多和战国时代青铜器中的罂、罍差不多。釉色、胎质，上可以承商代釉陶，好像是它极近的亲属，下可以接长江南北三国以来青釉陶器，作成青瓷的先驱。

第四类极重要的发现，是一份浅绿釉色陶器，也可以说是早期青瓷器，是河南信阳县擂鼓台东汉永元十年坟墓中挖出来的。这份陶器花纹、形式、釉色都和汉代薄铜器一样。胎质硬度已完全如瓷器，目下我们说汉代青瓷器，就常用它作代表。这些青绿釉陶启示了我们对中国陶瓷发展的新认识。即两千年前陶釉的颜色，特别发展了青绿釉，实由于有计划取法铜器而来。可能有三种不同原因，才促进技术上的成功：一、从西汉以来节葬的主张到东汉社会起了相当作用；二、社会经济发展，铸钱用铜需要量渐多，一般殉葬器物受限制，因而发明用釉陶代替铜器；三、釉陶当时是一种时髦东西，随社会经济高度发展而来。

从上面发现的四种着釉陶器看来，我们可以肯定，陶器上釉至迟到西汉末年，就已成为一种正常的生产。先是釉料中的赭黄和翠绿，在技术上能正确控制，随后才是仿铜绿釉得到成功。但就出土遗物比较，早期绿釉陶器的生产价值，可能比同时期的铜器还高些。因为制作上的精美，就是一般出土汉代铜器不如的。陶器形态也起始有了很多新变化，一切从实用出发。例如现代西南乡村中还使用的褐釉陶器，在信阳出土一千八百年前陶器中，就已经发现过。现代泡酸菜用的覆水坛子，宝鸡县出土两千年前带彩陶器中，并且有了好多种不同式样。

这些划时代的新型陶器，除实用外还十分结实美观，这也正是中国陶瓷传统的优点。这时节还有一种和陶釉有密切联系的工艺生产，即玻璃器的制作，同样有较多方面的展开。小件彩琉璃珠装饰品，各地汉墓中都陆续有发现（西北新疆沙漠废墟中，朝鲜汉代人坟墓里，长沙东汉墓等都陆续有发现），其中作得格外精美的，是一种小喇叭花式明蓝色的耳珰和粉紫色长方柱形器物。仿玉色作成的料璧，即《汉书》中说的“璧琉璃”，也常和其他文物在汉墓中出现。又如当时最见时髦性的玉具剑，剑柄剑鞘用四五种玉，也有用玉色琉璃作的。至于各色玻璃碗，史传中虽提起过，实物发现的时代，却似乎稍晚些。

但是由汉代绿釉陶器到宋代的官、均、定、汝四种世界著名的青白瓷器，中间却有约八百年一段长时间，中国陶瓷发展的情形，我们不明白。它的进步过程，在文献上虽有些记载，实物知识可极贫乏。因此赏鉴家叙述中国瓷器发展史时，由于知识限制，多把宋瓷当成一个分界点，以前种种只是简简单单糊糊涂涂交代过去。一千七百年前的晋代人，文件中虽提起过中国南方出产的东瓯、白坩和缥青瓷，可无人能知道白坩和缥青瓷的正确釉色、品质和式样。中国人喝茶的习惯，南方人起始于晋代，东瓯、白坩即用于喝茶。南北普遍喝茶成为风气是中唐以后，当时有个喝茶的内行陆羽，著了一部《茶经》，提起过唐代各地茶具名瓷，虽说起越州青瓷如玉，邢州白瓷如雪，同受天下人重视；四川大邑白瓷，又因杜甫诗介绍而著名；到唐末五代，江浙还出产过一种秘色瓷，和北方传说的柴世宗皇帝造的雨过天青柴窑瓷，遥遥相对，都是著名作品，可是这些瓷器的真实具体情况，知道的人是不多的。经过历史上几回大变故，例如宋代为辽金的战事所破坏，元代一百年的暴力统治，因此明代以来的记载，就更加不具体。世界著名的公家收藏如故宫博物院对于旧瓷定名，也因之无一定标准。问题的逐渐得到解决，是由一系列的新发现，帮助启发了我们，才慢慢搞清楚的。

先是 1930 年前后，河南安阳隋代古墓的开发得到了一份陶器，极引人注意的，是几个灰青釉四个小耳的罐子和几个白瓷小杯子。墓志写明这坟里的死人名叫卜仁，是隋仁寿三年埋葬的。重要处是青釉瓷和汉绿釉发生了联系，白釉瓷杯还是新纪录。差不多同时，中国南方古越州窑的种种，经过陈万里先生的调查收集，编印了一部《越器图录》，也初步丰富了我们许多越系青瓷的知识。特别重要是 1936 年以来，浙江绍兴地方因修公路挖了约三千座古墓，墓中大量青瓷的发现和墓中出土的有字坟砖，刻画人物车马的青铜镜子，经过 1937 年《文澜学报》上的报告，让我们明白这份青瓷的时代，实包括了由三国时东吴一直到唐代，前后约六百年，标准的缥青瓷和越青瓷，都可从这份瓷器中得到实物印证。这前后六百年中国南方绿釉瓷的发展史的空隙，就和有了一道桥梁一样，前后贯串起来了。也因此明白此后宋代南方生产驰名世界的哥窑和龙泉窑，修内司官窑，都有了个来龙去脉，不是凭空捏造，被人当成奇迹看待。优秀传统底子，所以它的发展，倒是历史必然了。

至于北方青瓷的发展，从汉代到隋代，中间依然还有五百年的空隙，无从填满。北方古董店虽常有一种灰青釉或翠青釉瓶罐杂器，从胎质、釉色、纹片看来，都比唐代白瓷器旧些，比汉釉陶又似乎晚些，一般人常叫它作“古青瓷”。真正时代却无人知道。另外即五代后周柴氏在显德中烧造的柴窑，因传说中的“雨过天青”釉色而著名。明清人笔记辗转抄引，更增加了它的地位，可是却有名无实。明代以来记载，矛盾百出，看不出真正问题。种种附会随之而来，假柴窑因此南北流行。廓清这种传说和伪托，也是要从地下新的发现来解决的。

中国解放为社会带来了无限光明的希望，对于中国陶瓷史的知识，也得到了一种新的光明照耀，豁然开朗。1950年，华北人民政府拨给历史博物馆一大批文物，其中有一份陶瓷，是河北省景县人民发掘出土的。器物中有孔雀绿釉，有栗壳黄釉，还有很多浅青釉和淡黄釉的杯碗，一件豆青杂釉的高脚盘，三个高约三尺堆雕莲花大型青釉尊，和一蓝一白两个玻璃碗。若仅此完事，我们还会以为大致是唐宋之际的东西。可是另外还有一些素铜器和素陶器，陶骑士俑和男女俑，都可证明确是北魏以来遗物。更重要的是两方墓志和几方铜印，让我们明白，原来还是一千五六百年前南北史中有名的封家墓葬中器物！这一来，一道新的桥梁，把北方青瓷发展历史，也完全沟通了。这份陶瓷从釉色，从式样，为我们提供了许多新鲜确实的物证，不啻告诉我们，它既上承汉代青黄釉陶的优秀传统，有了进一步的提高，下还启发了隋唐二代北方的三彩陶和邢州白釉瓷，宋代官、汝、定诸瓷，一直向前迈进。同时把明代人对于柴窑所加的形容，“天青色，滋润细媚，有细纹，足多黄土”和“制精色异，为诸窑之冠”也藉此明白，原来形容的大都是这种六朝瓷器。特别难得的计两种器物，一件是灰青釉堆雕莲花大尊，在造形设计和配釉技术上，都完全打破了旧纪录，达到那个时代极高的成就。造形设计融入了些印度或罗马雕刻风格，可见出文化上的综合性。其次是两个玻璃碗，虽出于北朝人坟墓中，碗的形状及下部网式纹饰，和西北出土的汉代漆筒子杯花纹倒极相近。自汉代以来，统治阶级大都讲究服药，晋代著名方士葛洪著的《抱朴子》，就提起过服神仙长生药，是要用极贵重的琉璃碗或云母碗的。这种琉璃碗在河北省出土，还是中国地下材料的崭新纪录。因此这份文物，不仅可作汉隋之间数百年间北方陶瓷历史的新桥梁，还更深一层启示了我们，劳动人民的伟大创造性是永远在发展中，且不断会有新的东西，从一个传统肥沃土壤中生长的。我们读历史，就知道这个时代正是住居黄河流域的北中国人民，遭受西部羌胡民族长期战争的蹂躏，本来文化受到严重摧残，人民基本手工业生产，也大都被破坏垂尽的时期。陶瓷工人在这种万分困难悲惨情况下，对于陶瓷的生产，不仅并未把原有优良技术失坠，还继续不断讲求进步，得到如此惊人的成就。另一面，又因此知道，唐三彩陶和白釉陶瓷，都无一不是从原有基础上逐渐改进，北宋在河南河北出产的官、均、定、汝四大名瓷的成就以及民间窑瓷器能产生如磁州窑和当阳峪窑、临汝窑诸瓷，作为百花齐放的状态，也无一不是在一定程度中慢慢提高，并非突然产生。总之，这份六朝青瓷的发现，对于中国陶瓷美术工艺的研究，实在太有用了。

总上种种叙述，我们已比较具体把中国由商代到唐初伟大陶瓷工艺的发展过程以及近五十年发现过程，得到一个简要明确的印象。还藉此知道，中国陶瓷过去其所以能在世界陶瓷业中居领导地位，实有两种重要原因：一、生产方式中，很早就已分工组织，到目前为止，分工合作的生产方法，还是比其他手工业生产或半机制工业生产，细密而具体；二、聪敏伟大的陶瓷工人，不问是某一部门的工作，都是非常尊重传统的优良技术和切实有用经验的。因为他们深深明白，如何从民族遗产学习，不断改进生产的技术，又勇于作种种新的试验，方能在历史发展每一段落中，都取得非常光辉的新成就。这两种长处，即到如今还依然好好保持下来，并未失坠。

一九五三年七月改写

景泰蓝

——中国特种工艺美术品对世界的贡献

中国是世界上著名有丰富文化的国家，许多种科学发明，都很大程度影响了世界文化发展。艺术的创造，也丰富了世界文化的内容。两千年前的汉代，中国纺织工人织成的绸缎，就经常有千百匹骆驼，越过西北沙漠和国境边沿高山，运到罗马、波斯、印度各国去。一千二百年前的唐代，中国烧瓷工人作成的瓷器又和绸缎漆器一起，从海上运往各国，分布的地区就更广、更远。世界上知道中国有汉有唐，主要就是祖国历史劳动人民创造的物质文化的贡献。

在工艺美术品的项目中，我们还可列出一大系列的名目，例如地毯、丝绒、夏布、刺绣、象牙雕刻、雕玉、花边、竹簟、纸伞、青田石雕、木刻、花炮、花纸，种类实在数不清。世界上各国人民都知道中国工艺品极合实用而又十分美观。这些工艺品并且充满了各个地方的不同风格，为爱好中国工艺品的国际友人熟习。景泰蓝是北京特种工艺品中一种，更加容易显出民族工艺美术的特征。生产只限于北京一个地区，带到世界上任何一处去，人家一见，就知道这是中华人民共和国的首都北京工人制造的。解放以后，景泰蓝出国的原因，经常还代表了中国政府或人民团体，对于那个国家的政府或人民表示一种政治上的深切友谊和敬意，送到那些国家时，也格外得人爱好重视。许多年来，生产也因此不断提高，越来越加精美多样化。凡是到过故宫和北海团城参观过近三百年及近六年这种工艺品的，都留下极深刻印象。让我们知道这部门生产，在民族工艺美术品中，占有一个特别地位，绝不是偶然的。

景泰蓝的历史

景泰蓝工艺品的生产，从一般说，得名于明代景泰年间，是创造于明代晚期一种金铜镶嵌工艺。本名“佛朗嵌”，说明技术有外来影响。到清代，又称“铜胎掐丝珐琅”，是用来和“画珐琅”区别。从本质说，它却是中国古代青铜镶嵌工艺一个分支，一种新的发展。中国青铜镶嵌工艺，原有个极其悠久的优秀传统，在世界上无可比拟。约在三千一百年前，中国工人就能够把金子捶成薄片作装饰品，又能把青铜作成锋利的兵器，用松绿石[①]镶嵌到上面，创造许多非常精美的花纹。约在二千五百年前，技术有了新的进展，除把金片捶成种种花纹，并且起始用金银丝镶嵌铜器，作成更加复杂细致的美术品，并且还发明了镀金的技术（是把金子放在水银中融化，接镀到铜器上加热处理，水银蒸发以后完成工序的，这种进步技术的发明，比欧洲早一千多年）。从这时起，又有了用彩色琉璃料珠镶嵌金银器的习惯。技术和图案花纹，同样达到了空前高度水平。到两千年前的汉代，钿金工艺应用范围越广。由春秋战国到汉代，这四五百年中产品，最有代表性的是故宫博物院陈列的那一部分，和科学院在河南的发掘品。内中包括各种兵器和用器，如罍、豆、面盆、灯台、镜奁、腰带钩和马车上的各种附件。并且发展了用彩色漆料和半透明料质镶嵌，及在漆器上加金银镶嵌的技术。许多东西从墓里挖出来，保存到现在还完全如新，可以见出工精料美而作得格外扎实，是民族工艺优良的传统。一千八百年前，又流行在铁器上镶嵌金银花纹。至于在金银器物上加涂琉璃的技术，也在一千二百年前的唐代，就已经成熟，使用得相当普遍。还发展了汉代那种铜胎加漆，平嵌银片花鸟的技术，名叫“金银平脱”，大如床榻、衣柜、屏风，小如镜子、粉盒，都有制作。至于在绸缎衣服上加金的风气，一千二百多年前唐代已有十四种。一千年前的宋代却有了十八种。织

① 即绿松石。

金、绣金、描金等技术，都使用得十分纯熟。到五六百年前的明代，由于社会生产发展，镶嵌工艺更作多方面展开。除金银首饰上的嵌宝穿珠，发蓝点翠，还有在漆器上的螺甸加金银嵌，象牙玉石杂宝嵌，铜器上的金银嵌，铁木器上的金银嵌。五彩琉璃的烧造用到建筑物上，也达到了历史上空前的精美复杂程度。由此让我们明白，景泰蓝工艺出现于明代，不是凭空孤立生长的，更不是如过去人所说，纯粹是外来影响。原来和祖国工艺传统一脉相承，也和同时其他工艺技术发生联系。是祖国优秀工人在本来金铜镶嵌工艺基础上进一步的新创造。制作成品早期只作宫廷中陈设赏玩，器形不是仿照商周铜器，就是取法宋明瓷器。它的花纹图案不是采取古代铜器花纹，就是用同时流行的串枝宝相及龙凤穿花。初期配色比较沉重，到清代初年，才又和铜胎画珐琅瓷（就是现代搪瓷的前身）同时得到新的发展，花纹也由一般串枝衍进而为各种勾勾莲，配色更加显得复杂鲜明。大件器物，如舍利子塔，有高达一丈的，设计打样多出于当时“造办处”如意馆中第一等技师，因此，器物不论大小，都制作十分精美。由康熙、雍正到……

本文作于 1955 年，未发表过。现据缺失尾部的残稿编入

青瓷之认识

汉青瓷之发现

中央研究院史语所工作人员，在河南安阳小屯村地方，发掘得来的陶片中，有带釉陶片一种，质料薄而硬度高，十分别致。报告认为可算得是瓷器中最先标本。产生时间比彩陶黑陶晚，当在商代或稍早一些。这点发现实增加了专家学人一种向往之忱，对中国陶瓷史的印象完全改观。

惟由商入周，两代古坟发掘极多，却并未闻有相同或相似出土器物可以比证。古明器中虽有红砂贝壳胎敷白釉起水银浸闪珠光陶鬲，制度古拙，出土地方既不详悉，产生时代亦难把握，即可能出于商或周初，引例总不甚妥当。普通常见战国时陶瓦器，或敷朱绘粉，陆离斑驳，或质素不华，惟颈肩部分如用木质钝器摩擦成光亮如釉弦纹数道。胎质大多拙质沉重，既不能承黑陶的雅素，又不能及白陶的华美，在陶瓷美术发展史上实不易位置。惟有些同式器物，胎泥细润，泛灰青光，和后来青瓷胎稍有关连。凡带字两周六国灰黄陶片，亦极少著釉。唯一带釉古陶器，具瓷器本来性格，即相似寿州出土薄胎黄褐釉陶壶、陶尊罍。肩部流釉稍厚，起小碎片，半透明，下部被土锈蚀，多露胎，胎泥纯细，平底，有小兽头作肩部装饰。一切款式都如仿自战国或西汉薄铜器。但这种精美陶器产生的时间，可能会晚到汉末及晋六朝，胎质之薄且超过汉青瓷器。陆羽《茶经》说：“寿州瓷黄，不宜茶。”唐寿州瓷很可能即从这种旧陶器衍化而来。

一般说青瓷，所得印象还仍然指的是汉亮绿釉陶器，即北方各地出土，带深绿亮釉大型陶壶和陶尊。此外还有明器中的房屋、仓库、井栏、猪圈、几俎、炉灶和其他杂器，这种亮绿釉泽的发明，多以为是张骞通西域后方带回中国的。传说也可信，也可疑。

试从“信”出发看看，亮绿釉陶多色调沉郁，近于绿琉璃，釉浮于胎质之上。到后惟六朝或唐三彩明器，敷釉法有些相近处。釉母很可能最初系从外来，并非自有（那时陶人还不会配合）。汉永平青瓷之釉色变为淡灰青，即系由中国原料自造釉母仿亮绿釉得到的结果，这种仿效，发展到后来，虽影响中国青瓷史全部，但在当时比较，实不算成功。因为亮绿釉的长处是把握不到的。

再试从“疑”出发，会觉得北方亮绿釉原料，中国本可以生产。以汉人陶冶技术及应付当时一般工艺器材而言，必然可照工师理想，陶上敷同样亮绿釉也不甚困难。明宋应星《天工开物·陶埏篇》，有陶瓦器转锈（釉）法，砖瓦转锈，锈字意义，并非磨光，重在坚实。当时用的方法，是窑中火候已足时，即注水于窑顶凹坑，使之“水火相济”，便可得坚实效果。这方法也可谓汉代人民极早已理会到。因从当时所控制空心砖的坚实耐久，即可见技术上早已达到最高水准。罂瓮上锈当然指带釉光而言，《天工开物》所提示方法，只是用蕨蓝草（凤尾草）一味，烧灰去滓，和以红泥水拌和涂，即可收功。琉璃瓦所需要，也只是用无名异（锰）、棕榈毛等物煎汁涂染，即成黛绿。用松香、蒲草等涂染，即成明黄。《天工开物》一书虽成于明人，方法实相当旧，具原始釉意味。敷釉原料既然是南中国平常产物，当时中国的丝织物、髹漆、冶金，一切相关工艺，又有个传统优秀而丰富的经验底子，中国瓷釉的发展，很有可能本自南方来，不必经由西域传授。由于汉永平青瓷的发现，及以后南方瓷在古坟废窑中的陆续发现，已清理出个一贯条目。青瓷釉的发达和进步，来自南方说，益可征信。亮绿釉即或出自西方，自成一格，至于汉代灰青釉瓷器，它的本来或者时间还早一点。如寿州薄胎带釉黄褐陶，的确出于战国末年，汉灰青应当是受它影响而成功的一种。发展下来即成为三国以后的越系灰青，艾叶青或者说秘色青。并启后世哥、汝、章、龙泉种种青式器。至于这种灰青釉的发明，当初或为实用上需要，或竟出于有意仿造铜器，作为铜器的代替品。尤其是祭器或明器的制作，更近于仿铜器而兴。

信和疑都只是一种假定，说明一面的真理，更深的认识和理解，还待将来国内有计划的多方面发掘和比较研究，才会有个正确的结论。

亮绿釉陶在北方发现较早，较多，除大型壶樽酒器，尚有同式博山炉和其他器物。虽发现多年，因为釉泽和唐以后青器根本不同，即想勉强贯串成一个系列，终不容易衔接。由魏晋六朝到唐，有一大段空隙，无从用其他器物填补。陶瓷学者遇到这个问题上时，因此多囫囵过去，不作答解。它的变化、影响和唐宋陶瓷的关连，多付之阙疑。新的发现和启示，是从民国十二年（1923）左右方偶然得到的。

民国十二年，北京午门历史博物馆丛刊第一年第二册，刊载了篇文章，记载河南信阳县游河镇擂鼓台几座汉坟发掘的经过。

《信阳县汉冢发掘记》[1]：

信阳县城西北，故有古城岗者，土人常于榛莽中，得砖甓之属，率有花文。识者审为汉代物。民国十二年，邑有工事，辄取其砖以应需。众口流传，访古者渐集。邑西北有游河镇者，应游河之阳，距镇西北四里余，有地名王坟洼，俗传为淮南王葬处。或于此掘得陶器，制极古拙。已故画家吴新吾先生得二器以赠本馆，审为汉

① 北京午门历史博物馆丛刊即《国立历史博物馆丛刊》，民国十二年应为民国十五年，《信阳县汉冢发掘记》应为《信阳汉冢发掘记》。

这是一种用红黄色细质泥土作胎，
颈肩部分绘有种种黑色花纹，
样子又大方又美观的陶器。
工艺制造照例反映民族情感和气魄。
看看这些彩陶，我们可以明白，
古代祖国人民的性格历来就是健康、明朗、质朴和爱美的。

器，佥以为亟宜从事搜掘。首掘王坟洼，坟纵横各约二十余尺，入地及丈，全墓砖甃毕露，然除于墓底得大泉五十一枚，及铜鼎足一枚外，了无所得。南向搜掘，发现墓门石基，基南得砖台一，长四尺余，宽二尺余，高约一尺，横位于墓门之前，距地面约三尺余，较墓基高六尺。似是祭台，于其上得陶器八件。次至擂鼓台，台距镇北半里，俗传为楚庄王鸣鼓作战处，广约七亩，高及二丈。初从东北面掘隧而下，深及丈余，得石刀、石斧及古陶器数件。再进无所得。乃从西北面复掘一隧，得石器如前。深入一丈八尺，得大石斧一，残骸数件。深至一丈四尺，无所得，乃复掘其西南面，入地三尺余，得古墓二，南北并列。甲墓东西长十九尺有奇，南北宽约八尺，西端宽约三尺。乙墓东西长约二十尺有奇，南北宽约十二尺，西端宽约四尺，悉有砖甃。于甲墓中得铁钉多件，及残甑铁斧等。于西端宽三尺处，得瓷铞、瓦瓿、铜器等件，及五铢钱数十枚。乙墓得铁钉陶器略如甲墓。既竣事，运馆陈列，详加考订，定为汉墓。以所获瓷器考之，盖有四证焉。壶瓿之类，形状纯为汉制，决非后世所有，一也。其花纹多作绳纹，亦为汉制，二也。器皆平底，与后世有足者不同，三也。质地极粗，工艺古朴，迥异后世，四也。本馆同人聊据管见，考证如此。博雅君子，幸而教之（转引自《支那青瓷史稿》）。

这些青瓷器不久即陈列于北平午门上面历史博物馆。直到如今，还在东角楼大柜中。计有下列六件不同器物——

青瓷四耳壶　一

青瓷小四耳壶　一

青瓷洗　一

青瓷碗　二

青瓷杯　一

瓷釉色泽同作淡灰青，胎质坚实，釉具半透明性，火力不及处略呈剥蚀状。青瓷洗中部起网状花纹。器物形制完全如汉铜器。根据报告原在墓中陈列方式看来，同时还应当不止这几件器物。而这类青瓷器，却很像是有意模仿铜器色泽求似真方涂成灰青釉。试作一个假说解释，成因汉代提倡薄葬，影响到一般风气，方用瓷代铜。

这本是一件大事，对陶瓷史的研究尤具重要性。但当时中国考古学既尚在书本文字中辗转，安特生之彩陶研究也刚起始，还只成为少数人讨论问题。所以这种青瓷的发现，对国内陶瓷学者竟无何等影响。惟日人已极引起兴趣，二十年来一般陶瓷问题著述，即多引用这件青瓷洗作先例。且根据这次发现，在华北多方收集，不久即得到许多同式异类青瓷。极重要的一种，是日画家中村不折之书道博物馆所藏有铭文青瓷匜也，上刻文字一行：

中平三年五月十二日尚方作陶容一斤八两。

字作隶体，刻在器物边缘上，如普通汉铜器漆器款式。如非伪作，可算得汉青瓷器中刻年号一个最好例子（186），也可作瓷器仿铜一个附带证明。又其他人还得有青瓷博山炉，和亮绿釉博山炉不同。青瓷熊式炉脚或其他器物脚，得于中国南方，壮朴处和一般汉铜器熊式器脚相合。又青瓷羽觞，于银器、铜鎏金器、玉器、漆器、瓦器之外，多一瓷类酒器。又青瓷猪圈，温厚圆泽处已启七百年后龙泉青瓷作风。此外尚有兽环耳壶、皿、钵、斗、炉、灶等。胎釉作风均和擂鼓台坟中青瓷式样大体相似。

这种发现虽是证明东汉以来的青瓷，已脱离亮釉而形成一种浅淡灰青式釉，至于魏晋六朝的青瓷，或其他瓷器，是种什么作风，颜色形体多了些什么新风格、新风趣，还是无从明白。在一般性叙述中国陶瓷论文中，谈到这个时代情形时，照例除引用些诗文作说明，即不易用实物取证。虽从晋杜育《荈赋》文章中“器泽陶简，出自东隅”，知浙江东瓯古窑晋时已著名，又引晋潘岳《笙赋》“倾缥瓷以酌醽”，知晋人饮酒已尚青器。惟东瓯青器是什么样子，缥青宜具何等颜色，千年来读书人用书证书，既难得其解，亦不易作进一步追究，因之嗜古者虽多，即遇实物，亦必当面错过。而通常所见南方汉晋六朝青器，及唐越系秘青色，则一向多从商贾市场习惯，认为是南方“古宋瓷”，或“高丽宋”，无人敢言这类器物的产生，实在唐代以前，且正是嗜古者梦寐以求的东西。

新的启发

中国近五十年考古学的发展，应当数《老残游记》作者刘鹗收集的《铁云藏龟》的印行，十分重要。王静安先生从甲骨文找问题，对于殷商的著述，刺激了年青学人对古代史探讨兴趣，五四以后学人由疑古作深入检讨，发展到北伐统一后，学术上兴趣集中点，已定于一，即安阳殷墟的发掘，工作不仅为国人注意，且引起世界对于中国古青铜器的浓厚兴趣。一般历史学者，一时风气所趋，也似乎非秦汉以前不足道。且大有除中原区其他无考古可言。学者通人治甲骨铜器文字学，竟成为时髦事件。至于近古与中古社会发展问题，小问题，比较生疏偏僻难治问题，若作来困难又不易见好，就少有人热心注意。即以铜器研究而言，虽人才甚多，除史语所同人能作田野考古，大多数人还是不脱离老式玩古董治金石文字惯例，在音训上辗转猜谜，在史事上作新史论，有关器物形态美知识即并不发达，由美术史或社会史出发来认识，还无什么人。因此铜器学照例截至汉代为止，三国以后似乎即无铜器可言。无文字铜器，虽商周也不在通人眼中。治石刻更是文字重于图画。这种学术空气，自然使得近古中古研究，就容易疏忽，即一个文化史学者，观点也依旧局束于文学或思想史部分。换言之，即始终不离书本文字所表现或待解决问题，此外即不能着手。所以提到陶瓷史迷蒙期，由唐到三国一段时间的研讨和认识，我们对于东邻学人近三十年的研究热忱，不能不深致深刻敬意。而中国学者对于这个工作的贡献，如陈万里先生对越窑的具体研究，实在说来，也比其他书本文字学术工作，切实而又有价值得多！

因日本学人于浙江绍兴九岩镇越州古窑址的调查，提出的报告印行，世人才知道九岩窑实起于后汉初，六朝为繁荣期，直到唐代，余姚上林湖窑兴起，九岩窑才衰落废绝。从九岩窑废址所发现青瓷碎器残片，可见出一切特点和汉铜漆器均有个共通性。青瓷双鱼洗本出于汉铜洗，由原青瓷过渡，即成为后来唐宋青瓷坦口碟先驱。

九岩窑的最初发现，系当时杭州日领事松村雄藏，所作越州古窑址探查记，载于日文《陶瓷》八卷五号。窑址离著名产酒的绍兴县西北约二里，从运河坐小船一小时可到。德清窑的发现，是另一日领事米内山庸夫，因德清县“后窑”地名引起注意，窑址在杭州东北约六里，考察报告载于改造社刊行的《支那风土记》。把当时所得陶片加以分类，大致为两种，较古一种和九岩窑作风完全相同，纹饰、釉色、形体均具汉六朝青瓷风。较新的则已接近于南宋时代，才知道这个废窑是一直在生产中，地下残片堆积，即是一篇中古青瓷史真实而正确的报告，惟搁置于地下，千年来无人注意。由于这些新的发现，我们方明白浙江是青瓷的发祥地，自东汉即已起始。六朝以前，九岩、德清及禹王庙镇居重要位置，唐五代北宋初，上林湖，余姚窑有个全盛时期，宋元明清，则龙泉、琉田、处州，成为世界著名青瓷出产地。换言之，浙江青瓷此兴彼替，共同已有近两千年的历史。从这个部门生产品作有系统研讨，将来必然还可在比较文化史上有许多发现。因为中国青瓷生产区域性的广大，就目下已知道的范围说来，埃及、印度、波斯均有残器残片留存。日本、高丽、暹罗更多直接受中国影响。将来如偶然在欧洲或南美地方，还可得到不同发现，从瓷片上考察，对于中古海上交通史问题，必能启发更多新知识。

国人对于本问题的贡献

关于汉青瓷的发现，自从得到古越州旧窑址残器碎片互证后，已给我们一个清楚印象，即青瓷器的确由汉代起始。一脉相承，绵绵不绝，唐宋两朝均各有个全盛时期，然同出于一个旧的传统而来。出产地的发现，虽解决了些问题，惟时代上器物形体色泽的排比，却完全由于古坟墓的陆续发掘，方得到更多正确知识。这种发掘各处情形不同，所解决问题也不同。最重要计两部分：

一、绍兴城乡古坟群因修公路无计划的发掘。

二、史语所在安阳对于隋代卜仁墓的发掘。

第一项的发掘调查，对于中古陶瓷史的贡献，十分重要。先是民国二十五年（1936），绍兴地方因修军用公路，县城附近村落，如城南的南池市，城西北的柯桥镇，两乡有数十村无主古坟二三千座，同被掘毁。施工结果是凡属墓中古器物，都陆续散落于一般本地人、工务员及南方古董商手中。由于这些杂器物的大规模出土，虽扩大了学人和嗜古者见闻，因出土无条理，且散落四方，欲用它用学术研究，便不容易。民国二十六年（1937）春天，浙江省立图书馆馆员张拯亢氏，因回乡省亲方便，就年来近乡各村遗迹遗物探访搜索，写成一篇《绍兴出土古物调查记》，发表于杭州出版的《文澜学报》三卷二期。日本学者梅原末治，当即译成日文，发表于京都帝国大学史学论文集内，并加以批评，认为这个调查实不够科学，难得古坟群全貌。惟有两点极重要：即从墓铭砖镜文字，知道年代上大略情形，实包括了汉末建安（建安元年，196）到宋建炎（建炎四年，782）一段长时期。就中以六朝坟墓特别多，这些器物自然也大多是属于这个时代。其次是出土器物的种类款式，报告中写得相当详细，张氏所见到的虽只是一小部分，材料之丰富已极惊人。关于年代有如下不同记载[①]：

黄龙（229—231）

天册（275）

天纪（277—280）

太康（280—289）

永熙（290）

元康（291—299）

① 此处年代记载保留了沈从文先生作品原貌。

永兴（304—305）

建兴（313—316）

太兴（318—321）

咸和（326—334）

咸康（335—342）

建元（343—344）

永和（345—356）

升平（357—361）

太和（366—371）

宁康（373—375）

太元（376—396）

泰元（419—420）

建安（196—220）

黄初（220—226）

黄武（222—228）

太和（227—232）

元嘉（424—453）

大同（535—545）

天康（566）

天监（502—519）

永安（258—264）

赤乌（238—250）

五凤（618—620）

太平（616—622）

咸熙（264—265）

甘露（265—曹魏则宜为 256？）

此外还有唐青龙、元和、贞元等墓志，最晚到建炎四年砖铭。至于器物种类，出土数量既多，同一器物式样也各不相同，约略言来，计有瓮、壶、四卫壶、盘、碗、斗、水注、皿、明器、洗、鼎、钵、烛台、酒杯、勺、合子等。调查报告记载器物，计二十三类：

> 一、盘　盘大径十六吋四分，高仅及吋，盘之中间有一串孔，宽约吋余。然亦有无串孔者。盘内细线纹五道，波纹四道，盘胎陶土磁土混合，釉作黄色。此盘初发现于下林“富贵长复”砖文之圹内，可审定为吴时之器。
>
> 二、神亭　亭又名魂亭，为明器之一种。其形如坛，上面堆砌亭台，大约取神所冯依之义。青瓷胎，釉青黄色。瓶肩浮雕武士，发现于漓渚镬脐尖山下，圹砖有“太康三年作”五字，知为晋代之器。(《清异录》称：尊处土封谓之魂楼，凡两品：一如平顶炊饼，一如倒合水桶，上作铜锣形。亦有用一重砖甃者，或刻镂物象，名墓衣。)
>
> 三、五壶樽　此樽如坛形，口上堆砌小樽五，形式亦颇奇特。高约二十余吋。所见数种，一种砂瓷胎，褐色釉，樽上并堆人物、狮子、羊、猪、犬、雀等物。又

有上堆牌楼、碑亭、人物、鸟兽，所堆之花，皆以手捻成，为神亭之变相作品。所堆之物，取子孙繁衍六畜繁息之意，以妥死者之魂，而慰生者之望。今浙江处属有所谓魂瓶者，或即其遗制？此项器物晋代圹中发现为多。

四、樽　樽之形式殊繁……并有雕刻兽环、人马及堆龟蟹等动物各种制作，釉色青黄为多。直口小樽，双耳横置口外，有数道残纹及细花，高约五吋，做工甚精。细长颈，樽身较高，釉色较青者，多从六朝陈梁时之圹内发现。唐代之樽，广口如盘，细颈圆腹，釉色匀净。又有无耳樽，形同痰盂，口直大，有黄绿色晶釉及黑釉数种。又有石榴樽，大小如石榴，有双耳，直径小口，出土亦多。

五、罍　乡人称曰糖缸，肩有两耳或四耳，及两耳两兽头，大小不一。大者腹径呎余，小者二三吋。各地出土，以此类器物为最多。

六、洗　洗之种类亦繁，大者径十四吋，高三吋，如盘形，口下雕人骑龙之凸花，内外满布线条及各种细花。又有三面兽环满花，如钵而深者，小如笔洗而有双耳者。花纹至为繁夥，或多道线纹，或井字纹，或以锥刺成细点花，制作俱精，皆为六朝梁陈时之器。洗之内面底上，间有文字，惟点划殊简，为釉遮掩，故多不易辨识。

七、瓷鼎　鼎三足，仿铜款，两兽头，两兽环，凸线四道。釉青，胎红，鼎内无釉。口径约十二吋，高约六吋。又有小者，口径八吋，高五吋，三足。足上部为虎头，四边有兽头四，里外均大波纹。釉青色。

八、钵　钵之大者，口外有数道线纹或布纹细花，底，内凸外凹，瓷身厚薄不一。钵内凸底上并有如青天白日形之大小水波纹，制作之精，至堪宝贵。

九、多孔灯与灯台　多孔灯形如火甏，四面上下穿有二十四孔。上口有双耳，俗称命灯。灯台下有一盘，中一直柱，上一小碗。其直柱有作人形者，制作殊奇。又别有小碗，上如直棂之罩。灯台之式样，至不齐一。

十、鸡壶　鸡壶或即提壶，因其壶嘴作鸡形，故名。并有唤作天鸡壶者。大者高至十六吋，小者高不过七吋。其腹部有宽有窄，肩上两耳或作方形，或作半环形。壶柄高出口上，釉有黄、青黄、青三种。口及嘴上鸡冠等处，有褐色点花，颇为匀整。

十一、鸡樽　鸡樽大小更见悬殊，大者并有底座，樽高约十六吋，腹宽十一吋，口径五吋六分，底径四吋五分。四耳，左右各并列两耳，前后鸡头鸡尾，底座高三吋，上径六吋六分，下圈径八吋。上圈与下圈之中间，排列如虎爪脚之柱二十有二，座上四周有一水沟，中间如砚盘状。鸡樽即放置砚盘上，座之底面，划有一李字，度系作樽者之姓。小者高仅二吋半，亦有鸡头目并双耳。

十二、食盘　食盘有大小数种，大者径八吋，高一吋余，小者径五吋，高相等。盘内分作九格，外圈四周作六格，每格若扇面形，中一圆格内再分作三格，盘有仔口，若有盘盖。然出土时均无盘盖发现也。

十三、觞　觞之形状如船，两边有缘，可浮于水，或谓兰亭修禊时之流觞，即属是物。又有盏内贴附二小觞者。大约此项器物专事殉葬用也。别有鸟形之杯，头尾两翼俱全，制作奇古，故或以羽觞名之也。

十四、兽盘　兽盘系盘中堆一猛兽，如虎豹豺狼之类。豹之形状极见文彩，斑纹圈圈可数。尾颇长，虎则尾甚短，形同初生之乳虎，双耳直竖，有威武之象。狼尖嘴短尾，前足作交叉，身长二吋至三吋。盘大四吋至六吋。盘之四周，并穿有数小孔者。

十五、勺　勺亦有大有小。小者如调羹，大者如瓠，径八吋，柄短作如意形。

十六、丹盘　丹盘用以研调丹铅，大小不等，圆形。盘下三足，有作人物与兽爪形者。上有仔口，若曾有盘盖，然出土百数十件中，并无一盖发现，殆当时以木质或别类之物配制欤？盘内极平无釉，可以磨墨，或以砚盘称之。

十七、水盂　水盂即水滴，俗称水钟，为文具之一。

以扁形高足，口有线纹一二道。或以锥刺作牛毛旋纹者为多。龟形蛙形者极为名贵，乡人称为虾蟆水钟。釉色青黄褐黑均有，并有如菱花形而口小者。种类形式，亦颇繁夥。

十八、脂粉盒　脂粉盒形与近代锡制之脂粉盒相若。大者径二吋余，小者径仅吋余。上盖或素，或有各种花纹，在六朝及唐代圹中所发现颇极精致。凡有此瓷盒之圹，同时有银钗金环等掘出，可断定为奁具之一种。大约贮藏香粉及匀黛与调脂之用。

十九、温器　温器系置于火上，用以温食物或药物者。下有三足，器之旁缘有柄，或名为鐎斗。然鐎属于铜器，同时亦有出土。此种器皿，陶质瓷质瓦坯三种，均有出土。陶制者且有数圈极细花纹。瓷与瓦，则仅有线纹数道，或系仿铜制款式。

二十、碗　碗之种类更繁，除似钵而厚，出者普遍者外，其较细致者亦极多，大小至不一致。大者径尺余，碗之外口有花纹一圈，花纹上下各有细线二道，中作极细方格，每一格内如十字形，甚为清晰。小者径三四吋，釉作青黄色。又有碗内外均有波纹者，其碗底一圈之波纹特大，水浪之波纹亦特宽，骤视之宛若党徽。故乡人以青天白日碗名之。碗有作荷花瓣式者，亦颇精致。又有一种泥浆胎之碗，瓷质极松，其釉绿色或黄绿色，晶莹如玻璃，碗底平无釉。其碗较高大者，其足底反小。间有在足度以刀划一圆圈，此已开后世碗底足内空之作风。其他深浅各种盘盏杯碗之属，不胜枚举。

二十一、瓷灶　瓷灶多晋时圹中出土，名曰晋灶。又因以为殉葬之物，一般人又称之曰“鬼灶”。其形一端尖锐，一端平方。平方一面有一方眼，上面有两圆眼，安置不同如碗形者两只，底空。此器亦有大小数种，釉色青黄不一。

二十二、猪栏、鸡罩、鸽棚　猪栏圆形直口，如盘，内卧一猪。其猪有黏连者，有可分离者，又有直口甚高，作窗棂形如栅者，作品甚粗劣。其釉大多数均被土剥蚀。鸡罩，瓦筒形，两面若栅棂，罩之上面有三叉若屋顶然，制作亦不甚精。鸽棚亦筒瓦式，前有二方眼，顶棚栖鸽二，鸽身中空，釉色青润，制尚精。

二十三、溺器　溺器形同高馒首式，横口，并有兔形虎形数种。虎形较少，惟十之九破碎，甚少完整者（转引自《支那青瓷史稿》）。

调查报告认为诸器物多晋六朝时代，据《支那青瓷史稿》著者意，则以为十三之觞，十五之勺，二十二之猪栏，均汉代式样，其他器物可能尚有不少是汉器。

第二项是隋墓的发掘。民国十八年（1929）秋天，在河南安阳承德小屯村北方，洹河畔西边，史语所发掘了一座隋墓。据李济之先生在《安阳发掘报告》第二卷上说，计得有：

> 墓志一，俑十，明器十，青瓷四耳壶四，青瓷碗五，青瓷台钵一。

墓铭系隋仁寿三年（603）处士卜仁的。照习惯说，处士的经济情况，不会怎么充裕，当时这种瓷器，绝不会是什么特别值钱东西。

这份瓷器因发现较早，曾随伦敦中国美术展览会，和其他美术品一同运至英国，展览时特别引起参观者的注意。因为在造形和色泽上，都不是经常所见的。它的特点是灰色陶半瓷胎，釉带鼠灰青，施釉一半，下部露胎。在造形上也相当别致，和南方六朝青北方唐三彩均不甚相合。色调比较沉重。平时同类瓷器，民国二十五年（1936）以前，即常发现于南北各古物店，一般称作隋器，来处实不易考察。这种器物因陆续出土，始知作风为北方系，稍稍不同于南方，可能在河南河北烧造。《支那青瓷史稿》著者小山富士夫，曾提起一点可注意，即彼在北中国各地旅行，曾于北平以外的石门、承德（热河）、济南各地骨董店，都得见同式而异类器物，可能当地均有出土。它的分布范围，就他所推测，至少可将河南、河北、热河、山东各省，概括在内。事实上这种质重釉深造形拙中见妩媚的青瓷器，若在北方实在自成一个系列，必从旧窑址作有计划地发掘，并用这个区域的附有墓志古坟中器物作比证，问题方能逐渐解决。也很可能会推衍而上，发现它和亮绿釉汉陶的衔接点。惟至今为止，这种推测还无人加以证实。

又日人于昭和十七年，曾在南京雨花台地方，由东京帝国大学冈田芳三郎及澄田正一两氏发掘，报告发表于日《文林》第二十卷第三期，当时所有遗物五十八件中，得青瓷十五点，计有：

山羊形容器　一

高形灯台　四

灯台　四

碗　四

器盖　一

有盖四耳壶　一

釉作青黄色及褐色，并有作淡灰褐色的。釉具半透明性，作风古朴而厚重。（无实物图录比较，不知是否和一般寿州黄陶作风相同。）

据文志记载，东汉末魏晋之际，汉杨王孙所提倡的薄葬，似不待何晏王衍清谈或佛教兴起以后风气方盛行。在思想观念扇扬玄虚之前，先已有个社会条件，当时明达之士，已不能不主张薄葬。

（吕岱）年九十六卒，子凯嗣，遗令殡以素棺，疏巾布褠。葬送之制，务从约俭。凯皆奉行之。（《三国志·吕岱传》）

朗临卒，谓将士曰："刺史蒙国恩厚，督司万里，微功未效，而遭此疫疠。既不能自救，辜负国恩，身没之后，其布衣幅巾，敛以时服。勿违吾志也。"（《三国志注》引《魏书·司马朗传》）

孚虽见尊宠，不以为荣，常有忧色。临终，遗令曰：……当以素棺单椁，敛以时服。（《晋书·安平献王司马孚传》）

湛族为盛门，性颇豪侈，侯服玉食，穷滋极珍。及将没，遗命小棺薄敛，不修封树。论者谓湛虽生不砥砺名节，死则俭约令终，是深达存亡之理。（《晋书·夏侯湛传》）

亮疾病卒于军……遗命葬汉中定军山，因山为坟，冢足容棺，敛以时服，不须器物。（《蜀书·诸葛亮传》）

这些人生前大都是声名赫赫的上层统治者，对于死后的态度，差不多完全相同。极显然，这种达于生死态度，对一般社会也会发生作用的。

绍兴发掘魏晋六朝古坟群，墓中除瓷器外，是否还有其他丰厚殉葬器物，报告不详尽，无由推测。惟从三国时人对于死亡的意见，及遗令遗教看来，却不知薄葬必已成风气。因社会既不安定，军师所至，掘墓之风盛行。而疠疫一来，无分贤愚，更是死亡万千。从诗人作品中，即多反映一种"生前即时行乐，而死后大家忘却”情绪。魏晋六朝古墓，有陶瓷而少珠玉，也可说是必然的。到这个时代，殉葬的青瓷器，即非仿铜器而制作，事实上，也已经代替了周秦墓中铜器地位，及西汉人墓中漆器地位，成为主要器物了。惟日常应用青瓷，是否即墓中器物，或比墓中所有，应当还精致些，进步些，实不得而知。有关这一点，惟有两种可能将来可得出一点线索：一即从具特殊性古墓中（如通沟古坟）壁画上，或墓中新发现器物上，得到一些新证据。二即从古窑址发掘比证上，有些更新发现。

谈瓷器艺术

近十年以来每一次出国陶瓷工艺品预展，我都有机会参观，真是幸运，深深感到万千老师傅和工人同志共同努力下，景德镇瓷业，正若驾着千里马，以极大速度向前行进，成绩一年比一年好。看过这次在故宫展出的新产品，才知道陶瓷工艺又得到更大的丰收。特别显著如失传二百年的有色釉胭脂水，继孔雀绿、祭红、娇黄、冬青等得到成功。这些新品种都釉色明莹匀称，达到了康雍时的最高水平，今后发展还无可限量。最新生产粉彩和釉下彩茶具，折枝花处理和清秀造型结合，做到既美观，又符合实用，发展方向可说完全正确，必然会在国际上得到极高的评价。这种成功实值得全国陶瓷业生产取法，搪瓷生产花纹设计也值得向此学习。此外还有许多大小瓶子，也造型健康秀拔，稳定大方，装饰图案又能结合要求，艺术效果极高。总的看来，可以说这个展出给我印象是各极其妙，美不胜收。

惟个人认为景德镇瓷还不宜以这些成就自限。整个中国各部门生产既然正以史无前例的速度发展，新的需要将日益增多，瓷的应用范围也必然日益扩大。即以北京首都一地而言，千百种有纪念性新建筑，如博物馆、大戏院、大礼堂、地下铁道等，都需要新的艺术装饰，景德镇瓷质料既好，又易清洁，也不怕阳光雨露，一个艺术家如善于结合需要，做出新的陶瓷设计，必可进一步发挥瓷的特长到新兴万千种事物上去，得到非凡成功。如作中型个别劳动人物雕塑，或纪念碑群像设计，用牙白瓷或加有色釉。如作大面积屏、壁、照墙、廊道装饰，用各种釉色华美彩瓷镶嵌。如烧浅色瓷砖，作门梁或室内装饰，代替彩画。此外则面对生活日益提高的人民日常生活要求，即有五十个景德镇生产日用瓷，也怕还是供不应求，必须在各省市有条件地区发展现代烧瓷业。不过景德镇生产如能注意到将来这个现实问题，即早投入部分人力，试在一部分生产中，领头当先，把当前得到普遍成功的高级绘画瓷，转用吹花贴花法代替，节省加工劳力，成为比较多数人可购买的廉价日用品，也应当看成是一个值得努力的新方向。而且这种成功，才可说是新的国家瓷业真正的成功。人民生活在不断提高，也有理由要求在不久将来即可看到这种新产品上市！这是一个方向问题。这么做并不会妨害高级瓷的生产。如长此疏忽，任日用瓷保留到现在情况下，倒是不大合理的。

就目下展品而言，有些小弱点也可提提。如有些瓶子胎料（特别是口沿部分）似乎略厚一些，比例不大合适，不免影响美观。造型有部分破格，看来别扭，且和装饰花纹不能很好结合，似乎值得从“古为今用”目的出发，多参考些传统优秀成品，能有所折中即可改善。造型还受拘束，有保守处，或者更广泛一些从商周铜和唐陶、宋瓷及康雍以来得到最高成就的彩瓷、单色釉瓷，全面加以注意，即可取得更多有益的启发。又青花料目前色度尚不够稳定，有的烧出效果好，有的却发呆，有的又变成如洋蓝，不甚美观，值得作更深研究，或和科学院化学研究部门合作，取得有用成果。或从青料以外再作些试验，如发现其他鲜明釉下颜色。釉里红特别是青花加紫和釉下素三彩也待作新的努力，目下成就还不甚好。

这些问题固然靠生产经验来修正，更重要还是得进一步和化学物理研究部门结合，如同烧祭红方式，能得到科学研究部门合作，解决就容易得多。至于新产品中彩墨山水人物绘画装饰，在展出品中成就不见特别出色，原因大致是由于画稿画法比较保守，并不是由于技术限制。因为一般画师多习惯从清代中叶绘画取法，布色构图多比较细碎烦琐，不免精致有余，气魄不大，且乏韵味。和明代青花瓷中的简笔山水花鸟比较，及康雍青花山水人物花鸟比较，即可见出目下生产加工费力虽加倍，效果却不能如预期。山水画用墨彩较多，见油光，在瓷上使用凝固不灵活。为补救这一薄弱环节，私意值得从资料储备工作入手。多为老师傅准备些好画稿供观摩，从个人经验以外更充实些养料。如能博采兼收，必可得到更新的成功。个人意见不妨参用唐宋元明诸名家画稿笔法设意构图，作些插屏挂屏试验。例如花鸟用崔白、王渊、吕纪、林良、边景昭、徐青藤、陈复道、恽南田，山水参董源、夏圭、王诜、马远、赵幹、松雪、云林、曹知白、盛懋、张灵、沈周、石涛、八大，人物参张萱、周文矩、李公麟、唐寅……以至参用近人齐白石花鸟，李可染山水画法，必然会有更大发展。因为老师傅能精细却不大习惯简易，一习惯，情况即大不相同。这问题和湖南湘绣、北京雕漆均有相似情形。要丰富多彩，得花样百出，扩大题材，改进技法。此外甚至还可用彩漆、描金漆、螺甸、刻丝、刺绣千百种不同装饰法，集合瓷绘特性，利用素三彩、硬五彩及斗彩等不同加工方法，放映到新的日用瓷或美术瓷上，达到不同效果。总之，得不为目下成功所限制，来取精用宏，作新的突破努力，才可充分发挥潜力，利用遗产，别创新作，收百花齐放效果。保守下去即近于凝固，不能和社会发展要求相合。

至于立体雕像，如何从赏玩性主题，提高到有意识表现现实生活，特别是作三五尺面积的塑像群，也是值得加强注意处。因为这类作品实不宜仅仅停滞到泥人张面人郎成就上，还有更大前途。惟有和社会现实结合，新的塑像瓷才会有更广大的前途。这工作广东阳江窑艺人和浙江木雕艺人，已先行一步，作了不少有意义尝试，值得急起直追。

此外如雕塑人物灯座，目前取法受 19 世纪国外烧瓷法影响，不大符合现代要求。浙江青田石灯走了弯路，多作细花薄叶，使用户时时提心吊胆，景德瓷更不宜学步。因为在实用品作许多精雕细琢，或者转不适宜于实用，反不如用象牙色瓷特制一种棒槌瓶或双陆樽式，或素瓷加翠绿或胭脂红剔刻暗花作灯座，给人安定愉快感为有前途而足称真正新品种也。灯座为实用物，现代日用品不论用塑料、玻璃、合金、木材等作成，必然发展趋势是简洁、单纯、干净、利落，这也正是瓷器极容易做到的。作新的灯座创造，宜以移动便利，不怕绊倒、不易碰损为方向，过度装饰不合要求。

至于装饰加工部分，剔花堆花法，目下产品如几件天蓝挂粉盘子，是用现代西洋雕塑法，虽得到一定成功，但是还值得作更多方面试验。可供景德镇老师傅和青年艺人参考的，或者还是宋耀窑，当阳峪、磁州、定州诸窑各种不同加工雕花作法，以及明代永乐时雕漆法，嘉定刻竹法，和雍正、乾隆浆胎瓷绣雕法、浮雕法，以及康熙素三彩部分浅刻堆釉法，还有百十种不同处理，都值得保存下来，充分加以利用，不利用未免可惜。新产品中对于图案串枝、锦地开光，这次展出新花样不算多，也少新发展。这个优秀传统，也有不少值得继承下来的东西值得参考。例如近年出现极多的锦绣花纹，古代漆器、近代少数民族染织花纹，如能部分转用到新电光瓷花纹上，用作带式装饰，都必然会收到较好效果。

本于一切研究学习，都重在有助于新的生产的提高的想法，外行一得之见，或有不少错误处，写出来作为一点建议，供专家参考。并盼另日还有机会当面向各位老师傅商讨请教。

1959 年 10 月写

扇子史话

扇子，在我国有非常古老的历史。出于招风取凉、驱赶虫蚊、掸拂灰尘、引火加热种种需要，人们发明了扇子。

从考古资料方面推测，扇子的应用至少不晚于新石器时代陶器出现之后，如古籍中提到过“舜作五明扇”。但有关图像和实物的发现却较晚。目前所见较早的扇子形象是东周、战国铜器上刻画的两件长柄大扇，以及江陵天星观楚墓出土的木柄羽扇残件。从使用方面看，由奴隶仆从执掌，为主人障风蔽日，象征权威的成分多于实际应用。

战国晚期到两汉，一种半规型“便面”成为扇子的主流。其中以江陵马山楚墓出土、朱黑两色漆篾编成的最为精美。便面一律用细竹篾制成，上自帝王神仙，下及奴仆烤肉，灶户熬盐，无例外地都使用它。

魏晋南北朝时期，“麈尾”“麈尾扇”“羽扇”及“比翼扇”相继出现。“羽扇”前期本由鸟类半翅制成，后来用八羽、十羽并列，且加了长木柄。“麈”是领队的大鹿，魏晋以来尚清谈，手执麈尾有“领袖群伦”含义。“麈尾扇”传由梁简文帝萧纲创始，近于麈尾的简化，固定式样似在纨扇上加鹿尾毛两小撮。“比翼扇”又出于麈尾扇，上端改成鸟羽，为帝子天神、仙真玉女升天下凡翅膀的象征。

隋唐时“麈尾”虽定型，但使用范围缩小。“纨扇”起而代之，广为流行。“纨扇”亦即“团扇”，主要以竹木为骨架，制成种种形状，并用薄质丝绸糊成；历来传说出于西汉成帝朝（前32—前7）。南北朝时，纨扇扇面较大，唐代早期还多作腰圆形，近乎“麈尾”之转化。唐开元、天宝以来才多“圆如满月”式样。纨扇深得闺阁喜爱，古代诗词中多有反映，如“团扇、团扇，美人并来遮面”，“银烛秋光冷画屏，轻罗小扇扑流萤”，“团扇复团扇，奉君清暑殿。秋风入庭树，从此不相见”。藉团扇刻画出少女种种情态或愁思，可见扇子的功能已大为扩展。

宋元时期纨扇尽管还占主要地位，且更多样化，但同时也出现另一新品种“折叠扇”，即折扇；一般认为是北宋初从日本、高丽传入的。南宋时生产已有相当规模。但扇面有画的传世实物连同图像反映、画录记载，两宋总计不到十件，元代更少。这种情况也许因当时多用山柿油涂于纸面作成“油纸扇”，不宜绘画，只供一般市民使用；或与当时风习有关，虽也有素纸“折叠扇”，但只充当执事仆从手中物，还不曾为文人雅士所赏玩，因而尚未成为书画家染翰挥毫的对象。元代山西永乐宫壁画，保留了大量元人生活情景，“折叠扇”仍只出现于普通市民手中。

到了明代，折扇开始普遍流行，先起宫廷，后及社会。明永乐年间，成都所仿日本“倭扇”，年产约两万把。早期扇骨较少，后来才用细骨。扇面有加金箔者，特别精美的由皇帝赏给嫔妃或亲信大臣，较次的按节令分赐其他臣僚。近年各地明代藩王墓中均有贴金折扇及洒金折扇出土。浑金扇面还有用针拨画山石人物的，极似倭扇格式。也有加画龙、凤的，可能只限于帝后使用。至于骚人墨客等风雅之士，讲究扇面书画，使之更近于工艺品。当时的川蜀及苏州都是折扇的主要产地。折扇无疑已成为明代扇子的主流，影响到清代，前后约三个世纪之久。

歌舞百戏用扇子当道具，也是由来已久。唐宋“歌扇”已成为诗文中习用名辞，杂剧艺人不分男女腰间必插一扇；元杂剧中扇子已成为必不可少的道具，习惯上女角多用小画扇，大臣儒士帮闲多用中型扇，武臣大面黑头等则用白竹骨大扇，有长及二尺的。演员借助扇子表现角色的不同身份和心理状态，妙用无穷。剧目和文学作品中也有以扇为主题的，如“桃花扇”“孙悟空三借芭蕉扇”“晴雯撕扇”等，可见其影响之大。

折扇外骨的加工，明代已得到极大发展。象牙雕刻，螺钿镶嵌，及用玳瑁薄片粘贴，无所不有。但物极必反，不加雕饰的素骨竹片扇也曾流行一时，甚至一柄值几两银子。清代还特别重用洞庭君山出的湘妃竹，斑点有许多不同名称，若作完整秀美“凤眼”形状，有值银数十两的。至于进贡折扇，通常四柄放一扇匣内，似以苏浙生产的占首位。

清代宫廷尚宫扇，包含各种不同式样。雍正四妃像中，即或执折扇，或执宫扇。宫扇一般式样多为上宽下略窄，扇柄多用羊脂玉、翡翠、象牙等珍贵材料加工而成，扇面还有用象牙劈成细丝编成网孔状的，这实在只是帝王的珍玩，已无任何实用意义。

至于农人，则一律是蒲葵扇，《雍正耕织图》中，他本人自扮的老农也不例外。高级官僚流行雕翎扇，贵重的有值纹银百两的，到辛亥革命后才随同封建王朝覆没而退出历史舞台。后来京剧名角余叔岩、马连良扮诸葛亮时手中挥摇的雕翎扇，大约从北京的前门外挂货铺花四五元就可买到。

镜子的故事（上）

历史博物馆在午门楼上有个新的全国出土文物展览，三千七百件文物中有许多种脸盆和镜子。把它们的时代、式样和出土地区都弄清楚后，我们也可以得到许多知识。如联系它们应用时的社会背景和发展关系，这些日用东西，也可为我们解决一些过去没有明白的历史问题。并启发我们，中国古文化史或美术史的研究，有一条新路待人去走，就是把地下实物和历史文献结合，用发展和联系看问题的方法。若善于运用，会有些新的收获可以得到的。

我们不是常说起过，人类爱美心是随同社会生产发展而逐渐提高的，至晚在彩陶出现的时期，我们老祖先既然能够做得出那么好看的有花纹陶器，又会用各种玉石兽牙虾贝装饰头部和手臂，石头生产工具也除实用外要求精美和完整，对于他自己的身体和脸上，总不会让它肮脏不堪。但是怎么来解决这个问题？除相互照顾可能就是从水中照着影子来解决。没有陶器时在池水边照，有了陶器就用盆子照。这种推测如还有些可信，彩陶中钵子式器物，或许就是古人作盥洗用的东西，本有名字我们已不知道。到后来随着社会发展，到了青铜器时代，洗脸和照脸分成两种器物，用铜做的来代替了。中国人最初使用镜子，到目下为止，我们还缺少正确知识。虽俗说“轩辕造镜”，轩辕的时代科学家一时还难于肯定。过世不久的专家梁思永先生，在二十多年前发掘安阳殷商墓葬和文化遗址时，据说从青铜遗物中，已发现过镜子。这就是说，中国人能掌握青铜合金作种种工艺品时，一部分人生活用具中，也起始有了镜子。算时间，至少是三千二百年前的事情！可惜没有详细正式报告，思永先生已成古人了。

从古代文献叙述中，可以知道有史以后，古人照脸整容，的确是用一个敞口盆子，装满清水来解决的。这种铜器叫作“盘”或“鉴”，盘用于盥洗，鉴当作镜子使用。古器物照例刻有铭文，盘铭最古的，无过于传说成汤盘铭“苟日新，日日新，又日新”九个字。其次是武王盘铭“与其溺于人也，宁溺于渊”十个字。鉴铭最古的传说是周武王鉴“瞻尔前，顾尔后”六个字。都是语言警辟，可惜无实物作证。从文字措词比较，我们说这种盘子可能古到商周，铭文却是晚周或汉代读书人作的。最著名的重要实物无过周代的“虢季子白盘”和“散氏盘”，商周遗物中，虽常有虺龙纹和鱼鸟兽纹青铜盘出土，多和食器发生联系，可不大像宜于贮水化妆。这次西北区郏县出土一个东周龙纹盘，和华北区唐山出土一个燕国兽纹盘，就和食器同在一处。这类铜盘也有可能在祀事中或吃喝前后用来洗洗手，或诸侯会盟时贮血水和酒浆，参加者必染指盟誓。但和个人化妆关系究竟不多。鉴的器形从彩陶时代就已确定，商代瓦器中常有发现。这次郑州出土瓦器群，就有几件标准式样。是底微圆，肚微大，缩肩而敞口，和春秋战国以后的鉴很相近。但是这东西当时的用途，我们却取个保留态度。因为看样子，用于饮食比用于盥洗机会还多些。

成定型的青铜鉴，多在春秋战国之际才出现。目下国内最重要的实物，有如下几件：

一是现存上海博物院山西浑源出土的二大鉴，鉴口边沿铸有几只小虎攀援窥伺，雕刻得十分生动神气。另一件是河南汲县出土的水陆交战人物图鉴，重要处是它的图案设计，丰富了我们对于战国时人生活方面许多知识，剔空部分当时可能还填有金银彩绘。第三件是科学院新近在河南辉县发掘出土那一件，上面有精细刻镂花纹，包括两层楼房的建筑，和头戴鹖尾冠人物燕享奏乐射箭生活，鸟树狗马杂物形象，并且很像用熟铜捶薄方法作成的。第四件是大型彩绘陶鉴，也在辉县出土，花纹壮丽而谨严，可作战国彩绘陶的代表。另外还有一件传说辉县出土彩绘漆大鉴，原物已经残毁，不过从残余部分花纹，还可以看出它壮丽而秀美的构图，和同时代金银错图案极相近。其中除浑源大鉴，还像一个澡盆，辉县漆鉴，本来可能贮满清水时便于照脸，其余几件东西，居多还像酒食器。古代如果真的用鉴作化妆用具，求它切于实用，这种鉴可能是“漆”作的，讲究的就用错金银作边缘附件。证据是出土物中发现过许多这种错金银或青铜刻花圈形附件，小型的已知道是贮镜栉的奁具，口径大到一尺二寸以上的，至今还不能明白用途。照例说它是装东西的“容器”，是并不具体的。一切日用器物，决不会凭空产生的，和前后必有联系。它虽上无所承，而下却有所启，西汉初叔孙通著《汉礼器制度》称：“洗之所用，士用铁，大夫用铜，诸侯用白银，天子用黄金。”洛阳金村曾出土过战国小型桃式银洗。汉代瓢式银匜已有发现，纯金洗却未出过土。如照《贡禹奏议》所说，则银和金也可作金银镶边的漆器解。极明显，到了汉代，士大夫通用鉴式另有发展，而且专用作盥洗工具了，通名就叫作“洗”，别名叫作“朱提堂狼洗”，西南朱提郡是主要生产地，格式也有了统一化趋势，花纹不是一双鲤鱼或一只大角羊，就是朱鹭和鹿豕，并加上“大富贵乐有鱼”“长乐未央”等等吉利文字，是用阳纹铸到洗中心的。另有一种小型洗，多用细线阴刻满花云中鸿雁麋鹿熊罴或龙凤作主题，绕以活泼而流动的连续云气，用鎏金法作成的。显然是照叔孙通所说，汉代王侯贵族才能使用。在汉代工艺品中，这是一种新型的生产。还有一种中型缺边碗式洗，铜、陶、漆都发现过，多和贮羹汤醴酒的羽觞一道搁在平案上。晋代青釉陶瓷的生产，既代替了青铜的地位，洗即发展成两个式样：大小折衷于中型鎏金洗和平底碗之间，在边沿或留下一圈网纹装饰和几个小小兽面，或只有两道弦纹，中心留下两只平列小鱼浮雕，反映到南方缥青瓷生产的，随后就有印花越州窑、龙泉窑的中型洗。至于宋代均、官、汝、哥南北诸名瓷，却多把一切装饰去掉不用。北方定窑则在双鱼外又加有种种写生花鸟装饰。这种“洗”如依然有实用意义，大致只宜洗笔不再洗手了。还有一种容量和“朱提堂狼洗”相差不多，稍微改浅了一些，边沿摊平，一切装饰不用，只在边沿和中心部分做几道水纹，晋六朝以来，南北两大系的青瓷都用到，发展下来就成了后世的“脸盆”。例如这次华东区扬州农场出土的一个，就属于缥青瓷系；中南区广东出土的一个，就属于北方青瓷系。宋明以来标准式样，是故宫宋定式墨绘脸盆，是这次陈列的宋赵大翁墓壁画化妆时用的脸盆，和在首都七个明代妃子墓中发现的那个黄金脸盆，和另一个比较小一些的嵌银龙凤花纹脸盆。这种式样一直使用下来，在不同地区，使用不同材料，用种种繁简不同花纹装饰，直延续到明清二代，有景德镇青花脸盆，有彭城窑面盆，有宜兴挂釉加彩脸盆，有广式苏式白铜脸盆，随后才有“景泰蓝”和“铜胎画珐琅”的脸盆出现。现代搪瓷盆就由之衍进而来。

至于镜子呢，古人本来也叫作“鉴”。因名称意义容易混淆，现在有些人就把同一器物，战国时的叫“鉴”，汉代的叫“镜子”。这种区别并不妥当。因为战国时人文章中已常提起镜子。把战国的镜子叫作“鉴”，是根据叙述周代工官分职的专书《考工记》而来。书中在金工部门说，“金锡半，谓之鉴燧之齐”，译成现代语言，就是“作镜鉴的合金成分，是铜锡各半”。但照注解“鉴燧”

到后来随着社会发展，
到了青铜器时代，
洗脸和照脸分成两种器物，
用铜做的来代替了。
中国人最初使用镜子，
到目下为止，
我们还缺少正确认识。

指“阳燧”，是古人在日光下取火用的。此外还有“阴燧”，可对月取水。卫宏《汉官旧仪并补遗》也说过“皇帝八月酎……用鉴燧取水于月，以火燧取火于日”。三国时高堂隆却以为“阳燧取火于日，阴燧取水于月”。崔豹《古今注》并说明取火的方法，“照物则影见，向日则火生，以艾承之则火出”。说法虽不相同，可见这种古代聚光取火镜子，起源必定相当早，到汉代封建帝王还当成一种敬神仪式使用。我国古代科学发明极多，对于世界文化有极大贡献。早过万年前的石器时代，既然就会钻木取火，进入青铜时代，又会用“阳燧”取火，应当是可信的。不过在考古材料中，我们今天还不曾发现过青铜作的“阳燧”，发现的多是照脸用的各种镜子。铸镜成分各时代也不相同，早期镜子大约百分比是铜占七五锡铅占二五。镜子铸成必加工磨光，西汉淮南王刘安著的《淮南子》，就叙述过古人磨镜方法，是把“玄锡”敷到镜面上，再用细白毛织物摩擦拂拭，才能使用。“玄锡”就是水银。磨镜子古代早有专工，《海内士品》一书中，记述汉末名士徐孺子，想去送他老师江夏黄公的丧葬时，没有路费，就带了一副磨镜子的家伙，沿路帮人磨镜糊口，终于完成愿心。“青铜时代”虽到战国就已结束，青铜镜子的工艺，却一直沿袭下来，一百余年前，才由新起的玻璃镜子代替。《红楼梦》小说写刘姥姥进大观园，吃醉了酒，糊糊涂涂撞进宝玉房中时，先走到一个“西洋穿衣镜”前面，看见自己的影子，笑迷迷的，还以为是“亲家”。这是许多人都熟习的故事。其实当时的城里人，也居多还使用铜镜。

过去一般读书人，认为镜子从秦代起始，是受小说《西京杂记》的影响。“高祖初入咸阳宫，有方镜，广四尺，高五尺九寸，表里通明。人来照之则倒见，以手扪心来，则见肠胃五脏，历然无碍。”旧社会老百姓上衙门打官司时，照例必用手拊心，高喊一声：“请求青天大老爷秦镜高悬！”典故就出在这个小说里。意思是把那位县官当成“秦镜”，明察是非。镜子照见五脏，不会真有其事。但是战国已有方镜，这次长沙楚墓就有一面出土。大过五尺的方镜，汉代却当真有过。晋初著名文人陆机，给他的弟弟陆云书信中，就提起过“见镜子方五尺三寸，宽三尺，照人能现全影”。《西京杂记》多故神其说地方，不尽可信。陆机所见古代实物，是相当可靠的。也有洗澡用的大型铜澡盘，能容五石水，见曹操《上杂物疏》。郭缘生《述征记》还说，这个澡盘在长安逍遥宫门里，面径丈二。可知是秦汉宫廷旧物。

从出土实物和文献结合看来，镜子大致和盥洗的“鉴”同时，约在春秋战国之际才比较普遍应用。战国时著名思想家庄周和韩非，文章中都引用过镜子作比喻，可见是当时人已经熟悉的东西。最著名的，是《战国策》上说到的邹忌照镜子故事。故事说，城北徐公有美名。邹忌打扮得整整齐齐去见齐王以前，问他的妻、妾和朋友，比城北徐公如何？三人都阿谀邹忌，说他比城北徐公美。但是邹忌自己照照镜子看，却实在不如。不免嗒然丧气。因此去见齐王，陈说阿谀极误事。阿谀有种种不同原因，例如“爱”和“怕”和“有所请求”，都能够产生。官越大，阿谀的人越多，越容易蒙蔽真理，越加要警惕。齐王采纳了他的意见，改变作风，广开言路，因此称霸诸侯。故事虽流传极久，一般人对于镜子的认识，还是除“秦镜高悬”，另外还知道“破镜重圆”。这两个名词，一个表示明察秋毫，一个表示爱情复好。至于故事的详细内容、本源，即或是“读书人”，照例也不大明白了。

镜子在实用意义外附上神话，和汉代方士巫术信仰关系密切。后来有两个原因更增加了它的神秘性：一个是 7 世纪隋唐之际，王度作的《古镜记》，把几面镜子的发现和失去，说得神乎其神。另一个是从晋六朝以来，妇女就有佩镜子风气，唐代女子出嫁更必须佩镜子，到 19 世纪，玻璃镜子普遍使用后，铜镜成了古董，照习惯，妇女出阁还当成辟邪器挂在胸前。把镜子年代混淆，另外还有一个原因，是宋代《宣和博古图》和清代《西清古鉴》，都把唐代的海兽葡萄镜，当成汉代作品。这事至今还有读书人相信。

近几十年研究镜子的人，从实物出土的地方注意，才修正了过去错误，充实了许多新知识。首先是淮河流域寿州一带发现了许多古镜，花纹风格都极特别，过去陕西河南不多见，因此叫它作“淮式镜”。至于产生的时代，还是沿袭旧称，认为秦代制作。其实寿州原属楚国，如果是“秦镜”，应当在咸阳长安一带大量出土才合理！直到近年长沙楚墓出土这种镜子又多又精美，才明白它的更正确的名称，应当叫作“楚式镜”，是战国时楚国有代表性的一种精美高级工艺品。镜子的大量生产，或普遍作墓中殉葬物，也是楚国得风气之先，而后影响各地，汉代以后才遍及全国。我们这么说，是因为秦赵燕齐诸国墓葬中，也发现过镜子，但数量却极少。如不是不会用镜子，只有一种解释说得通，就是殉葬制度中不用镜子。但是到汉代，坟墓中用镜子殉葬，却已成普通习惯了。

战国镜子和别的铜器一样，花纹图案地方色彩十分鲜明。大体上可以分成两大类：例如午门楼上展出新出土的一面漆地堆花蟠虬方镜，上海博物馆展出的一面“虎纹镜”，流出国外的“四灵鹫方镜”“圆透雕蟠虺方镜”和同一纹样圆镜，其他图录中所见龙纹和蟠虺纹镜。除第二种具浑源铜器风格，后几种都和新郑器及一般战国时中原铜器花纹相通。这一类镜子，艺术作风虽不相同，制度却大致相同。胎质都比较厚实，平边，花纹浑朴而雄健，可代表北方系作风。至于出土地不明确那面“金银错骑士刺虎镜”，和相传洛阳金村出土一面“玉背镜”，和寿州、长沙出土的大量龙纹镜、山字镜、兽纹镜，制度就另是一种。胎质都极薄，边缘上卷，设计图案多活泼而秀美，不拘常格。特别是长沙出土的各式镜子，更可代表南方系艺术作风，具有显明的地方特征。花纹处理多沿袭商周青铜器而加以发展，分作两层，有精细而多变化的地纹，在地纹上再加浅平浮雕，浮雕又还可分“平刻”“线描”和有阴阳面的“剔花”。在种种不同风格变化中，充分反映出设计上的自由、活泼、精致和完整。特别重要还是它的统一完整性。又因磨治加工过程格外认真不苟且，方达到了青铜工艺的最高成就。可说是青铜器末期，结合了最高冶金技术和最精雕刻设计艺术的集中表现。它的复杂多样的花纹，上承商周，下启秦汉，还综合战国纹饰特长，反映于各种圆式图案中，为后来研究古代花纹图案发展史的人，给予了极大便利。

例如“连续矩文”，是商代铜器和白陶器中重要纹饰中一种花纹，本来出于一般竹蒲编织物，反映到铜陶纹饰中，和古代高级纺织物关系就格外密切。到战国末期，除部分铜鼎花纹还保持这种旧格式，一般车轴头上的图案花纹还使用到它，其他器物上已不常见。但是这种矩纹却继续用种种新鲜活泼风格，特别是结合精细地纹作成的方胜格子式变化，反映于长沙古镜装饰图案中，不仅丰富了中国圆式图案的种类，特别重要还是对于中国古代的黼绣纹，也间接提供了许多重要参考资料。古代谈刺绣，常引用《尚书》“山龙华虫，藻火粉米”等叙述。既少实物可见，历来解释总不透彻。汉代以后儒生制作多附会，越来越和历史本来面目不合。从别的器物花纹联系，虽有金银错器、漆器、彩绘陶器可以比较，却并不引起学人认真注意。近三十年燕下都新出土的各种大型砖瓦花纹，和辉县出土的漆棺花纹，因为和蒙古人民共和国诺音乌拉古坟一片丝织物花纹相似，特别是燕下都的砖瓦花纹，和金文中“黼”字极相近，才起始启示我们“两弓相背”的黼绣一种新印象。但由于长沙上千面镜子的发现，完全近于“纳绣”“锁丝”的精细镜子地纹，和由龙凤综合发展而成的种种云藻主纹，更不啻为我们丰富了古代刺绣花纹以千百种具体式样。这些镜纹极显明和古代丝绸刺绣花纹关系是分不开的。并且从内容上还可以看出，有些本来就是从其他丝绣装饰转用而成。例如，一种用四分法处理的四叶放射式装饰，有些花朵和流苏坠饰，是受镜面限制，才折叠起来处理的。如果用于古代伞盖帐顶时，就会展开回复本来的流苏珠络形式。还有菱形图案的种种变化，孤立来看总难说明它的起源。如联系其他漆器、错金器比较，就可以明白原来和古代丝织物的花纹都基本相通（楚墓出土实物已为我们完全证明）。这些花纹还共同影响到汉代工艺各部门。诺音乌拉汉墓出土的一件大绣花毯子，边沿的纺织物图案，就和这次陈列的那面朱绘镜子菱形花纹完全相同。另外一片残余刺绣上几个牵马胡人披的绣衫上方胜格子纹，又和这次长沙出土一个战国时镂刻填彩青铜奁上的花纹相合。其他一些云纹绣，更是一般金银错图案。还有一种镜子，在对称连续方格菱纹中，嵌上花朵装饰，地纹格外精美的，也有可能在当时就已织成花锦，或用纳绣法钉上金珠花朵，反映到服饰上。西域发现的汉锦，唐代敦煌发现的方胜锦，显然就由之发展而出。洛阳出土大空心砖上的方胜花纹，沂南汉墓顶上藻井平棋格子花纹，也是由它发展的。至于羽状地纹上的连续长尾兽纹，写实形象生动而活泼，又达到图案上的圜转自然效果，构图设计，也启发了汉代漆盘中的基本熊纹布置方法……总之，楚式镜纹的丰富变化，实在是充分吸收融化商周优秀传统并加以发展的结果，和同时期工艺各部门的装饰图案，又发生密切联系，至于影响到汉代以后的装饰图案，更是多方面的。这是美术史或工艺史的研究工作者，都值得特别注意的一件事情。离开了这些实际比较材料，仅从文字出发，以书注书，有些问题是永远无从得到正确解答的。

近人常说汉代文学艺术，受楚文化影响极深。文学方面十分显著，因为西汉人的辞赋，多直接从楚辞发展而出。至于艺术方面，大家认识就不免模模糊糊。去年楚文物展览，和这次出土文物展览，从几面镜子花纹联系比较中，我们却得到了许多具体知识！汉代铜器在加工技术上，主要特征是由模印铸造改进而为手工线刻，花纹也因此由对称式云龙鸟兽和几何纹图案，发展变化为自由、现实、写生，不守一定成规的表现。阴刻花纹虽起源极早，商代以来，雕玉雕骨早已使用，但直接影响到汉代工艺的，也只有从楚文物中的漆器、木刻和青铜镜子等技法处理上，见出它的本来面目和发展趋势。

楚国统治者在诸侯间尝自称“荆蛮”，近于自谦封地内并无文化可言。当时所说，大致指的只是封建制度中的旂章车辂，仪制排场，在会盟时不如齐晋诸侯的讲究。至于物质文化，实在并不落后于人。特别是善于融合传统，有色彩，有个性，充满创造精神和自由思想的工艺美术。春秋战国以来，楚国工人所达到的高度艺术水平，和中原诸国比较，是有过之而无不及的。楚国爱国诗人屈原文学上的成就，和楚国万千劳动人民工艺上的成就，共同反映出楚文化的特征，是既富于色彩，又长于把奔放和精细感情巧妙结合起来，加以完整的表现。这虽然同时也是战国文学艺术的一般长处，是战国时期美学思想在文学艺术上的具体反映。

但是从楚文化中，甚至于从一面小小青铜镜子中，我们却更容易看出鲜明的时代精神和民族风格。

镜子既然是古代人的日用品，为便于应用和保护，必须装在一个适用的盒子里或套子里。长沙出土文物中，另外一时还发现过许多种刻画精美的大小漆盒子。这种漆盒大型的多分层分格，里面装有镜子、小木梳篦和脂粉黛墨。这种漆器叫作“奁具”。古代社会女子教育“德容言功”四种要求中，整洁仪容占第二位，因此女子出嫁时，随身也少不了一个“奁具”。不过当时代表的是“艺术”，可不是“财富”。到后来，陪嫁依然少不了“妆奁”，但是意义已完全不同了。到现代，除了西南边疆兄弟民族，还使用这种基本上用红黑二色为主的旧式彩绘漆器，制作方法并影响到印度、缅甸、暹罗、越南的生产，其余地方已少见到这种制作了。

这次长沙出土文物中，除彩绘狩猎漆奁外，还有个镂刻方胜花纹青铜奁具，图案精美而复杂。如不是用金银错技术填嵌金银，就是用彩漆填嵌处理的。新时必然丹翠陆离，异常华美。这也是这次展览中一件重要艺术品。这个铜奁和长沙楚墓发现的人物彩画漆奁，人物车马漆奁，细刻云兽纹素漆奁，可算得是楚国工艺品中几件“杰作”，也可作古代“奁具”的代表。它们是因镜子而产生的。过去人谈古器物，常把许多种筒子式青铜器都叫作“奁”，但是这些器物用处显然不会相同。只有长沙楚墓出土这种青铜或彩绘漆“奁具”，里面大多数还有镜子梳篦和其他化妆用品，才可和史游《急就章》提起的“镜奁梳比各异工”相印证，知道是战国汉代以来化妆用的奁具标准格式。这种奁具到汉末还有漆地画金银花纹的，魏晋以来技术依然能够保存，从曹操《上杂物疏》和晋人著《东宫旧事》的记载可以知道。不过晋代一般人使用的漆奁，大都是素质无花，因晋代法令禁止普通漆器文画加工。法令还提起过，造漆器的人必须把店铺工匠姓名和年月写上。齐高帝也有令禁止一般杂漆器加绘金银花。这次华东区在杭州发掘的几件南宋时临安府生产的素漆器，式样还是汉晋旧格，文字可和晋令相印证，证明了直到宋代，一般民间漆器，还遵守这个五六百年前的法令。这件事情，也是用文献结合出土实物才知道的。

奁具的“筒子式”或“三套式”改进成饼子式或蔗段“五撞”“六撞”式，和花朵式的外形，是配合唐镜从唐代才起始的。上海博物馆保存有元代画马名家任月山的媳妇墓葬中出土的几件漆器，剔红盒可证明现存明代雕漆多本宋元旧法，另外一个素漆花式套奁，却是现存唐式漆奁极有价值的范本。奁具也有方的，和后世县官印盒差不多，材料有用木片拼合的，用夹纻法作胎的，居多用竹篾编成。最著名的遗物，是在朝鲜汉代古墓发现的一个，上面画了许多彩漆人物，还有商山四皓和武王纣王等的画像。这种东西到汉末又名“严具”。陆机书信中还提起看过曹操用的严具，是个六七寸高的方盒子，内有梳篦镊子等杂物。

镜子的故事（下）

午门楼上展览除战国镜子外，另外还有很多精美汉唐镜子，其中有四面镜子，在镜子工艺和应用发展历史中，各占不同重要地位。

一　华东区浙江大学出土的西王母画像镜

照历史发展说来，中国的青铜器时代，结束于战国。这并不是说战国以后就没有青铜艺术。秦汉以来，铁工具已经成了主要生产工具，饮食日用器具或特别用具，漆器和釉陶的使用又日益普遍，再不是青铜器独占的局面。因此青铜器失去了过去的特别重要地位。这是社会发展的新趋势。但青铜器物在社会上却依然有它的广泛需要。使用范围并不缩小，还更加普遍了。我们从墓葬遗物中就容易看出。日用器物如镳铲灯、烛盘、熨斗、香炉、酒枪、带钩、弩机、熊虎镇、小刀、剪子和小型车马明器中用的种种金铜什件，大件器物如鼎、豆、甑、壶、钟、釜、鍑酒锠、堂狼洗、车上什件、帐鞲杂件、度量衡器，大都还是用铜做的。而且有些还加工作得特别精致。除堂狼洗铸有鱼羊类花纹，带钩、弩机，一部分用器有用錾金银花新技术表现，辘轳灯和熊虎镇子仿像生物，可代表汉代立体雕刻，其余铜器多只用简单带纹装饰，有的还毫无装饰。但也有新的发展部分，就是用手工精细刻镂，代替了商周以来旧法的模铸，图案也由对称定型，变得自由、活泼、逼真、生动。这种技术发展于战国，盛行于汉代。来源有可能是先从南方流行，才遍及国内各地（这次中南区衡阳工地汉墓出土一份细刻花纹铜器，和许多仿铜青釉刻花陶器，是最好的代表）。另外又发展了铜上镀金的工艺，古名“鋈续”，意思是把金汁倒到其他金属上面去，后世通名“鎏金”。其实是用汞类作媒触剂完成的。起始只用于战国末期的小件犀比带钩上，可知技术还相当困难。到汉代，因社会重视金银，才促进了技术发展，广泛应用到各种铜器上去。例如那种精细刻镂水云鸟兽花纹，面径六七寸大的铜洗，制作就格外讲究。这种新型工艺美术品，当时可能是和金银钼漆器奁具配成一套使用的。在漆器中，新发展的金银钼器，必有带式装饰，精美的多用纯金银或错金银法作成，比较一般性的，也在铜上鎏金。这种附件既增加了夹纻漆器的坚固性，又增加了它的美术效果，汉代“钼器”是由此得名的。不过继承了青铜工艺模铸技法的固有长处，在花纹方面而加以新发展的，主要却是镜子。

现在人一提起镜子，不说“秦镜”，必说“汉镜”“唐镜”。西汉早年的镜子，本和战国楚式镜或一般所谓“秦镜”不容易区别。前代镜样到西汉还流行，是过去人容易把它时代混淆通称“秦镜”或“汉镜”的原因。特别是内沿方框作十二字铭文，字体具秦刻石遗意，花纹如楚式镜中的云龙镜，过去人都认为是标准“秦镜”的，从铭文所表示的思想情感看来，大致还是西汉初期也流行的镜子。

显明标志出早期汉镜工艺造形特征的，约计有五方面：一、花纹中已无辅助地纹；二、镜面起始加上种种表示愿望的铭文（早期字体比一般秦刻石还古质，西汉末才用隶书）；三、镜背穿带部分由桥梁式简化为骨朵式；四、边沿不再上卷，胎质比较厚实；五、除错金银镜外，还有了漆背金银平脱和贴金、鎏金镜子的产生。

具有前四种特征的汉镜，如把它和战国楚式镜比较，会觉得汉镜简朴有余而艺术不高。第五种近于新成就，如这次长沙出土柜中新补充的两面西汉末加金镜，一个系薄金片贴上，一个系鎏金，在技术上是重要的，但数量并不多，缺少一般代表性。有一点十分重要，即是出土地依然还在南方，可知加金技术经南方发展是有道理的。早期汉镜花纹图案的简化和小型镜子出土比较多，显示出社会在发展中。上层艺术性要求不太高，而一般使用已日益普遍，这类镜子的产生，是由实用出发而来的。武帝以来，生产有了新的发展，社会政治日益变化，宗教巫术空气浓厚，装饰艺术用比较复杂形式反映到镜面上，和成定型的云中四神内方外圆的规矩镜，才用种种形式表现出来。东汉以来，神仙信仰加强，并且解除了巫蛊禁忌，故事传说日益普遍，神人仙真于是才上了镜面，镜子的使用，也由实用以外兼具有辟邪意味，和长生愿望了（这类镜子这次陈列是有很多具代表性的）。这还仅只就花纹图案一方面而言。

汉镜问题在铭文。大约而言，也可分作两大类，即三、四言和七言。从内容区别，有四种不同代表格式。第一类如：

一、“大富贵，乐无事，宜酒食，日有憙”十二字铭文。

二、“见日之光，长毋相忘”八字铭文。

前一种，可说是标准汉人“功利思想”的反映。后一种，已可看出汉代人正式用镜子作男女彼此间赠答礼物的习惯。也有具政治性的，如“见日之光，天下大明”八字，近于当时阴阳术士的谶语，或在成哀之际出现的东西。

铭文最短的只四个字，种类极多，计有“家常富贵”“长宜子孙”“长宜高官”“长毋相忘”“位至三公”“长乐未央”等等格式，虽同用四字铭文，却表现不同思想情感，反映于式样不同镜面上。“家常富贵”多小型镜，制作极简，近于民间用品。“长宜高官”“长宜子孙”多大型，花纹虽同样简朴，制作却十分完整。“长乐未央”还具战国镜式花纹和形制，多小型，四小字平列在花纹一方，近于秦汉之际宫廷式样。“长毋相忘”有各种不同格式，可看出是一般中等社会通常用品，纹饰虽简单，铸模却精致，切于实用。

第二类七言铭文的，由骚赋文体出发，近于七言诗的前身，极常用的有：

三、“内清质以昭明，光辉象夫日月，心忽扬而愿忠，然壅塞而不泄。”

四、“新有善铜出丹阳，和以银锡清且明，巧工作之成文章，左龙右虎辟不祥。”

前一式文字安排有作一圈的，有分作两层的。从文体看可以明白它实远受屈宋骚赋影响，近接司马相如枚乘等文赋，可说是骚赋情感在镜铭上的反映。铭文内容含义，因此可说有政治也有爱情。除铭文之外几乎无其他花纹，小型的铜质格外精美。后一式时代或稍晚些，一般多认为是王莽时官工镜。完全显明具政治性的，有“胡虏殄灭四夷服，天下人民多康宁”等语句，本来应当和汉武帝在中国边境的军事行动不可分。但是出土遗物时代都比较晚（用图案表现战事的还更晚，又不和铭文结合）。和二式同出现于西汉末王莽时代，现在一般还认为是王莽时官工造镜。有具年款的，一般多不刊年款。表示宗教情感和长生愿望铭文同在一处，最著名的是“尚方作镜真大好，上有仙人不知老，渴饮玉泉饥食枣”，铭文中一面指明这种镜式最先必出于官工制作，一面更反映《史记·封禅书》《汉书·郊祀志》所提起过的“神仙好楼居，食脯枣”等方士传说在汉代的发展和影响。这种神仙思想，影响到中国文化是多方面的，例如对于中国建筑艺术，就因此发展了向上高升的崇楼杰阁结构。如汉人文献记载，武帝时宫中井干楼，别风阙，都高达五十丈，鸿台高四十丈，金凤阙、蜚廉观各高二十五丈，渐台高二十丈，通天台还高及百丈，云雨多出其下。汉武帝在通天台上举行祀太乙仪式时，用太祝领导八岁童女三百人，各著彩绣衣服，在上面歌舞，壮伟动人景象可想而知。这种风气反映到东汉中等人家墓葬中，也不断发现有高及数尺三层叠起的灰陶和釉陶楼房，从结构上看，可能和用博山炉一样，还是让死者升天和“王乔”“赤松子”不死意义。至于反映于社会一般装饰彩画上，是“青龙、白虎、朱雀、玄武”四神主题画地位的确定，和由“海上三山”神话传说而来的仙人云气、鸿雁麋鹿，气韵飘逸色彩绚丽的装饰花纹，应用到金银错、彩漆、丝绸和铜、陶、玉、木、石等雕刻工艺中，都得到极高度的成就。特别是两件金银错兵器附件上的花纹，并且可作古代谈养生导引“熊经鸟申”五禽之戏的形象注释。它的产生早可到秦始皇，作为巡行的兵卫仪仗使用，晚到汉武帝，是文成五利手中所执的法物！在新的器物制作上，除完全写实的金铜熊、羊、辟邪，更有各种式样的透空雕花博山香炉的产生，珍贵的多用纯金银作成，最常见是青铜的。这种社会风习反映到镜鉴上，也作成图案设计的主题。不过镜面既受型范技术限制，又受圆形面积限制，更重要镜子是日用品，要求数量多，因此虽刻画得依然如“生龙活虎”，比较起来，究竟不能如其他工艺富于活泼生命。惟汉镜时代特征，却依然反映得十分清楚。

还有神仙思想主要是长生希望，铭文表示向天许愿长保双亲康宁的，多和“上有仙人不知老”等铭文在一道。向神仙求福本是宗教情感的表现，但这种孝子思想，却又和东汉儒学提倡孝道相关。

我们说“早期”或“晚期”，也许措词用得不易完全符合历史本来。例如“家常富贵”小型镜，虽是汉代作品，六朝以后还继续铸造。因为它是好简朴的一般人民使用的简朴式样。铭文所有愿望也是普通小有产者的希望，时代性就不大十分显著。至于“见日之光，长毋相忘”小型和中型镜，虽代表的是中层社会个人情感，和私生活发生联系，到东汉就有了其他式样代替，六朝以后铭文所表示的情绪虽还相同，措词已大不相同了。“胡虏殄灭四夷服”“上有仙人不知老”等铭文镜，反映的既是政治现实和宗教信仰，照理应出于武帝时代，事实上却多在东汉才出现。这些问题需要更具体更全面出土材料，才可得到正确解决。如用部分知识推测，是不可免有错误的。这也可以见出全国性文物发掘保存的重要性。因为用比较方法和归纳方法，就可以得到许多有用知识的。

汉镜的图案设计比铭文问题复杂。“见日之光”小型镜多重轮，铭在中圈部分，每字常用一花式图案隔离，中型的即无间隔花式。它的式样或者由“日重光月重轮”的祥瑞信仰而来。也有作内方外圆布置，内用四分法加流苏装饰，文字分别嵌于四方的。又有作星象式或乳钉旋绕，纽作十二重叠乳钉，普通都叫作“星云镜”，这是从兽纹衍进简化而成的。“长宜子孙”“长宜高官”等大型镜，虽近于早期官工镜样，制作得十分完整，但除中心四叶装饰，有的一圈云纹外，竟只使用一些重复线条，虽然在设计时深具匠心，整体结构效果极大方，几个字的安排，并且还特别注意，保留晚周错金柳叶篆文格式的特长，经营位置，恰到好处。可是究竟素朴简单了一点。这种镜式到东汉还保留，只换上铭文作“位至三公”，希望具体了许多。花纹比较进一步的，是在连弧内作八凤或朱雀图案的镜式。构图设想，或本源于“日中星乌”记载，又或不过采用汉人熟习的祥瑞传说。有作八凤的，有作十二凤的，也有并外弧用到二十四凤的。一般叫作“夔凤镜”，本名或者还是“朱雀镜”。如系由取火阳燧发展而出，装饰花纹用三足乌，就更符合传说。这类镜子常作扁平纽。既无地纹，花作平雕，在技术上已近于后代“剔花”（即把空处剔除露出花纹），又分阴剔和阳剔。若系阴剔，多余的阳纹线条，另外就形成四只蝙蝠式样，算得是镜纹设计的新成就。这种格式起于西汉，到东汉，再衍变就成为一种“兽面辟邪”镜式，或连弧部分加上方框，每一框中用“位至三公”四言铭文处理，就完全失去本来用意了。早期汉镜多较薄，到西汉末才胎质厚实，一般多不卷边，可证明主要是承继战国以来北方系的式样。凡边沿向外过度斜削，时代多比较晚些，属于另外一种格式。正和扁平纽一样，或者和生产地域的风格有关。生产地见于铭文的有“丹阳”和“西蜀”字样。又有“洛阳名工”的铭文。私人造镜著名的有“周仲造镜”“驺氏镜”“向氏镜”等，用的还是官工镜格式。或者和《考工记》提起的世袭官工有关。

汉镜花纹图案由简而繁，起始于武帝时代，到西汉末成、哀之际和王莽时代才完成。但和战国镜纹却有基本不同处。显著特征是战国镜边缘多空白，汉代镜则由简单重轮法改进而用三五道重轮法，表现多种鸟兽云气花纹，和齿状带式装饰反复重叠，使之得到一种综合效果。在技术上正和漆器、空心砖等图案设计一样，带式装饰有占镜面一半的，因此再难于区别边沿装饰和中心部分的主从关系。规矩镜花纹多浅刻，或兼喻“内方外圆”的儒家做人教育意义。但汉代博局，也用的是这种规矩花纹，有出土陶器可证明。绍兴镜子东王公像前的博局，也有用规矩纹装饰的。说明赌博也要守一定规矩！

政治现实和宗教情绪反映到镜纹上，本来应当和社会发展有密切关系，不可能孤立生长。花纹和铭文也应当有统一性。汉镜却常有些参差处。例如神仙思想的反映，照《史记·封禅书》《汉书·郊祀志》的叙述，多在秦始皇、汉武帝两个时代，特别是汉武帝时代，排场来得壮大，许多重要艺术成就，都在这个时期形成。最重要的如西王母传说，也应当在这时节产生，至迟到西汉末年已经流行。但镜纹镜铭和石刻画上的反映，却都晚到东汉桓帝祠老子前后。至于“上有仙人不知老”铭文的神仙或西王母形象正式反映到镜面时，却已经近于宗教在宫廷中时的庄严神秘感早已失去，只是把它当成一种民间信仰，一个普通流传的美丽神话，来和人间愿望结合加以表现了。是否是西王母神话的信仰，先只在宫廷中秘密奉行，到东汉末巫蛊禁忌解放，才公开成为民间传说和社会风气，更因越巫诪张为幻，才特别流行于长江下游？情形不得而知。总之这类镜子出现的正确时代、区域，是值得深入研究，不仅可以解决本身问题，并且还能够用它来校定相传汉人几个小说的比较年代，推测早期道教或天师教形式的。

在先秦镜纹上表现人物，著名的只有两面镜子：一面是错金骑士刺虎镜，另一面是细花平刻仙真人物弹琴驯虎镜。第一面或用的是“卞庄刺虎”故事，和宗教无关连。次一面照后来发展看，可能是描写“安期生”“王乔”“赤松子”一类列仙生活。镜式都属于先秦式。其他神仙人物镜，却多在前后相距三四个世纪的汉末才出现。较早的神仙镜多中型，镜面神像或者是当时在群众中有了权威的“老子”或“岁星”。但汉代巫教盛行，信奉杂神的风气普遍，如刘章、项羽、伍子胥都曾被当作信仰对象过，甚至于还有把“鲍鱼”当作神来敬奉，称作“鲍君神”的。所以能上镜面的神，必然也相当多。这种神仙人物镜，图案设计表现方法可分成三种类型：第一类用圆圈围绕布置方式，中间或穿插有既歌且舞的伎乐表现。次一类作三层分段布置，主题神肩部多带有一对云气样的小小翅膀，表示他可以上天下地，来去自在。旁边或有侍从玉女站立，云气中龙虎腾跃，边沿花纹装饰精美而复杂。中国带式装饰中由云纹而逐渐变为卷草，从镜边装饰可得到具体发展印象。铭文具方士祝愿口吻，且常迁就镜面位置，有语不成章处，可知本来必同样重要，经过复制，从应用出发，才成这样子。就花纹说，鸟兽和侍从羽人，虽还活泼生动，主题神有的却方而严峻，和反映于陶石上一般汉代人物画像的活泼飘逸不大相称。技术以半圆雕法为主，也有用点线勾勒的。时代多在东汉后期，可知和记载上桓帝祠老子关系密切。这种神像和早期佛教也可能有些联系，因为敦煌洞窟壁画中的“降魔变”构图设计，还像是由它影响而来。最重要是第三类，用西王母东王公作主题表现的神仙车马人物镜，其中穿插以绣幰珠络的驷马骈车，在中国镜子工艺美术上，自成一种风格。这种镜子虽近于汉镜尾声，却给人以“曲终雅奏”之感，重要性十分显著。完全是一种新型的艺术创造，即在有限平面圆圈上，作立体驷马奔车的表现，得到体积和行动的完美效果。表现方法有用连续点线处理的，有边沿作平刻，主题用高浮雕处理的。有在高浮雕技法中兼用斜雕方法处理的。点线法和高浮雕本属旧有，斜刻方法表现体积，使用到镜面上，却是一种崭新大胆的试验。正和川蜀汉墓雕砖法一样，直接影响到唐代著名石刻昭陵六骏，和宋明剔红漆器的刻法。镜面设计有的还保留四分法习惯，有的又完全打破旧例，尽车马成为主要部分，占据镜面极多。一般形象多是西王母和东王公各据一方，西王母袍服盛妆，袖手坐定，如有所等待，面前横一长几，旁有玉女侍立，东王公则身旁常搁一博局，齿筹分明，有的又作投壶设备，或者身前还有个羽人竖蜻蜓献技。孝女曹娥碑说到父亲曹盱能“弦歌鼓舞，婆娑乐神”。当时越巫举行敬神仪式时，或者也正是披羽衣作种种杂伎表演。青龙白虎各占一部分面积。马多举足昂首，作奋迅奔赴姿势，在车窗边间或还露出一个人头。照情形看来，镜中的表现，如不是周穆王西游会王母的传说，就是照《神异经》说到的西王母东王公相对博戏故事。

这种镜子特别重要处，还是它出现的区域性，十分显著。主要出土地限于江浙和山东一部分地方。如照山东嘉祥武梁石刻人神排列秩序看来，“西王母”实高踞石刻最上层，代表天上。但汉代人风俗习惯，每个死人都必须向管领地下的“东王公”买地，东王公又俨然是阴间唯一大地主。同时汉代传说“泰山”也是管领地下的主神。这位东王公究竟是周穆王化身，汉武帝化身，还是王莽化身？两者又如何结合于汉末南方镜子上，当成图案的主题？在社会学上或工艺史上，都是一个待研究的问题。或出于“越巫”的造作，或属于早期“天师教”的信仰，又或不过只是因为生死契阔，天上人间难再相见，为铭文中“长毋相忘”四个字加以形象化的发展。死者乘车升天，也只是汉代传说嫦娥奔月故事，主题虽用的是宗教神话，表现的却只是普通人间情感。镜面也有作伍子胥和吴王夫差像的，和曹娥碑提的“迎伍君神”相合，可知是东汉末年南方人一般信仰。又也有作游骑射猎图的。最重要的成就，还是车马人神除雕刻得奕奕如生，还丰富了我们古代神话的形象，也提供了我们早期轿车许多种式样。一般铜质都比较差，但镜面雕刻实可说犀利壮美，结构谨严。这次午门楼上东头柜中展出的一面，就具有标准风格。这种镜子最精美的，多是 1934 年在绍兴古墓群出土，因此世界上多只知道有“绍兴镜”。其实它应当是汉末三国吴时的南方青铜工艺品代表，绝不止是绍兴一地的生产。

二　晋墓中发现的两破瓦镜

在西汉早期镜子中，社会一般既有了“长毋相忘”等表示情感的铭文，社会上层又有“长门献赋”的故事，民间又有“上山采蘼芜”等乐府诗歌流传，可知“爱情”在汉代社会生活中，实有了个比较显著的地位。也因此加重了男女间离鸾别鹄的情操。或生前恋慕，用镜子表现情感，或死后纪念，用镜子殉葬，表示生死同心，都是必然的发展。死人复活的传说，如《孔雀东南飞》诗歌叙述，如干宝《搜神记》小说记载，也自然会在社会间流传，特别是社会分崩离析之际。所以照社会现实推测，“破镜重圆”希望或传说，和死人复活的故事相同，至迟应当在魏晋之际发生。文献上记载较早的，是旧传东方朔著《神异经》，就有“夫妇将别，各执半镜为信相约”故事。这次在西南区昭化出土二晋墓中，各有破瓦镜一片，拼合恰成一个整体，为我们证明了晋代以来，民间当真就有了这种风俗，传说，到陈隋之际，才有乐昌公主和陈德言“破镜重圆”故事产生。“破镜重圆”和死人复活一样，对古人说来，本只是生死者间一种无可奈何的希望。乐昌公主以才色著名，在兵事乱离中和丈夫相约，各执半镜，约作将来见面机会。国亡被掳后，进入当时炙手可热的越国公杨素府中。后来还因破镜前约，找着了丈夫陈德言，夫妇恢复同居。又因陈德言寄诗有“镜与人俱去，镜归人不归。无复姮娥影，空余明月辉”，乐昌公主临去被迫作诗有“今日何迁次，新官对旧官。笑啼俱不敢，方验做人难”之句，载于《两京新记》《本事诗》《太平广记》和《古今诗话》中，当成“佳话”流传。后来教文学史的就把“破镜重圆”事当作起于陈隋，本来的出处倒忘记了。历史和文物的结合，可以为我们启发出许多新问题，并解决许多旧问题，这两面平平常常破瓦镜，就是一个好例。

汉魏以来铁器已普遍使用，因此也有了“铁镜”。并且还有“错金银铁镜”和“漆背贴金银花文铁镜”。曹操文集中《上杂物疏》曾提起过许多种。这次展览也有一方素铁镜子。收藏镜子一般用的是奁具，随身使用却放在镜囊中。“镜囊”通名“镜套”，是用锦缎或刺绣作成的。古代的不易保存，目下常见的多是明清两代以来遗物。明清铜镜在艺术上已不足言，但镜套却有绣得极精美的。镜子使用时或拿在手上，或挂在架子上，在汉代石刻中，我们已看见过它的式样。至于使用情形，全靠镜后纽部那个穿孔，贯上丝绳，手拿，或挂在一定架子上。挂镜子的器具名叫“镜架”或“镜台”，讲究贵重的多用玉石、玳瑁、象牙作成，一般只是竹木髹漆。镜台有用玉作的，是从《世说》[①]温峤用玉镜台作聘礼记载知道。但镜台的样子，却不大引起人注意。传世晋代著名人物画家顾恺之作的《女史箴图》卷子中，保留有一幅古人临镜整容的精美画面。画中两人席地而坐，一个已收拾停当，手执镜子，正在左右顾盼。一个刚把长发打散，背后面却有个侍女理发，面前

① 即《世说新语》。

搁有镜台和脂粉奁具。镜台画作玳瑁纹，是长方形，附在镜架中部。并用文字解释画题，大意是“人人都知道化妆打扮身体，可不大明白更重要是注意品德”。是现存一卷最重要的中国古代教育连环画，在历史意义和美术价值上，都非常珍贵。原画于鸦片战争英军火焚圆明园时，就被英国军官抢走，辗转到了英国博物馆，现在还未归还中国。

曹操《上杂物疏》文件中，还提起过许多种汉代重要日常用具，我们又藉此知道汉镜中“错金”和“金银花”是两种不相同技术的生产。次一种如不是平脱法，就应当是捶薄金银片的加工技术。捶金薄片，商墓中即已发现过。春秋战国之际，河南新郑还发现过细刻龙纹金甲片，因已脱离附件，当时用处还不能具体明白。汉代用薄金片镶嵌漆器上，重要出土记录有蒙古诺音乌拉古坟出土和陕西宝鸡斗鸡台出土的。长沙这次出土一面鎏金镜，一面贴金镜，贴金镜边沿还另刻细致云纹，和本来的齿状纹不同。魏晋六朝以来金银细工有进一步发展，《东宫旧事》和《邺中记》就记载有许多种金银器物和镶嵌工艺美术品，齐梁诗文更常有形容叙述。但实物知识，我们却并不多。

至于一般青铜镜子花纹，魏晋以来先是半圆雕的中型高圆浮雕鼍龙镜突破旧规，随后是十二生肖鸟兽浮雕分罫作边缘装饰，中圈分布圆式宝相花镜纹占重要位置，直沿用到六朝末年，铭文也由七言改为五言和四言，使用庾子山诗句“玉匣聊开镜，轻灰暂拭尘。光如一片水，影照两边人”是最常见格式。四言最著名的，有“炼形神冶，莹质良工。如珠出匣，似月停空。当眉写翠，对脸傅红。绮窗绣幌，俱含影中”。过去传说是五代西蜀王建赠某妇人的，现在已明白这种镜子产生时代，实早到隋唐之际，这时期镜铭主要是对于女性美的赞颂，花鸟图案和文字体裁都秀美柔和，和使用对象性情要求相适应。有综合十二辰、八卦、小簇宝相花合成一体的，也有沿袭汉代四神镜方法，用狻猊、辟邪、狮子、麒麟作主题，用四分法布置的。大致是六朝末官工民工镜子通用格式，到初唐犹使用。镜铭虽再不提起“新有善铜出丹阳”的语句，工艺风格依然显出南方特征，铭文和南朝文字也有一致性。主要生产还是南方。《唐六典》即明载扬州贡物中有青铜镜。

三　唐代花式捶银花鸟纹镜

唐镜花式丰富多样，不是本文能够详尽。大体说来，有如下几种新的发展，从新的发现中可以证明。一、受现实主义影响，写生花鸟镜的流行，大卷枝花多丰满健康，小簇花多秀美活泼，并有各种鸟类穿插其间。二、融化外来文化，产生了新型的厚胎卷边满枝葡萄镜，葡萄间多用异兽、练鹊、蜻蜓、蝴蝶点缀其间。三、带故事性的人物上了镜面，计有俞伯牙钟子期故事、孔子问荣启期故事、玉兔捣药嫦娥奔月故事、王子晋弄玉乘鸾跨鹤故事、莲花太子故事（唐镜许多种和当时的道教有密切关系，只有这一式受佛教影响）。四、花鸟镜中常见而又精美的，有双鸾衔长绶镜，有鹦鹉鸳鸯镜，有小簇花蜂蝶争春镜，有贴金银捶花和金银平脱镜，有嵌螺甸镜。五、有八卦、万字等家常镜。同时也起始有了带柄镜子，这是从圆扇得到启发产生的。方镜也发现得较多，大致是便于搁置到镜台上的原因。在造型艺术上的特征，主要即镜形打破了旧有圆形格式，作种种不同花式发展。又镜面有大过一尺，小仅如钱大的。六出花式是常用格式，小型镜制作多格外精美。怪兽葡萄狻猊狮子多作半圆浮雕，宝相卷枝和小簇花多作线浮雕。故事人物镜和双鸾对舞诸镜，在布置上都完全打破平均四分或圆形围绕习惯，作圆状屏风格式，或四方委角葵花式。共通优点是图案设计的现实性，给人一种生动活泼印象。花鸟多从写实出发，达到浮雕高度艺术水平。布置妥帖，是唐代一般艺术设计的特征，唐镜更充分反映这个特征，而且多样化。

这里要特别介绍的，是一面直径只两寸多些、花式金银加工的小小花鸟镜。因为在艺术上它代表了唐镜的新作风，在技术上又代表了唐镜的新成就。

唐代用金工艺计十四种，捶金镶嵌方法应当名叫“贴金”。是把薄质金银叶子贴到镜面捶成的。唐代纯金银器常有出土，且多比较材料，基本花纹已大体明白。一般镜子早期图案，还多用陈隋旧样，宝相花用“簇六”法或“聚八仙”法是通常格式。鸾衔绶带和鸂鶒、鸳鸯、练鹊、鹡鸰、戴胜、白头翁等鸟雀和蜂蝶昆虫在花朵间飞息，才正确见出唐代装饰作风。这些花鸟图案在中型镜类已显得十分活泼生动。用贴金法和平脱法反映于大型和极小镜子中，更加精美、细致而完整。工艺成就和社会习俗有密切联系，所以这种金银加工技术的全盛时期，必然和社会发展一致，应当在开元天宝之际数十年间。姚汝能述《安禄山事迹》，记玄宗和贵妃赠安禄山礼物中，就有许多种金银平脱器物，且有大件器物，正如小说中述玄宗嘱主工事的说“免为大眼孔胡儿所笑”而特作的。当时这种标准式样，已不易见到。但从其他出土金银器物中，和这一面小小贴银镜子中，却可体会到金银工艺美术，在唐代历史全盛时期的成就。

《唐六典》载用金十四种，这种名“贴金”，旧式错金则属于“戧金”即“戗金”一格，至于在漆上嵌镶镂空金银花鸟的“平脱”法，基本上是和它有区别的。后人一般都叫作“金银平脱”，实不大适合。金银平脱和其他加金用具，到肃宗时就一再用法律禁止，不许制造，因此唐墓出土器物虽极多，贴金和平脱镜并不多。在唐代数百年间，全部风格上的发展和变化，我们知识到如今还是不具体的。惟从现存资料如故宫收藏，及肃宗时就流传日本的几件重要镜子看来，却可知唐代标准特种官工镜的花纹和品质。还有镜子花纹和当时锦绣丝绸花纹有相通处，例如小簇花和绫锦刺绣纹样有联系，大卷枝写生却多反映于彩印染缬罗帛上，这是从比较上可以明白的。这些问题，过去少有人注意到，却值得注意，因为藉此也可以丰富充实我们对于唐代丝绣花纹的知识。特别重要还是可因此明白一个镜子的花纹，也不是孤立的，必然和其他许多方面有联系的。

我们并且还知道，到了这个时期，一般镜奁多从实用出发，已由“筒子”形式改进成为“扁饼”形式和“花式”样子，同时还使用相同花纹锦绣镜囊，前面已提起过。唐代因玄宗八月初五（一作初三）生辰，由国家把这一天定名“千秋节”，在这一天公私普遍铸造镜子送礼，传说最好的镜工必在扬子江心开炉泻铸。政府上下也多在这一天用镜子作祝贺礼物。唐代诗文中常提起这件事。一般“鸾衔绶带”镜，“回纹万字”镜，“真子飞霜”镜，“八卦水火”镜，大都是在节令中的产物或礼物。小型贴金银花鸟镜和金银脂粉盒子，有比一般银圆还小的，或者是宫廷中和贵族社会亲戚妇女相互馈赠礼物，是便于平日随身携带的化妆用具。

这种金银加工小型花鸟镜，有花如豆粒，鸟如蚊虫，设计构图依然十分谨严周到，统一完整。到宋代，这点特别长处就失去了。唐宋五代西蜀、江南、吴越工艺都有高度发展，写生花鸟更多名家，西蜀、湖南、吴越且大量用金银器。惟青铜镜子工艺上的特征，实无所闻。

明代的灯市和灯

我住处离灯市口只一站路，平时去西城或过文联大楼，经常得在灯市口西头下车或换车。每当岁暮年末时，总不由不联想到这地方三四百年前元宵节日灯市的盛况。不过四百年来，许多事都已物换星移，即再善于联想，也不易体会得出当时情景，特别是《帝京景物略》和《日下旧闻》，都谈起过灯市种种热闹处，《宛署杂记》中民风土俗部门，也简略提及元宵游灯市事情：

每年正月初十起至十六日止，结灯者各持所有，货于东安门外迤北大街，名曰“灯市”。灯之名不一，价有至千金者。是时四方商贾辐辏，技艺毕陈，珠石奇巧，罗绮毕具，一切夷夏古今异物毕至。观者冠盖相属，男妇交错。近市楼屋，赁价一时腾踊，非有力者率不可得。

十四日曰“试灯”，十五曰“正灯”，十六曰“罢灯”。

记载虽然简略，实简而扼要，依旧可以得出一个轮廓，可以知道如下一些事情：一、这里新年灯市实由正月初十起到十六止，一共七天，主要当是中西百货毕呈的商业贸易，正式观灯只三天，由十四到十六。当时灯市在八面槽一带，游人齐集游玩，看人看物，不仅观灯，还来买灯。灯的品种极多，供各阶层需要，作得特别精巧的，价值上千两银子一架。市面十分热闹，各种摊贩和专卖高级工艺美术品古物文玩珠宝首饰的，古今中外应有尽有。为了观灯趁热闹，有钱有势的人家，还出大价钱把附近一带人家楼房出大价钱预先租赁下来，不是强有力的还得不到。

另外“走百病”条还说起这些日子正阳、崇文、宣武三门都不关闭，通宵任人往来。“放烟火”条且说起烟火名目到百种，最奢侈讲究的是那些皇亲国戚贵族家，有集百巧为一架，分四门次第传放，通宵不尽，一赏达数百两银子。关于正阳门的晚闭早开，民国十年以后，记得还有这个规矩。但据宣统时人作的《京华百二竹枝词注》，却得知直到清末，还是上灯即闭，所以当闭门时，行人车马奔竞，十分忙乱（还和唐人小说《李娃传》故事里提到的当时长安制度相近）。宣统时才破例开放，不再关闭。大致是便于乘火车的上下。辛亥后瓮城拆除，另改二便门进出，不知何时又有关闭。《宛署杂记》成于万历二十二年（1594），这个叙述至少反映了四百年前后北京年节灯市景象一部分。

胡应麟的《甲乙剩言》，还说到当时所见一种巧作灯，全用鸡蛋壳作成的。

余尝于灯市见一卵壳灯，皆以卵壳为之，为灯、为盖、为带、为坠，凡计数千百枚，每壳必开四门，每门必有榱、拱、窗、槛，金碧辉耀，可谓巧绝。然脆薄无用，不异雕冰画脂耳。悬价甚高，有中官以三百金易去。

这种好看不合用的玩具灯，能出钱买去的自然多是封建帝王身边有权有钱的太监。明代政治上的腐败和权臣官僚贪赃纳贿，在近古历史上是格外显得突出的。政府的大权，又多掌握在一些太监手中，例如西山一带许多庙宇建筑，当时就多是用来作为四季游息变相别墅的。正如王廷相在他作的《西山行》七言歌诗中所写的：

西山三百七十寺，正德年中内臣作，华缘海会走都人，碧构珠林照城郭。忆昔武王倦机务，金马门前有权竖。卖官何止金为堂，通贿能令鬼上树。六边将帅多奴贱，未挂兵符先见面，文官琐细不值钱，镇守监枪动千万。熏灭气焰侔天子，嘘之者生啐即死。眼前变故如翻掌，有贿方能保无事。……人间富贵尔所有，不虑生前虑生后，高坟大井拟王侯，假藉佛官垂不朽。凿山九仞平和席，殿阁翚飞照云日，已请至尊亲赐额，更为诸僧求护敕。……土木横起西山妖，忍见苍生日憔悴。

所以一个太监花三百银子买一件鸡蛋壳作的巧作灯，应当是极其平常事。当时元宵灯彩，虽集中在灯市口一带，事实上这个节日是遍及全城，由宫廷到四城的。主要灯彩自然在宫廷里。明代人薛蕙作的《元夕篇》，关于宫廷情况有这么叙述：

元宵明月满蓬莱，春色先从上苑来，千门宛转银屏隔，万户参差金锁开。千门万户连双阙，彩女新装踏明月。……此时天子盛遨游，离宫别馆足风流。才开凤岛张灯架，更起鳌山结彩楼。……万烛翻疑白日光，千烛却乱春星色。……御仗层层锦绣围，广场队队鱼龙戏。

王侯贵族家里，竞奇斗盛，也仅次于宫廷：

金张许史斗骄奢，金灯玉带剪春纱，鸳鸯比翼玫瑰树，翡翠双栖菡萏花。龙膏凤炬列千行，蕙火兰烟白合香。

一切形容都重在描写封建统治者连亲带眷的奢侈豪华无以复加。厌倦了歌舞弹唱，吃的醉醺醺的再去游灯市，但见妖童倡女，

宫灯又称宫廷花灯，
是中国彩灯中最富有特色的传统手工艺品之一。
主要以细木为骨架，
镶以纱绢和玻璃，
并在外绘以各种图案的彩绘灯，
以雍容华贵、充满宫廷气派而闻名于世。

到处来去，真是“粉色偏从月下明，衣香故向风前起”，游兴未阑，不觉已经天色大明！

当时最引人兴趣，中上层人家都以得到这么一件认为时髦的，大致还是云南作的料丝灯。杨慎《七修类稿》，曾说及它的出处和作法：

> 料丝灯出于滇南，以金齿卫者胜也。用玛瑙紫石英诸药捣为屑，煮腐为粉，然必市北方天花菜点之方凝，而后缫之为丝，织如绢状，上绘人物山水，极晶莹可爱，价亦珍贵。盖以煮料成丝，故谓之料丝。李西涯以为“缭丝”书之。

据这个记载，可知明代料丝灯，实是玻璃丝织出绢状，上绘山水人物。杨慎曾斥谪云南多年，说的必比较近实。明代云南出围棋子，全国著名。出雕漆，嘉万时北京剔红制作，一反永乐宣德张德刚包亮旧法，不再采用不露锋棱的圆剔技术，一变而成锋棱毕呈如斧削刀砍技法，且影响到清代近三百年制作，即由于受云南剔红刻法有关。至于云南大理石应用于桌椅床榻，唐代虽已有“文石”记载，也以明代应用较广，若加上料丝灯的出产，已共达四种。当时黑白围棋子，剔红漆器和大理石床榻桌椅，还可从故宫、历博和国内其他公私收藏中发现，惟料丝灯我个人还无福分开眼。历史博物馆、故宫和颐和园，是目前北京公共机关收藏宫灯种类最多的单位，前后曾看过许多种不同材料不同式样，只有故宫所藏一种直径尺余球形明角料灯，知道可算得是明代的新发明，在玻璃灯未流行以前，曾成为一时髦事物。其余还有几件十二面圆角形四角悬着长长丝穗纱糊挂灯，和宋明灯笼锦式样还相差不多，另外还有些巧作纱灯，和画中巧作灯相近，其余多是清代制作。另外一时又曾在古董铺看到几件和虾须帘相关不多细玻璃柱竖列编成栅的灯屏，有经无纬，虽和杨慎说的料丝灯织成玻璃绢情形不尽相合，大致还是属于料丝灯一类。从灯沿用料和花纹分析，实产生于明清之际。技术进展，或许还是苏浙工人贡献较多。因为琉璃灯的制作，南宋临安和元明苏州，前人笔记即多已道及。如当时杂记记朱家灯就说起过：

> 陇西卖药朱家灯，号天下第一，以琉璃为诸物之形。

又范至能诗注：

> 吴俗元夕，坊巷以连枝竹缚洞门多处，数十重，每里门作长灯，题好句其上。以生绢糊大方灯，图画史册故事。又小衮灯，时掷空中。又有大衮灯。又鱼灯，琉璃壶瓶贮水养鱼，以灯映之。又万眼灯，以碎罗红白相间砌成，多至万眼。又琉璃球灯，每一隙映成一花。又以绢或琉璃为官府名额灯映之。又船灯，夹道陆行，为

竞渡之乐，谓之划草船。又水戏照心灯。又莲花灯，栀子灯，葡萄灯，犬灯，鹿灯，骑灯，月灯，桥灯。

杨仪《垄起杂事》则称：

元夕张灯，城中灯球巧丽他处莫及。有玉栅灯，琉璃灯，万眼罗，百花兰，流星红，万点金。

谈辇舆

《史记·夏本纪》称“禹行四载”，四种交通工具中有“山行乘檋”，注解恐难得详尽。特别是这种古代交通工具本形及其以后发展，用以书注书方法，不免顾此失彼，读者既得不到原来形象具体知识，更难得到在历史发展中，这一奴隶社会残余转入封建社会制以后种种知识。试从形象出发，结合史志记载，相互印证，看是不是可得到些新的常识。

金文中常见“辇”字，反映奴隶制社会，奴隶主虐待奴隶现实，用人当牲口使用四人拉车的情形。殷商发掘是否有遗物出土？不得而知。《史记》提“山行乘檋”，集注会注必有解释，不是本人所能深究。惟就“山行”二字而言，可以推测得知，必是“抬举”而不是“推挽”。（古有舆人之诵，得知周代还在使用，但是否即“檋”？个人为无知。）汉石刻千百种，似无形象可征。四十五六年前，记得曾展出个五代周文矩《大禹治水图》，有不少人夫开山运石，是不是同时也有檋的形象，已难记忆。至于清代那个一丈多高大青玉雕的《大禹治水图》，时间差距过远，不可望发现有用证据。

直到近年，云南昆明附近石砦山发现的大量青铜器群，在一个铜鼓边缘装饰图像中，却有个西南夷酋长出行图，给了我们不少新启发。这个酋长是稳稳当当半躺式坐在个四人肩扛的家伙里的。人人耳著大环，头缠长巾，前后亲信随从，均腰围虎皮，表现得十分明确具体。不仅证实了两千多年前古代“檋”的式样和坐法，还同时证明了此后千余年唐人樊绰著《蛮书》里提起的南诏酋长随身亲信官必身披“波罗皮”的事实。因为《蛮书》就说“波罗即老虎”。这个图像的出现，即可证明“山行乘檋”的制度，还可说明《蛮书》所称南诏土官必腰围虎皮，西汉以来就是这样，延长千年还未大变。（并且因此明白明以来犀毗漆中“斑犀”又称波罗漆的由来，技术实传自云南，首先或多用鞍鞯，和赵璘《因话录》记载，说犀毗出于南诏鞍鞯叙述相同。）

汉石刻多成于东汉，且集中于山东或徐州一带地区，交通发达，没有“檋”的应用形象，事极自然。但为时稍后，就有发现，反映在《女史箴图》卷中。文章出于西晋著名文人陆机（《文赋》作者），文章辞约而意深，不愧为好文章，画则历来以为成于东晋顾恺之手笔。就画言画，产生有可能还较早一些，因为内中“人莫不知修容”一段中，有个梳头宫女，发髻后曳一长髾，完全是汉代制度，和近年出土壁画多相同，而地面席前搁置一漆奁，汉末似名叫“银参带严具”，见于曹操《上杂物疏》，在严可均辑《三国文》中，当时即作为贵重事物，所以缴还政府的。东晋则受法令禁止，已不使用。所以原作可能还早几十年。出于陆机同时代的画家之手。这个卷子或是重摹，时代又较晚于顾好几个世纪，疑出自隋人。因为：一、题字和隋代字体极相近。末题顾姓名，当时似还无这个习惯。二、奁具上柿蒂画得不大对，显明已不懂制度。这当另作商讨。

更重要还是这个画卷里有个八人抬的似床非床、似榻非榻、上加纱罩帐子的一个坐具，内坐一人似乎还在从容读书的样子，晋代名称应叫“八杠舆”或“平肩舆”。又还另有个砖刻形象，除上作罩棚，不是纱帐，其他大同小异。记得《晋书》或《南史》曾提作“平肩舆”，而侍从鼓吹必著“荷叶帽”，这个砖刻上即前有鼓吹，后有仆从，果然帽子多像个倒覆荷叶，可知流行时代，宜在公元二三世纪间。如不文图互证，认识是难具体的。

到唐代，则发展成为“腰舆”或“步辇”。唐代名画家阎立本、立德，具家学渊源，画艺多于其父隋名画家阎毗。传世《列帝图》即出其手，内中梁武帝也坐了个有脚的平榻状东西，旁附双杠，似由四人抬扛，和前者相似而不大同。特征在用手提，齐腰而止，照史志称呼，宜名“腰舆”。当时大致只限于宫廷中短距离使用，出行是不抵事的。

阎立本既承家学，唐初由虞世基等制定官服制度仪卫规则时，阎氏弟兄即参与绘图。如用《列帝图》和敦煌唐初贞观时壁画《维摩说法图》下列帝王大臣听经形象相比证，可知《列帝图》所绘必有所本，非架空而成。特别是关于“腰舆”的应用形象，必有一定真实性。因为凡事不孤立存在，这个“腰舆”实上有所承而下有所启，同时又还可能有别的相同存在的。

传世名画还有《步辇图》，绘李世民从容坐在“腰舆”上接见吐蕃使者形象。前有一著青绿执小笏赞礼官，腰系“帛鱼”，后即吐蕃使者，拱手而立。步辇前后有宫女四至八人，穿紧身小衣，波斯式金锦卷口裤（和洋服裤极近），软底锦鞠靴（即后人所谓小蛮靴），披长帛，腕着蛇形金钏，《拈花图》似乎也有过（这种蛇形金钏似外来物，实物只明万历七妃子墓中曾出土过）。李世民著黄色常服，黑纱幞头，相当文静，须角虽上翘，却与后来诗文形容虬髯可挂角弓（似应为如角弓）不大合，无背景，显明近于刚从宫中出来，半道相遇而停下来接见的。似不符合应有排场。好像是时代较晚什么人，把阎作《职贡图》不一定是吐蕃使者中一人，配上隋炀帝一类人物“夜游图”凑合而成。因此是否成于阎之手笔实可疑。但这问题不是本文拟商讨的。只就“步辇”而言，得知是用丝绳一端系在杠上，一端挂在肩头，手扶杠杆行进的，应用情形是相当明确的。惟宫女衣著上身似有点不伦不类，在唐代为仅见，近于孤立存在，值得研究。

（史称黄巢入长安时坐在肩舆上。将不外以上几种式样。个人认为参考前三式似乎妥当些。至于《列帝图》《步辇图》中所见，似近于宫廷中物，应用到黄巢入长安场面，实不大合适。目下陈列画面则似参取最早一式，即石砦山式。但如参第三式或较接近真实。）

再晚些，即传为晚唐画家周昉在所作的《宫中图》卷里所见的一个方轿式形象，却像是为封建帝王小公主一类带游戏性的东西，也可说是“凤辇”的雏形，因为杠头前端刻了个凤头（记得宋摹唐人绘《阿房宫图》中一个游船，也画作凤形）。

照史传记载，这时已开始出现“担子”，计分两种用途：一为在宫中朝见时，特赐年老大臣，作为一种特别恩宠待遇。正如清代“赐紫禁城骑马”差不多。一为出远门代替了骑马旧习惯，改用人力代马。两种“担子”究竟有什么区别，我们却近于无知。宫里应用只有《宫中图》小型凤辇可得大略印象，上远路则无图像足征。直到五代人绘画里，还是只有《游骑图》传世！（赵岩绘《游骑图》）

记得故宫八年前名画展览时，曾有一大幅金碧山水，原本即近于逸笔草草（金碧山水还无此一格），绢素又十分破碎，且尺幅极大而景物极细，故宫专家定为“唐”，却照例并不说明什么是唐，特征何在。其实证明非唐，倒有二特征值得注意：其一，其中过桥、入庙，到处有不少成形的二人抬轿子出现。其二，即画中人物衣冠别致，非唐非宋，多戴一种高筒尖帽，为任何图像所少见，违反了凡事不孤立规律。是否较后一时高丽画？大有可能。不过对于字画时代鉴定，有的是专家“权威”，我从来少发言权，只是从制度上提提而已，疑是五代十国滨海偏霸所属作品，也还少证据。但肯定不会是唐代中原画家手笔，则从大量出现轿子可知。

因为直到北宋，燕云十六州割去后，马匹显然已相当缺乏，全靠川蜀，茶马司锦坊织锦和茶叶等换取川西北山马备军用、官用。北宋官制定鞍镫制度时，还分二十（十八？）来种，最高级为“金银闹装鞍”，官价要二百多两银子才备办，即最小的县令，“铁制银衔镫鞍具”，也还得十二两银子。史志还提到县令许可用八到十二仆从，戴曲翅幞头（一称卷脚幞头），还得知内中有个仆从，照例专扛一张有靠背可折合的交椅，把它套在颈子上上路的。留下两个画面可以作证：一个在《清明上河图》中，在开封市人众往来中，有那么一位知县和仆从出城。另一个在天籁阁藏宋人画册中，有幅题作《春游晚归图》的，明明白白也是县官“走马上任”的情景，才独自骑马，而用上八到十二个随从抬抬扛扛前后相随，正和史志叙述相合。（无知收藏家或商人，随意题个“春游晚归”，有知的“专家”，也即省事原样展出，就只这个画册里至少就有三幅名称和内容不符合，还少有人提到！）

宋代官制品官出行必骑马，但妇女出行，特别是清明扫墓，坐“小轿”已成习惯。《东京梦华录》上就记载得极详细，还说清明出城扫墓，归来必在轿前插雪柳。《清明上河图》就反映得清清楚楚。这像还只是统治阶级中层使用的。开始还有更简便些，切合山行的式样，即传世郭熙名画《西湖柳艇》大轴画幅里所反映的当时西湖游客所乘“四川滑竿”式的工具。传世横卷中还有个颜辉绘的《钟馗出游图》也坐了那么个东西，印于波斯顿藏中国名画中，或张大千辈伪作。（这个简便式样，直到我在双溪乡下默写这个小文时，住处附近的区医院，还经常可看到由较远山村来诊病的老人，由二亲人抬扛而来。）

宫廷中，似乎也还依旧使用装备较完美的轿子，最有代表性，最传世萧照所绘《中兴桢应图》卷中的反映，已开启后来明清两代轿子基本式样。

这就是《史记》所称“山行乘檋”由奴隶社会延长到封建社会末期的历史发展。也反映长期封建社会阶级压迫的一个方面。历史本来是不断发展前进的，但经常也会在某一方面、某一地区、某种事物中，不仅会保留些封建制度残余，甚至于还反映奴隶社会制度人不当人的残余。所以尽管商代以来，制车工艺，即已达到相当高水平，唐代因为国家养马到了四十五万匹，一般妇女出行也骑马，而全国还设有驿站官邸，因公出京上京的，都可照当时等级制度得有使用相应马匹和住处权利。但是到了近六百年的明清两朝，反而做武将的，也有出门不会骑马，只坐到四人或八人抬的“官轿”里的事情！使明清政权的贪污腐败，极端无能，终于崩溃，被人革命打倒，这个当然不是主要的，但即就这一件小事说来，也可以明白“一叶落而知天下秋”的趋势、发展，是终于积累如此如彼的种种，促进了封建皇权的倾覆，在势是无可避免的。

附　篮舆、板舆

或问:“晋南北朝史志记载可能还有个什么简便的玩意你忘了，试想想看!”

当然忘掉的还不少，一个人即绝顶聪敏，无一本书，无一个实物图，无一个形象图，这么过考，也怕难及格的。何况我这么一个公认为笨拙的人。严格地要求，是肯定不过硬的，那就得包涵包涵了。

三四十年前读《陶潜传》里，似曾提到过他上庐山应庐山高会时，由于山路高，年岁老，要子侄们用篮舆或板舆抬上山去。究竟应当是什么样子，似乎没见过。但到北宋李公麟绘了个《庐山会图》，记得却像个四方平板小筐筐，是子侄挑上去的，离地不及二尺，倒也方便省事。此外还有个署名《靖节轶事》的小画册，笔道细如明代尤求，也署名李公麟，好像也有那么两人有一个扁担各挑一头的办法，在行进中。稿似相当旧，但是那个篮舆似乎不会早于宋代，而且显明不像是从实用物画出的。

谈车乘

《穆天子传》称周穆王驾八骏马会西王母于瑶池之上。有无八马车出土或形象出现？世传八骏图时代多较晚。这个文件，似出于晋束皙整理太康二年（281）汲郡出土竹简搞出来的。所以汉石刻及壁画均无反映。即到南北朝，画面上也未见到。唐代只李世民墓前“昭陵六骏”，虽反映的是他本人作战坐骑实物形象，且各有名称。装备的“五鞘孔制”且为唐代鞍具制度，见于史志。但多少或受了点八骏传说及名目影响。

个人所见，似乎还是元明人所作《八骏图》。是否由赵松雪创始，已难记忆。

传世五代人绘《汉武帝见西王母图》（或《会上元夫人图》？）并无车乘表现，只背景作瑶池水波。

《诗》称“六辔沃若”，又古文有“驾朽索而御六马”，可见古代必有“六马车”。有没有形象可证，或遗物出土？照诗文称引应当有。遗物似未闻发现，图像也未在汉石刻有反映。

汉代郡守似有“五马”之称，石刻和砖刻宜有反映，也没有见过。或者另有解释，不得而知。

《司马相如传》似有“不乘高车驷马，不归故乡”语。应作何解？有无形象可证？是不是司马相如文传难于记忆？“高车”或指“高轮”或“高盖”，即车中那个高高的伞盖。蜀中近年出土汉浮雕砖即可证明。传世或出土铜鎏金水仙花式的“盖弓帽”，就是在伞盖末端，有整份出土物，数目难记，不过据此可知，这种高伞盖，是可撑可收的。如复原，或能六分近似。但河南浚县卫墓出土驷车复原实物，得知西周还没有用伞盖，虽曲辕在中，旁各二马，但直衡和套马颈部之轭，彼此相互关系，如何才能达到“控纵自如”情形，模型所见，似还不大具体。报告或已有具体叙述，不妨查查。汉末两晋间还有些四马车形象，反映到绍兴出土铜镜子上，主题却是“西王母会东王公”所乘车。车作轿子式，两旁有窗，四马奔驰，后垂长长丝绸车帘，似由后面上车。汉石刻也有同式车子，只独马。记得曹操借故把三国时著名文士杨修杀害后，曾写了个信给杨修父亲汉太尉杨彪，送了些礼物，又用他的妻子名义，给杨修母亲一些礼物，内中有一辆车子，似名叫“通明绣幰四望七香车”。名称过长，不大容易记得清楚，可能有些遗漏。照时代估计，应当和镜子上形象相近，大致只是独马。它的特点是轿子式，后面拖曳长长绣幰，还影响到隋唐贵族妇女用小黄牛驾的“金犊车”或“油碧车”。镜子上四马，或因西王母的身分，本意或许用八骏马，受画面限制，只用四马表现。另外，还有同时或晚些传为顾恺之画的《洛神赋图》所乘四马车，车后斜插二火焰边长旗，即史传所称“王者乘九斿之车”，马前两旁还各有执弹弓任保卫责任的“附马”，真正名副其实的“附马”。照画中男女人物衣冠制度说来，至早是北朝人手笔，比顾可能晚二百年或更多。因为给画中洛神着齐梁时装，男子臣仆着北朝装，此画出现事实上还可能更晚些。时代必在隋唐间，才会这么办。极可能，是隋代画家作的。因为赋中“蛟龙挟毂，鲸鱼为卫”，鱼龙形象和敦煌隋壁画反映极相近。而执弹弓附马，也是隋唐制度。记得说的是王公贵族出行时，用来驱逐拦道行人，也即镇压人民意。（后来“弹压”二字，可能即由此而出。是否这样，得问问编字典专家！）

这个“王者九斿之车”，虽不一定出于东晋顾恺之手，但是用到晋代大事件上，还是可以参考。比如说，我们如绘“淝水之战”，谢玄十二万人如何击溃了苻坚数十万人马情形，史传记载，还曾提及当时苻坚作皇帝的车驾御辂也丢失了，用这个车作参考，似比用别的合适一些。比较后些，宋初作《绣衣卤簿图》和清《卤簿图》或《南巡图》御辂都更壮观些，但不如前者时代较接近。

此前一定还有不少四马车图像，只是限于见闻，难提意见。

“执辔如组，两骖如舞”，《诗经》中所提，是否和三马车有关？

说起《诗经》，我真惭愧，也可说“读过还背诵过”，也可说“毫无知识”。因为六十年以前，记得在私塾上学时，每天温书，内中《诗经》最容易背，内容可比《论语》深得多。如“关关雎鸠”，老秀才塾师，也讲不出所以然。好奇心强，问得多些时，就得自己搬凳子，到孔夫子牌位前，伏在凳上，被狠狠揍二十板，事后还得向牌位作个揖，搬凳子自归原位。因此一提《诗经》，就联想到这种封建教育。加之时间过了半世纪多，就多模模糊糊了。好像还有个“两骖雁行”，若只重在解释字义，查查《十三经注疏》省事，如所说恰指的是三马车，图像似无反映。或许是由于我孤陋寡闻，提不出形象证据。还依稀记得《左传》上或别的提到个故事，说某马必蹶，或和三马车有关？至于两马驾的“骈车”，那倒比较容易明确。不仅用马，还有用“鹿”用“牛”的，倒像是读书人闻所未闻。照应用说，这种两马骈车，是最容易控御的。所以孔子谈教育中的六艺之一的“御”，那驾车技术的训练，虽不明指马数，有可能只指一马。不过后来说的骖乘，似即指车旁的卫士骑从而言，如汉代四川蜀中画像砖，骈车旁二骑从，《洛神赋图》中二挟弹弓骑从而言。这种专门知识，恐得问“专家”！因为记得历史博物馆曾陈列过不少马数不等的模型车，向“专家”请教，不会错。我说的可能是“专家”不注意的小问题，是常识，是客观现实。

谈锦

——矩纹锦的本源及其发展

中国织锦，是比较可靠的文献——《诗经》《左传》《国语》等称述，至少已有了二千五六百年的历史。古代所谓贝锦、重锦、纯锦，虽为两千年来经史学人时常称引疏解，实物究竟应当是个什么样子，却少有人具体提出。即或比较后来一些记叙，由于近半世纪的出土实物日益增多，把文献和实物相互印证，工作上得到许多便利，有种种可能，过去学者通人如汉代郑玄释《三礼》、晋代郭璞注《尔雅》、唐代颜师古注《急就章》，及明清以来如顾炎武、赵翼等，孤立引书证书，即再博学多通，不易弄得清楚明白的问题，也可起始从文物互证得到许多新的认识，新的理解。例如对于《急就章》中涉及丝绸部分，前人以为属于色泽形容的，新的发现已明白大部分实为花纹形象。但从整个情形说来，这部门生产成就及其在发展中如彼如此原因，问题还可以说是一片空白，不仅仅是汉代的知识的不够多，即近五百年生产，也还是所知有限。既未在艺术史研究工作范围之内，也不曾在国内几个有条件大博物馆，成为一个专题研究课目，布置一点人力，来起始认真作些初步探索工作。因此文化史或艺术史涉及这部门艺术成就时，多缺少应有理解，只能空泛交代几句不着边际的说明，居多完全触不着本题。一面涉及百十万劳动人民，累代连续生产了大几千年，还留下实物以十万计的艺术品，我们对之还十分陌生；另一面是明清以来，少数文人画家，在笔墨艺术风格上，略有突破，直到如今，还在艺术上占用若干篇幅，作详尽分析，而在艺术出版物上，也一再重印，还在国内作各种不同规模的展出。从这一点上，让我们感觉到，若对于“民族优秀遗产”的“古为今用”要求落实时，发生困难是意中事。特别是关于丝织物这一部分在艺术上的伟大成就，所抱的轻视忽视态度，是不大合理的，有负于古人的。因不揣鄙陋，试从常识出发，作些探索工作。抛砖引玉，实有待国内专家学人共同努力。

唐有“双矩锦”“盘绦绫”，和其他花纹一样，内容似还少人分析过。比较说来，这类丝绸花纹，实同源异流，同出于古代竹篾编织物，由之影响发展而成，且可代表较原始提花织物纹样。时期早可以到三千年前的商代，晚也必在春秋战国时期中即已成熟。古人所谓“纯锦”“重锦”，或陈留出的“美锦”，这种矩纹锦即或不占主要地位，也必然有一定地位。

双矩锦得名虽出于唐代，敦煌唐代壁画服饰部门和边沿彩绘部门，均少有反映。恰说明唐代装饰艺术在丝绸上的要求，已将重点放在团窠图案一类以宝相、牡丹、地黄、交枝小簇花为主的植物纹样，和鸳鸯、鸾凤和其他鸟鹊含绶穿花等动物图案相互交错处理上，较古式的矩纹图案已不再占重要位置。但是它的继续生产还是事实。而且还在发展中，千年来依旧生产，且衍进变化成种种不同花式。在稍后的宋代及近三百年，在锦类生产中，还续有发展，作出百十个新花样。

矩纹锦在唐代，似只在张萱《捣练图》卷中一个骨牌凳垫子上绘出过，从比较得知它和青绿簟纹锦、金银锭式锦均属同一格。传世实物虽不多，惟《营造法式》彩绘部门，却还保留下好些种不同格式。明清仿宋锦实物，以康熙有代表性，大致还可找出卅种不同样子，可以证实它原来的式样和衍变的过程。由此明白它在提花彩锦中出现，可能比龟子锦还早些。锦纹基本既从竹篾编织物而出，至少商代已可能有这种花纹产生，而在春秋战国时期却逐渐成熟，发展成各种相似而不同的图案。尽管到目下为止，还未发现过这种锦缎，另外一时必将从新的发现实物中得到证实。因为一切事物不是孤立存在，而又必然和其他事物有一定联系，且在不断发展中的。我们无妨从“联系和发展”来作些初步探索：

一、商代白陶器上有相同连续矩纹图案。

二、同时或早些青铜器上也有相同矩纹图案（方鼎上反映特别具体）。

三、安阳出土一个白石雕刻人像，衣服上即使用这种矩纹图案，而且反映得十分清楚明白。

特别重要便是白石刻人像上的花纹，虽间接却具体。且不仅商代各物上存在种种相同花纹图案，此后也还未绝迹失踪，还继续反映到工艺品中，成为装饰图案一部门。

一、春秋战国中原地区各处出土青铜车轴头上还有这种连续矩纹、地子或作芝麻点，或作羽状卷云纹。时间比楚式镜子上反映当略早些。

二、楚式青铜镜子上，主要花纹图案之一种，且形成种种不同变格式样，底子或作整齐细致羽状卷云，或作不规则螺旋云纹。由于过去对于它的来源成因不明白，或称“山”字镜，或称“T”字镜，或称“矩形”镜，或称“规矩”镜，可极少注意到它和纺织物纹样的关系。并且它既和十二章的山字可能有一定联系，也和礼制玉中的“蒲纹”不可分割。

三、战国或秦汉之际大型空心砖边沿有这种连续矩纹。从类似砖上使用 纹已确知为丝绸中的绫纹，则砖上连续矩纹，更必然是一种织物花纹。

四、战国玉璧上有这种连续矩纹，此外玉羽觞、玉具剑上之玉璏上，也使用过这种连续矩纹。这个一般可说是一种云纹的变格，事实上却更近于连续矩纹的缩小。（周代礼制玉说的蒲纹，如非指这类纹样，即应当是另外一种青苍玉大璧上所反映的一种直格纹和纵横交错的条纹。至于《三礼图》所绘在璧上作小簇写生蒲纹，则只是宋人以意为之，完全不符实际。因直到目下为止，出土周代大小玉璧千百件，还从无作《三礼图》上那种写生般蒲纹的。径尺苍璧以图中所见较多。）

五、长沙战国楚墓出土上彩绘俑，有些衣沿作这种连续矩纹。如结合史志上说的“衣作绣，锦为沿”的记载，则无疑这种花纹，事实上即当时一种锦纹。最具说服力也是这个俑上衣沿的反映，和商代那个白石刻人像花纹一样，是直接出现于衣服上的。

六、山西侯马近年出土大量铸铜用陶范，有几个约四寸长人形陶范，有著矩纹短短花衣的，也有著条子式三角日旋云纹花衣的。这个材料且进一步为我们说明，既有全身矩纹图案，又有间隔条子式花纹图案，白陶早已发现过这种条子式作方折回旋云纹，彩陶则间隔条子也常有发现。白陶上矩纹且和人形泥范上衣著花纹完全一致。由此可知，当时生产这种花纹纺织物，至少已有几种不同方式，幅面较窄只堪作衣沿或腰带用的，或和目前还在西南苗族西北回族用粗毛编织的带子式材料技术相差不多，是属于原始腰机地机，用手指凭操作习惯理经提花，而有一种木石璋式刀具或牛肋骨作工具，代筘压线进行的。这虽是种原始提花机，而直到如今，却还在边远地区继续使用。18 世纪海南岛黎族使用的工具全份，还陈列于北京故宫博物院。运用这些工具进行织作方法，则在云南石砦山出土铜器上，还有极典型形象保存，陈列于北京历史博物馆。这还是一千九百年前时留下来的。（至于西藏式织氆氇工具，却已有了进一步改进。）同一时期也正是中原地区如陈留襄邑使用新式提花机织出“登高望四海”“长生无极”“韩仁”诸彩锦时！从这些发现为我们提供了一种新的假定，即由商代到东周，这种矩纹彩色提花纺织物至少有两种不同幅度：一种不过三五寸宽，楚俑所用衣边，是不用剪裁照原来幅度缀上的。商白石人像和侯马泥范人形所穿花衣材料，却是照古代二尺幅箝立式提花机作成的。

矩纹锦在汉代已少见，同式花纹反映到其他装饰图案也少见。说明了一个问题，即由于生产发展，织机改进，这类近似几何规矩图案已不能满足生活要求。因此汉代彩色花锦出土不下数十种，基本纹样多是云山中鸟兽奔驰为主题，打破了传统束缚，自出新意。图案来源不外从两个方面：即反映现实主义的游乐狩猎生活，反映于文字则产生《羽猎赋》《上林赋》等叙述，其次反映浪漫主义的对于神仙方士长生不死的迷信情形，反映于文字，则有如《史记·封禅书》《汉书·武帝纪》有关海上三山等叙述，及乐府诗关于博山炉形容。这两种思想影响到工艺装饰图案各部门，产生冠饰上的盾形金博山，和陶井栏青铜灯上的金博山形装饰。产生五鹿充墓出土的错金戈戟附件上的花纹，上作仙人驾鹿车在云中驰逐，各种鸟兽骇跃腾骧于山云间。产生朝鲜汉代古墓出土的同式错金银附件花纹，上作骑士射虎，及孔雀鸿雁麋鹿野豕于山云中奔走驰逐。影响到翠绿釉陶和栗黄釉陶鼎或尊盖部博山，产生千百种各具巧思的金铜博山炉。反映于丝织物，则成各种大同而小异的锦纹，而以较著名的“韩仁”锦和“登高明望四海”“新神灵广”“明光”诸锦最有代表性。事实上这种锦纹也可以说是立体博山炉的平面化，图案来源是共通的，都出于海上三神山的传说。这种锦纹的成熟，如据上面文字分析，早或在秦始皇，晚亦不会到武帝以后，因为“登高明望四海”必然和当时封建统治者大奴隶主妄想长生不死上泰山封禅有密切关系。锦上字体也具秦刻石风格。有些也可能早到战国中晚期，因为花纹作式云纹，正和战国楚式铜镜花纹及彩绘漆盾花纹有共通点。古代有关丝绸名目的“绮”和“绮”，可能和这个花纹有关。“长乐”“明光”则系秦汉宫殿名目。这种花纹锦缎，直到晋代还继续生产。《邺中记》所说“大登高”“小登高”“大明光”“小明光”，及《南史》称“仙人鸟兽云气异样花纹”，和米芾所见晋永和时“仙人鸟兽云气织成锦”必然有密切联系。或简直就是同一织物。到北朝晚期或唐代初期，锦类才有进一步变化，龟子纹锦或属固有格式，连珠团花、对羊、对灵鹫、对天王狩猎、野猪头等图案，则有可能来自西藏，或更远一些地区。根据见多识广的张彦远记载，说窦师纶在成都作行台官时，出样制作的瑞锦，游龙翔凤诸花样。既称章彩奇丽，流行百年不废，可知花纹图案组织及和色方面成就，均必有过人处。从日本正仓院所藏唐代实物及敦煌唐代彩绘壁画种种壮丽丝织图案还可窥见大略。书端符《李卫公故物记》和《唐六曲》罗列了部分绫锦名目，并特别对于一近似织成锦式刻丝衣袍花纹加以赞美。陆龟蒙《古锦裙记》则记述所见特种锦裙，虽说或陈隋间物，其实以鸟衔花使用习惯而言，则大致成于唐初。

双矩纹绫锦见于《唐六典》诸道贡赋，盘绦绫锦则著录于较晚的大历禁织绫锦纹样诏令中，李德裕《会昌一品集》谏织缭绫奏议也提起过。唐代以来，大撮晕彩锦类，虽已达到和色极高艺术效果，惟在应用方面似以本色花绫和染缬比较广泛。红紫使用有一定限度，惟青碧色不受何等拘束。

彩锦类在历史各阶段中如玄宗开元初年和肃宗时，常因政治上原因，一再明令禁止。矩纹和盘绦在织法上比较简单，且切合新流行于上中层社会坐具垫子类需要，从而得到发展是意中事。但从谏织盘绦缭绫奏议中，可见比一般本色花绫还是华美难织，货币价值也必然较高。直到宋代，社会生产有进一步发展后，锦缎花纹也因提花技术有了提高，更重要是丝绸生产数量的扩大和品种的增多，彼此竞新立异，因此由比较简单的龟贝锦发展而成的八答晕锦，由团窠锦发展而成的大宝照锦，由一般花纹比较疏朗的素地串枝牡丹锦发展而成的满地金，或间金红地藏根满地花加金锦。灯笼式也由北宋成都起始织造金线莲花灯笼锦而发展成各种各样不同式样。梭子杏仁式樗蒲绫，也由唐代遂州所织，到宋代发展而成许多相似不同花纹，有对凤、游龙、聚宝盆、牡丹等，就织法说则有罗、纱、缎，就材料说有织金，有间金，有装花，有本色花等。从簟纹发展而出的矩纹锦，这时节由于应用面的扩大，也得到进展，从《蜀锦谱》和后来《博物要览》所记宋代几十种绫锦名目中试加分析，即可知至少有□种和簟纹有关。或由之发展而成。即明代普遍流行，清代又在南京苏州大量织成的万字地大小折枝串枝花式，明人所谓“落花流水”锦，不下百种式样，也无一不是由之发展而来。这类宋锦实物虽保存已不多，但《营造法式》彩绘部门若干种花式，基本上即是锦缎式样，可以用来和现有明清同式锦缎互证，给我们对于它有深一步认识。

织金锦

中国丝织物加金，从什么时候起始，到如今还是一个问题，没有人注意过。比较正确的回答，要等待地下新材料的发现。以目下知识说来，如把它和同时期大量用金银装饰器物联系看，或在战国前后。因为这个时代，正是金银错器反映到兵器、车器和饮食种种用器的时代，是漆器上起始发现用金银粉末绘饰时期，是用金捶成薄片，上印龙纹作为衣上装饰时期。但是文献上提及锦绣时，是和金银联系不上的。春秋以来只说陈留襄邑出美锦、文锦、重锦、纯锦。“锦”字得名也只说“和金等价”，不说加金。迄今为止，还没有发现过这时期墓葬中丝织物加金的记录。长沙战国古墓中，得来些有细小花纹丝织物（新近还发现棺木上附着的黼绣被），可不见着金痕迹。陕西宝鸡县（今宝鸡市陈仓区）斗鸡台，发掘过西汉末坟墓，虽得到些鸟兽形薄金片，或是平脱漆上镶嵌的东西，可不像是衣服上的装饰。西北楼兰及交河城废墟中，掘出的小件丝绣品，其中有些金屑存在，丝织物还极完整，不见剥损痕迹，当时是用金箔粘贴，还是泥金涂绘，又或只是其他东西上残余金屑，不得而知。东汉以来，封建帝王亲戚和大臣的死亡，照例必赐东园秘器，有用朱砂画云气的棺木、珠襦玉柙。这种玉柙，照《后汉书·舆服志》解释，是把玉片如鱼鳞重叠，用金银丝缕穿缀起来裹在身上的。一般图录中还没有提起过这种实物式样。中国历史博物馆中有份刘安意墓中出土遗物，有骨牌式玉片一堆，上下各穿二孔，穿孔部分犹可看出用金缕的方法，还是用细金丝把玉片钉固到丝织物上。当时这种金丝有一部分必然外露，但决不会特别显著。

《史记》《汉书》都称西北匈奴、胡人不重珠玉，欢喜锦绣。汉代以来中国每年必赐匈奴酋长许多锦绣。中国向大宛、楼兰诸国换马和玉，也用的是锦绣和其他丝织物。这种丝织物中，是有加金的，如《盐铁论》说的中等富人的服饰，即有“罽衣金缕，燕貉代黄”。说的金缕也可能指的是大夏、大秦外来物。

《晋书·大秦国传》称：大秦能刺金缕绣。

西北匈奴羌、胡民族，既欢喜锦和金银，就有可能从大秦得到金缕绣。近半世纪西北发掘的文物，证实了史传所称西北民族爱好锦绣的习惯。在蒙古和新疆沙漠中，得到的汉代丝织物，如带文字的“韩仁”锦、“长生无极”锦、“宜子孙”锦、“群鹄”锦、“新神灵广”锦、“长乐明光”锦，和不带文字的若干种绫锦绣件，截至目下为止，还是中国古代丝织物中一份最有代表性的、珍贵的遗物。它的纹样和古乐浪汉墓出土的丝织物大同小异，恰是汉代中原丝绣的标准纹样（正和《盐铁论》说起过的，两地当时受中原墓葬影响情形相合）。

中国科学院黄文弼先生，在他作的《罗布淖尔考古记》中说：

> 孔雀河沿岸之衣冠冢中，死者衣文绣彩，甚为丽都，虽黄发小儿，亦皆被服之。

遗物中有一片近乎织成刻丝的织物，上面做的是一匹球尾马拉一辆车子，文献和其他报告图录中，还从来没有提起过。但似乎没有见过刺金缕绣。其中一个青红锦拼合成的锦囊，记录上虽说是从魏晋之际古墓中得来，其实是正格汉式锦，一作龙纹，或即《西京杂记》所谓蛟龙锦，有无极字样。一作对立小鸳鸯花纹，有一“宜”字，似宜子孙锦，已启唐代作风。这些丝织物据朱桂莘先生说，当时或着金。但从提花纬线考察，不像加过金。在北蒙古古坟中，曾得到一小片桃红色有串枝花的毛织物。花纹和一般丝织物截然不同，和汉末镜缘装饰倒相近。如非当时西北著名的细罽，从花纹看，有可能来自大秦或西方其他国家，时代当在魏晋之际。

因《西域传》记载，中国丝织物加金技术上的发展，一部分学人即以为实来自西方。但是，一切生产都必然和原料发生联系。

锦缎类特种丝织物生产，除古代的陈留襄邑、山东临淄，汉以来即应当数西蜀。金子生产于西南，汉代西蜀出的金银知漆器，在国内就首屈一指。因此，中国丝织物加金的技术，说它创始于西南，或比较还符合事实。最早用到的，可能是金薄法，即后来唐、宋的明金缕金法，明、清的片金法。丝织物纹样既和同时金银错纹样相通，加金部分也必然和金银错大同小异。

张澍《蜀典》引魏文帝曹丕《典论》，批评三国时丝织物说：

> 金薄蜀薄不佳，鲜卑亦不受。如意虎头连璧锦，来自洛邑，亦皆下恶，虚有其名。

循译本文的意思，即川蜀织的金锦和彩锦，送给鲜卑民族，也不受欢迎！洛阳有名的出产，品质并不高。

《诸葛亮文集》则称：蜀中军需惟依赖锦。

可知当时蜀锦生产还是军需主要来源。川蜀是金子重要生产地，捶金箔技术，于蜀中得到发展，是极自然的。

另一方面也反映出社会的需要。《三国志·魏书·夏侯尚传》称：

> 今科制自公、列侯以下，位从大将军以上，皆得服绫、锦、罗、绮、纨、素、金银餙缕之物。

说的即明指各种丝织物衣服上加金银装饰。或刺绣，或织成，则不得而知（用金银缕刺绣作政治上权威象征，从此一直在历史发展中继续下来，到以后还越来越广泛）。

欢喜用金银表示豪奢，在西北羌胡民族中，最著名的是石虎。陆翙著《邺中记》称，石虎尚方锦署织锦种类极多，可没有提过金锦。其中有“大明光”“小明光”诸名目，这种锦在汉墓中即已发现，还是韩仁锦类汉式锦。但这时节印度佛教大团花已见于石刻，反映于丝织物，很可能就有了后来唐代的晕锦类大花锦，宋时的大宝照锦，用虹彩法晕色套彩，技术上比韩仁锦已大有进步，可不一定加金。至于当时的织成，则近于宋以来刻丝。有几种明白称金缕和金薄，说明小件丝绣用金的事实。

《邺中记》又称：石虎猎则穿金缕织成合欢裤。

可见当时也用到比较大件衣著上。所说金缕即唐宋的捻金，金薄即后来的明金和片金（但唐人说缕金，却有时指明金，有时指捻金。捻金又可分后来克金式的和一般库金式的）。

《西京杂记》也记了许多特别丝织物，曾说“蚊文万金锦”，这个著作说的虽是汉代故事，反映的却多是魏晋六朝时物质，蚊文万金似乎只是奇异贵重的形容，花纹正如西域所得锦缎，并非用金织就。

许多记载中，惟《蜀典》引曹丕批评，所说金薄、蜀薄指的近于后来织金，且和曹操《上杂物疏》文中一再提起的“金银参带”漆器相关联。文中还提起许多漆器是用金银绘画的。

另外，东晋时也用泥金，王隐《晋书》称，江东赐在凉州的张骏以金印大袍。如金印大袍指一物，用金印必泥金方成功。

又《北史·李光传》，说赐光金缕绣命服一袭。还是像捻金绣，不是织金。

就情形说来，织金法大致至迟在东汉已经使用。川蜀机织工人所作金薄，必和所做金银扣漆器一样，当时实在具有全国性，既可得极高利润，自然会继续生产。

到三国时，由于中原长年战争，影响到销路，也必然影响到生产。这时生产技术虽保留，品质已退步，不如本来。至于用捻金刺绣和捻金法，技术上有可能是从西方传来的。鱼豢《魏略》即称大秦能织金缕绣。至于在中国和泥金涂画，三种加金同时用到，当在晋六朝之际。以北方用它多些。原因除奢侈享乐，还有宗教迷信，谄媚土木偶像（《洛阳伽蓝记》提金银着佛像极多）。不久南北同风，南方用于妇女衣裙，且特别显著。隋代用泥金银即极多。到唐代，贞观时先还俭朴，及开元、天宝之际，社会风气日变，一般器物多用金银，或金银装饰，如漆器中的平脱镜子、桌儿、马鞍（姚汝能《安禄山事迹》还提到金银杓瓮笊篱）。加之外来技术交流，一般金细工都有长足发展，从现存实物可以明白。丝织物加金技术，也必然于此时得到提高。捻金织物于是同样得到发展机会。不过从唐人诗词描述中看来，用于女子歌衫舞裙中的，还不外两种方法：一即销金法的泥金银绘画或印花，一即捻金线缕金片的织绣。以泥金银绘和捻金刺绣具普遍性，织金范围还极窄。

“银泥衫稳越娃裁”“不见银泥故衫时”“罗衣隐约金泥画”“罗裙拂地缕黄金”，即多用于女人衣裙的形容，也间或用到男子身上。

《鸡跖集》称：唐永寿中，敕赐岳牧金银字袍。

又：

> 狄仁杰转幽州都督时，武后赐以紫袍龟带，自制金字十二以旌其忠。

这可见男子特种衣袍上加金银文字，从晋以来就是一种政治上权威象征，不会随便使用的。

又《唐书》称：

> 禁中有金乌锦袍二，元宗幸温泉，与贵妃衣之。

段成式《酉阳杂俎》记元宗[①]赐安禄山衣物中，也有“金鸾紫罗”“绯罗”“立马”“宝鸡袍”。指的都是当时特种统治身份才能用这种加金丝织物衣服。

又《唐语林》称，贵妃一人有绣工七百余人。为了满足当时杨家姐妹的穷奢极欲的享乐，衣裙中用金处必然极多。至于如何

---

① 即唐玄宗。

使用它，从敦煌唐代女子服装可以见出当时花朵的布置方法，主要多是散装小簇，即宋时金人说的“散答花”。串枝连理则多用于衣缘、斜领和披肩、勒帛。花式大都和现存唐镜花式相通（特别是男子官服中的本色花绫，如雁衔绶带、鹊衔瑞草、鹤衔方胜、地黄交枝等，反映到遗物和镜文中，都极具体分明）。它的特征是设计即或用折枝散装花鸟，要求的还是图案效果。做法则刺绣和销金银具比较普遍性，也有可能在彩色夹缬印花丝织物上，再加泥金银绘的。

《新唐书·肃宗纪》：禁珠玉宝钿平脱、金泥刺绣。

正反映元宗时金泥刺绣必十分流行，经安史之乱后，才用法令加以禁止。但唐代特种丝织物，高级锦类，一般生产我们却推想是不用织金，也不必用金的。韦端符记李卫公故物中有锦绫袍，陆龟蒙记所见云鹤古锦裙，说的都是唐代讲究珍贵彩色绫锦，文字叙述非常详细，均没有提起锦上用金。两种织物照记载分析，都近于后来刻丝。

日本正仓院收藏唐代绫锦许多种，就只著明有四种唐代特种加金丝织物。惟用金到衣服上，且确有织金，和许多不同方法加金，开元天宝间《唐六典》已提到，用金计共有如下十四种：销金、拍金、镀金、织金、砑金、披金、泥金、缕金、捻金、戗金、圈金、贴金、嵌金、裹金（此为明杨慎所引，今六典无）。

唐人记阎立本画，用泥银打底，是和泥金一样把金银作成细粉敷上去的。若用于衣裙帐幔，大致不外是印花和画花。捻金是

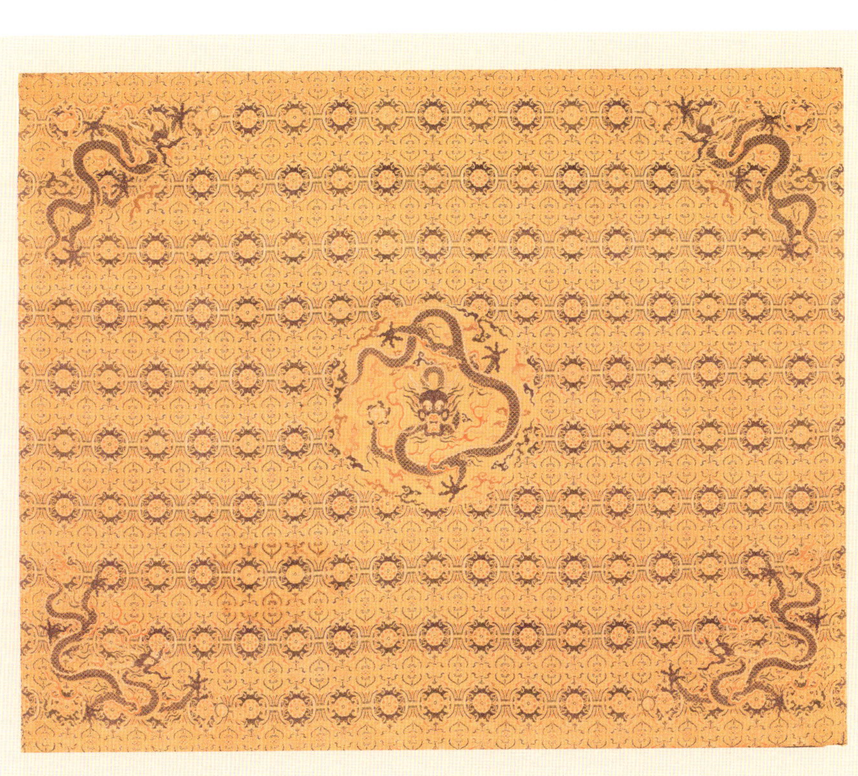

用金做装饰的丝织物，
在战国有可能已产生，
汉代以后得到继续发展。
但真正的盛行，
实只是元、明、清三代。

缕金再缠在丝线上成线，也可织，也可绣。一般说来，绣的技术上处理比较容易，用处也比较多。织金通常却用两种方法：一则缕切金银丝上机，是三国以来金薄法，唐、宋、明金法，明、清片金法；一作捻金线织，捻金法有可能从西域传来。早可到三国时，由大秦来。晚则唐代由波斯通过西域高昌、龟兹诸地区兄弟民族，转成中原织工技术。北宋末文献记录已有捻金青红锦五六种。但直到明代，织金锦中用到捻金的，占织金类比例分量还是极少。清代方大用，是因细捻金线技术有了特别进步，才把这种捻金范围扩大的（最有代表性的，或者应数清华大学藏乾隆两轴刻丝加金佛说法图，径幅大到一丈六尺以上。原藏热河行宫，共十六幅，辛亥以后取回北京，存古物陈列所，日本投降后，不知为何被人偷出售于清华。还有一种细拉金丝织成的纯金纱，明代已见于著录，北大博物馆曾藏一背心，似清代剪改旧料作成）。

唐代宗时禁令中称：大张锦、软锦、瑞锦、透背、大裥锦、竭凿锦（即凿六破锦，龟子纹发展而成的）、独窠、连窠、文长四尺幅独窠吴绫、独窠司马绫……及常行文字绫锦，及花纹中盘龙、对凤、麒麟、天马、辟邪、孔雀、仙鹤、芝草、万字、双胜，均宜禁断。

禁断诸绫锦名目，如瑞锦、大裥、麒麟等锦，有一部分还可从正仓院藏绫锦中发现。这些锦样的设计，多出于唐初窦师纶。

张彦远在《历代名画记》说得极清楚：

窦师纶，敕兼官益州大行台检校修造。凡创瑞锦宫绫，章彩奇丽，蜀人至今谓之“陵阳公样”……太宗时，内库瑞锦对雉、斗羊、翔凤、游麟之状，创自师纶，至今传之。

张彦远见多识广，笔下极有分寸，说的“章彩奇丽”，必然是在讲究色彩的唐代，也非常华丽。这些锦样真实情形，已不容易完全明白，但从正仓院藏琵琶锦袋（似织成锦），和时代虽晚至北宋，花式尚从唐代传来的紫鸾鹊谱刻丝，内容我们还可仿佛得到一二。这种华丽色调，在宋锦中已有了变化发展，但反映于这片刻丝，还十分动人。一切事情都不是孤立存在的，所以此外我们也还可以从同时流行反映于敦煌洞窟天井墙壁间彩画团窠方胜诸锦纹，及铜镜、金银器上的花纹图案，得到唐代丝织物花纹基本特征。

因此我们明白，唐代丝织物工艺上的重要贡献，还是以花纹色调组合为主，即部分加金，也是从增加装饰效果出发，如正仓院藏加金锦，和元明以来之纳石失、遍地金、库金、克金，以捻金或片金为主要的丝织物，是截然不相同的。

丝织物加金有了进一步发展，大致是在唐末五代之际。丝织物花纹由图案式的布列，发展为写生折枝，也是这个时期。其时中原区域连年兵乱，已破败不堪。前后割据于四川的孟昶、江南的李煜、吴越的钱俶，政治上还能稳定，聚敛积蓄日多，中原画家和第一流技术工人，能逃亡的大致多向这些地方逃去。几个封建统治者，都恰是花花公子出身，身边又各有一群官僚文人附庸风雅，金银一部分用于建筑装饰和日用器物，一部分自然都靡费于妇女彩饰衣裙中。这些地方又是丝织物生产地，织绣工和当时花鸟绘画发生新的联系，大致也是在这个时期。惟关于这个时代的丝织物，除诗词反映，实在遗物反不如唐代具体（仅近年热河辽驸马墓出一件捻金织云凤类大袍或被面）。诗词中叙女子服饰用金极普遍。在瓷器上加金银边缘装饰，也是这个时代，从吴越创始各种“金银棱器”。

到宋统一诸国时，从西蜀吴越得来锦缎数百万匹，除部分犒军耗费，大部分是不动用的。北宋初年，宫廷俭朴和社会风俗淳厚，都极著名。旧有的还不大用，新生产也不会在这个时间特别发展。直到真宗时，社会风气才有了变化。由于政治上的新中央集权制，一面是从诸国投降得来无数金银宝货，一面是从各州府财政收入统属中央，且集中京师，就有了可以奢侈浪费的物质基础。其时正和占据北方的契丹结盟议和，权臣王曾、丁谓辈，贡谀争宠，企图用宗教迷信结合政治，内骗人民，外哄契丹，因之宫中忽有天书出现，随即劳役数十万人民，修建玉清昭应宫，存放天书。把全国最好的工人、最精美的材料都集中汴梁，来进行这种土木兴建工程，并集天下有名画师，用分队比赛方法，日夜赶工作壁画。一千多间房子的工程全部完成时，君臣还俨然慎重其事，把天书送到庙里去，大大地犒赏了参加这个工程的官吏和工人一番，丝织物用金的风气，也因之日有增加。

宋王栐著《燕翼诒谋录》，记述这个用金风气的发展，便认为实起于粉饰太平，上行下效，不仅士大夫家奢侈，市井间也以华美相胜。用金情形，则可从反复禁令中充分反映出来。其实，当时禁者自禁而用者自用。例如：汴梁城中二十余酒楼，特别著名的樊楼，楼上待客用的大小金银器具，就有两万件。三两个人吃喝，搁在桌面的银器也过百两。即小酒摊吃过路酒的，也必用银碗。大中祥符八年诏令，提起衣服用金事，名目即有十八种之多。计有销金、缕金、间金、戗金、圈金、解金、剔金、捻金、陷金、明金、泥金、榜金、背金、影金、阑金、盘金、织金、金线……

除部分是用于直接机织，其余大都和刺绣、印画、缠裹相关，即从用金方法上看，也可以想见这个中世纪统治阶级，是在如何逐渐腐败堕落，此后花石纲的转运花石，寿山艮岳的修造，都是从这个风气下发展而来的。

不过，现存宋锦或宋式锦，都很少见有加金的。说宋锦加金，且和一般习惯印象不相合。这有两个原因作成：

一、照习惯，鉴赏家对于锦类知识，除从《辍耕录》《格古要论》《博物要览》诸书知道一些名目，居多只是把画卷上引首锦特别精美的龟子纹、盘绦琐子纹、八达晕等几何纹式彩锦，就叫作宋锦。即名目也并不具体清楚明白。因此不闻宋锦有织金。

二、宋人重生色花，即写生折枝，这些花也反映到锦的生产中，打破唐以来的习惯。这种生色花，而且部分加金，或全面用金。

明代把这些花锦，斜纹织缪丝地的叫“锦”，平织光地的叫“缎”，福建漳州织薄锦叫“改机”（弘治间织工林宏发明），凡彩色平织，带金的叫作“妆花缎”或“织金缎”，不作为锦。因此，即遇到这种宋锦或宋式锦，也大都忽略过了。其实宋锦和社会上的一般认识，是不大相合的。折枝写生花部分加金和全面用金，在宋锦中是不少的。文献中提起的近百种锦名，大部分还可从明锦中发现。

宋锦加金至少有两种方法，我们已经知道。一即古代之金薄法，宋代称为明金。《洛阳花木记》称，牡丹中有“蹙金球”，以为色类“间金”而叶杪皱蹙，间有黄棱断续于其间，因此得名。又记“蹙金楼子”，情形也相差不多。宋人欢喜把本色花鸟反映到各种工艺品上去，若反映于丝织物上时，自然即和建筑中的彩绘勾金，及现在所见织金妆花缎用金情形大体相合。宋锦中是有这种格式的。加金有多少不同，在宋人通呼为“明金”。记载这种丝织物名目，花纹和用处较详的，以《大金集礼》提起的比较多而具体。说的虽是南宋时女真人官服，我们却因此明白许多问题。因为这种服制花式，大多是抄袭辽和宋代的。也有捻金锦，如明、清捻金或库金。文献上提起捻金锦的，多在南北宋之际。《大金吊伐录》记靖康围城时，宋政府和金礼物中即有金锦一百五十匹。周必大《亲征录》称南宋使金礼物中，即有捻金丝织物二百匹。周煇《清波杂志》卷六，载给北使礼物，也提起过青红捻金锦二百匹。又周密记南宋初年高宗赵构到张浚家中时，张是当时有四万顷田著名大地主，献锦数百匹，其中也有捻金锦五十匹。可知这种捻金锦在当时实在是有代表性的高级丝织物。同时也说明这种金锦，至迟在北宋中叶已能生产，但始终不会太多。《大金集礼》又叫作“捻金番缎”，说明从金人眼目中它既不是中国织法，也不是金人所能织，显然是西域金绮织工做的。又叫作捻金绮，和锦的区别或在它的织法上。关于这种织工，南宋初洪皓著《松漠纪闻》说得极详细：

> 回鹘自唐末浸微。本朝盛时，有入居秦川为熟户者，女真破陕，悉徙之燕山。甘、凉、瓜、沙。旧皆有族帐，后悉羁縻于西夏。惟居四郡外地者，颇自为国，有君长。其人卷发深目，眉修而浓，自眼睫而下多虬髯。帛有兜罗绵、毛罽、绒锦、注丝、熟绫、斜褐。又善结金线。又以五色线织成袍，名曰克丝，甚华丽。又善捻金线，别作一等背织，花树用粉缴，经岁则不佳，惟以打换达靼。辛酉岁，金人肆眚，皆许西归，多留不反，今亦有目微深而髯不虬者，盖与汉儿通而生者。

这个记载极其重要。我们知道，唐代工艺生产中若干部门，是和印度、波斯、阿拉伯，或西域回鹘技工关系密切的。丝织物加金工艺，在唐代得到高度发展，由金薄进而为捻金，和这个盛于唐、到宋代入居秦川为熟户的回鹘，必有联系。金人称“捻金番缎”，也是这个原因。

金锦中明金和捻金花缎，说得比较具体的，是《大金集礼》提起金人服制中的种种。可知道明金还是用处多。时代稍后记录中，元人费著作的《蜀锦谱》只提及一种，可推测得出纹样的，即“簇四金雕锦”。如簇四和营造法式彩绘簇四金锭相通，金雕即盘绦，则这种锦必然是捻金，不是明金。因为这种锦正如同琐子一样，捻金可织，片金织不出。至于陶宗仪《辍耕录》说的一种“七宝金龙”宋锦，却有可能是片金兼捻金两种织法，明织金中还保留这种锦类式样。

更详细地叙述这种宋代金锦花纹色泽的，只能靠时代晚后三百年《天水冰山录》记严嵩家中收藏的宋锦名目得知。记录中明说是宋锦的，计有大红、沉香、葱白、玉色种种。其中有三种织金锦，名目是青织金仙鹤宋锦、青织金穿花凤宋锦、青织金麒麟宋锦。

这个文献对于明代锦缎名目，记得非常清楚，当时说宋锦，必有不同于明锦的地方，如不是宋代旧织，也必然是宋锦。但宋织锦和明织锦根本不同之处在什么地方？如不能从用金方法上区别，问题就必然是在配色艺术和组织技术上有个区别。从宋代种种工艺来比较，我们都可知道宋锦不可及处，即打样设计时，布置色泽，组织纹样都当成一件大事，而用金从艺术上说来，却不怎么重要。这三种青地织金锦，有可能是部分明金，不是全部用金的。

宋范成大《揽辔录》记南宋乾道六年使金时，在路上见闻和京师印象：

民亦久习胡态度，嗜好与之俱化。最甚者衣装之类，其制尽为胡矣。自过淮以北皆然。而京师尤甚。惟妇女衣服不甚改。秦楼有胡妇，衣金缕鹅红大袖袍，金缕紫勒帛，掀帘吴语，云是宗室郡守家也。

根据这个记载可知，开封被金人占据后，中国淮河以北百姓的服装，即多在压迫中改作金制，惟妇女不大变（这里所记某妇人穿的金缕鹅红或系鹅黄，是小鹅毛色。如鹅红，即只能是鹅顶鹅掌红色了）。金人服制各以官品大小定衣服花头大小，文献上记载得极详细。照《大金集礼》记载，且知道官吏衣服上的花纹用牡丹、宝相、莲荷甚多。有官品的通是串枝花。这是沿袭唐碑墓志、敦煌彩绘、《营造法式》、辽陵墓志等花式而来的。这些花还继续发展到元代“纳石失”金锦纹样中，也反映到明代织金中。史传记载，金兵破汴梁后，除织工外，妇女多掳去刺绣。《金史·张汝霖传》称章宗时为改造殿廷陈设，织锦工用到一千二百人，花费两年时间才完工毕事。后来更加奢侈。这种织工自然大部分即得于汴梁和定州一带，有北宋初年由川蜀、吴越、江南来的头等锦工，也有唐以来即在西北，宋代成为秦川熟户的西域金绮织工。这种织锦工人和中国丝织物史发展，还有不可分割的联系，即元代纳石失金锦的生产，实由之而来。

《元史·镇海传》说：

> 先时收天下童男女及工匠，置局宏州（山西大同附近）。既而得西域织金绮纹工三百余户，及汴京织毛褐工三百户，皆分隶宏州，命镇海世掌焉。

这里所谓“西域人”，显然即是洪皓《松漠纪闻》说起过的先“居秦川为熟户”，后为金人迁徙于燕山及西北甘肃一带，为人卷发深目，眉修而浓，眼睫以下多虬髯，善捻金线，又会刻丝织作的回鹘族织工！

镇海管理的丝毛织物生产，即元代著名的纳石失，名义上虽还叫作波斯金锦，其实生产者却有可能大部分都是中国人，和同化后的金绮工。《元典章》五十八，关于它的使用记载得极详尽。《舆服志》称天子质孙冬服即分十一等，用纳石失做衣帽的就有好几种。百官冬服分九等，也有很多得用纳石失。《元典章》“织造纳石失”条例，许多文件反复说到应如何做，不许如何做。对于偷工减料的低劣货色，禁止格外严，也可反映当时生产量之大。在当时，不仅丝织多加金，毛织物也用金，叫作毛缎子。不仅统治者百官衣服上用织金，三品以上官吏帐幕也用织金（萧洵记元故宫殿廷时曾描述）。国家生产纳石失，不仅宏州设局，另外还设有许多专局，同属工部管辖监督。如撒答剌欺提举司，即有别失八里局。又织染提举司，也有专织纳石失局。《元典章》提起纳石失或织金缎时，虽一再传达诏令，说某某种龙形的不许织造应市，却又说织造合格的即允许市面流行。这种特殊丝织物随蒙古族政权织造了将近一百年，曾经反映到游历家马可·波罗眼中，因之也反映入世界各国人民眼中。但是这种丝织物，竟和元代政权一样，已完全消灭，明代即少有人提起，这是和历史现实发展不大符合的。

丝织物虽然是一种极易朽败的东西，1 世纪的大生产，总还应当有些残余物品留下来，可供研究参考。从图画中可见的，如元帝后妃像中几个后妃缘领花纹装饰，可推测必然是纳石失。元著名武将画像披肩，可能是纳石失。《明实录》记洪武初年赐亲王、功臣锦绮织金，必然还是元代库中旧存旧样丝织品。明初画像服饰材料，因之也必然有部分反映。

实物发现最有希望的地方，是故宫和中国北京和西北各地大喇嘛庙里，保存得完完整整的成匹成幅的直接材料，因明、清二代的兴替，宫廷中或已无多存余。至于零碎间接的经垫、佛披、幡信、袈裟和其他器物及密宗佛像边缘装饰上的，却必然还有不少可以发现。在故宫库藏里，许多字画包首，册页扉面，和其他宋、元旧器衬垫丝织物，同样可希望这种发现。其次，即明《大藏经》使用的经面、经套，其中织金部分，或出于纳石失式样，或即是本来的纳石失。前一部分，北京庙宇里的东西，剩下的也已经不会怎么多。因为元、明以来密宗佛像，近数十年被帝国主义豪夺巧取，盗出国外的不下万千件。稍好的就不容易保全。但是，即就北京市目下能得到的而言，如果能集中一处，断缣败素中还是可希望有重要发现（有小部分可能是宋锦，大部分却是明织金锦缎，纹样还是极有价值的）。西北区大庙宇，由于宗教传统的尊重，不受社会变乱影响，就必然还有许多十分重要的材料。故宫收藏则从中得到的明、清仿宋彩锦，或多于元纳石失金锦。至于明《大藏经》封面，就个人认识说来，即这份材料，不仅可作纳石失金锦研究资料，好些种金锦本名或者就应当叫作纳石失，并且还是当时的纳石失。

我们说明代加金丝织物，大都是元代纳石失发展而来，从《野获编》记录洪武初年，向北方也先聘使礼物中的织金名目，也可见出。五彩织金花锦由一寸大散答花朵到径尺大的大串枝莲、大折枝牡丹，和三五寸花头的蜀葵、石榴、云凤、云龙、云鹤，不宜于衣著，可能作帐幔帘幕、被褥的材料，和其他文献记录比较，我们就会具有一种新的认识和信念，纳石失金锦问题，虽在多数学人印象中，还十分生疏，却是一个可以逐渐明白的题目。明织金是一个关键，必须给以应有的重视。其次，即现存故宫部分充满西域或波斯风的小簇花织金锦，通名“回回锦”，在乾隆用物帷帐和蒙古包帐檐中都使用到。整件材料，部分还附有乾隆时回王某某进贡的黄字条，可知这类金锦至晚是乾隆时或较前物品。这类回回锦特别值得注意处，即花纹还充分具有波斯风，和唐代小簇花装饰图案近似。在有关帖木儿绘画人物服装和元帝后像领沿间用金锦花纹，也十分相似，元代纳石失也许仅指这类花纹金锦而言，还须待进一步研讨。

说到这里，我们可以为中国丝织物加金历史发展问题，试重复一下，提出如下意见，供国内专家学人商讨：

用金做装饰的丝织物，在战国有可能已产生，汉代以后得到继续发展。但真正的盛行，实只是元、明、清三代。起始应用虽可早到两千二三百年前，作用不会太大，用处也不会如何多。但至迟在东汉时，明金做法已能正确使用。六朝到唐末，是一个过渡阶段，在这个时期中，或因佛像中的金襕，影响到封建统治阶级妇女的装饰，衣裙领袖间除彩色描绘外，用金已比较多。特别是当时贵族妇女，需要用金表示豪富甚过于用色彩表示艺术时，金的使用范围必然日渐增加。但是，金银在丝织物中的地位，始终没有超过具有复杂色彩的传统刺绣和织锦重要。在装饰价值上，则只有小部分的泥金缕绣的歌衫舞裙，有从彩色刺绣取而代之的趋势。到唐代，特别是开元、天宝时代，因王𫓶、杨国忠等人的聚敛搜刮，杨氏姐妹的奢侈靡费，和外来的歌舞，西域阿拉伯回鹘的金绮织工，以及谄佞佛道的风气，五者汇合而为一，织金丝织物需要范围就日广，生产也必然增多。到这个时代，用金技术已经绰有余裕。但用金事实，还是在社会各种制约中，不可能有何特别发展。到宋代，因承受唐末五代西蜀、江南奢靡习惯，用金技术更加提高，织金、捻金和其他用金方法已达到十八种。但使用还是有限度。譬如说，封建帝王亲戚服制上常用，一般中等官吏衣服即不会滥用。妇女衣裙上局部用，全部还是不用。宣和时，更有两种原因，使丝织物加金受了限制，不至于大行于时：

一、衣著中因为写生花鸟画的发展，把丝织物上装饰纹样，已推进了一步。刺绣和刻丝，都重视生色花，能接近写生为第一等。即染织花纹，也开始打破了唐代以来平列图案布置的效果，而成迎风浥露折枝花的趋势。换言之，即黄筌、徐熙、崔白、赵昌等画稿上了瓷器，上了建筑彩绘，上了金银器，这个风气也影响到丝织物的装饰花纹。所以从唐代团窠瑞锦发展而成的八搭晕锦，凿六破锦发展而成的球路等彩锦，几何图案中都加入了小朵折枝花。色调配置且由浓丽转入素朴淡雅，基本上有了改变，金银虽贵重，到此实无用武之地。

二、当时艺术风气鉴赏水准已极高。特别是徽宗一代由于画院人才的培养和文绣院技术上的高度集中，锦类重设计配色，要求非常严格。金银在锦中正如金碧山水在画中一样，虽有一定地位，不可能占十分重要的地位。徽宗宣和时，庭园布置已注意到水木萧瑟景致，桫椤木堂的建造，一点彩色都不用，只用木的本色，白粉墙上却画的是浅淡水墨画，和传世王诜的《渔村小雪》，赵佶自作的《雪江归棹图》近似，在这种宫廷艺术氛围下，丝织物加金，不能成为主要产品，更极显明。

属于金工技术发展，和社会发展似乎稍有参差。关于金薄、缕金、捻金技术的进展，照近三十年考古材料发现说来，商代即已经能够捶打极薄金片。春秋战国之际，在青铜兵器和用器上，都用到这种薄金片和细金丝镶嵌，就处理技术上的精工和细致而言，是早超过缕金丝作衣饰程度的。洛阳金村发现的一组佩玉，是用细金钮链贯串的。寿县和河南出土，捶有精细夔龙纹的金质片，可作战国时期金工高度技术的证明。特别是三年前在河南辉县发现的金银错镶松石珠玉彩琉璃带钩，和信阳长台关战国楚墓出土的铁错金银加玉带钩，实可作公元前五世纪中国细金工艺最高记录的证明。这个时期的巧工，文献上虽少提及出处，一部分来自楚民族和西蜀，可能性极大。到汉代，技术上有了新的展开，用金风气发展，仿云物山林鸟兽缕金错银法，已打破了战国以来几何纹图样，漆器上的金银扣和参带法，且使用相当普遍，中等汉墓里即常有发现。讲究处则如《禹贡文奏》和《盐铁论·散不足篇》所叙述，许多日用小件器物都用金银文画装饰。鎏金法应用更加广泛，且使用到径尺大酒樽和别的用具上。但从用金艺术说，比起战国时实在已稍差了些。这个时期蜀工已显明抬头。西北和乐浪所发现的漆器中，都具有文字铭刻。蜀工之巧在汉金银扣器中已充分反映出来。随同丝织物生产的发展，西蜀丝织物加金的技术，必然和扣器有同样成就，到汉末才逐渐衰落，但生产还是能供应全国需要。

晋人奢侈而好奇，王恺、石崇辈当时争富斗阔，多不提金银珠玉，只说南方海外事物中珊瑚犀象和新兴的琉璃。在这种情形下，自然不会以金银装饰为重。北魏羌胡贵族多信佛，用金银作佛像和建筑装饰，均常见于史传。但作衣服似和社会要求不大相合。石虎是极讲究用金银铺排场面的一个胡人，算是极突出的，史传才特别反映。西域金工做的捻金丝织物，亦必然在这个时期才比较多。南朝似乎犹保留了汉以来金银镶嵌工艺传统，常见于诗文歌咏中。但这个时代正是越州系缥青瓷在社会上普遍受尊重的时代，金银器在社会上能代替富贵，却不能代表艺术，即衣裙上用金，诗人形于歌咏，也着重在豪华，和服饰艺术关系就并不多。到唐代，豪华和艺术才正式结合起来，这从现存金银平脱和金银酒食用具在工艺上达到的艺术标准可见。但丝织物加金还不是工艺中唯一的重点。因为唐人重色彩浓丽，单纯用金是达不到这个要求的。金的装饰作用，已在丝绣织物上加多，还不至于大用。有捻金、织金等十四种方法，一般使用的是女人服饰上的泥金银绘画。

宋代丝织物用金方法已加多，但工艺重点则在瓷器、绘画和刻丝织锦。瓷器装饰金银，虽从五代吴越起始，并无什么美术价值。宋代定州瓷器，虽还用到这个传统，用金银缘边，分量已减少成薄薄一线。绘画用大小李将军作金碧山水法的赵千里，在宋人画中，即只代表一格，并非第一流。刻丝重生色花，不重加金。克金还未发现。锦缎则如前叙述，要求艺术高点在色彩配合，不在金银。宫廷中织金丝织物，或有相当需要量，一般社会对锦缎要求，必不在加金。因此加金丝织物，不可能在北宋早期有极多生产。文彦博在成都为贡谀宫廷织造的金线莲花灯笼锦，近于突出的作品。南宋捻金锦已当作给金人的重要礼物，在南方大致还是发展有限。因织金固需要一套极复杂的生产过程，更重要的还是极大的消费。南宋时经济情形，是不可能如元、明以来那么大量消费金银到丝织品上去的。《梦粱录》虽提起过这个偏安江南的小朝廷，由于上下因循苟安心理的浸润，和加重税收聚敛，经济集中，社会得来的假繁荣，都市中上层社会，靡费金银的风气，因之日有所增。一个临安就有许多销金行，专做妇女种种泥金、印金小件用品，但是捻金、明金，由于技术烦琐，在当时使用还是不太多。

织金的进一步发展，和女真人占据北中国有密切关系。

至于女真人对于丝织物加金的爱好，则和它的民族文化程度有关。金人兴起于东北，最先铁兵器还不多，用武力灭辽后，民族性还是嗜杀好酒。围攻汴梁时，种种历史文件记载，说的都是搜刮金银、掳掠妇女为主要对象，虽随后把户籍、图书、天文仪器和寿山艮岳一部分石头，也搬往燕京（这些石头最先在北海，明代迁南海瀛台），作设都北京经营中国的准备。金章宗还爱好字画，和一群附庸风雅的投降官僚文人，商讨文学艺术，其实只是近于笼络臣下的一种手段。整个上层统治心理状态，金帛聚敛和种族压迫实胜过一切。八百年前的金代宫室布置，真实情况已不得而知。惟从《张汝霖传》称用一千二百织锦工人，工作两年的情形看来，却可以想见，当时土木被文绣的奢侈光景。金人始终犹保持游牧民族的生活习惯，除服饰外，帷帐帘幕使用格外多，建筑中许多彩画部分，在这时节是用丝织物蒙被的。大串枝花丝织物的发展，必然在这个时期。《大金集礼》载文武官服制度，和其他使用织金丝织物记载，都叙述过。元官服制度多据金制，《辍耕录》记载可知。元代的纳石失金锦，就由于承袭了这个用金风气习惯而来。《马可·波罗游记》说的，用织金作军中营帐，延长数里，应是事实。

丝织物加金盛于元代，比金人有更多方面的发展，由许多原因作成。这和当时蒙古民族的文化水准、装饰爱好、艺术理解都有关系。更重要还是当时国力扩张，及一种新的经济策略，用大量纸币吸收黄金方式，统治者因而占有了大量黄金的事实分不开。如没有从女真、西夏和南宋三方面政府和所有中国人民手中及海外贸易，得来的无数黄金，元代纳石失金锦的大量生产，还是不可能的。

锦类的纹样发展，春秋以来常提起的襄邑美锦、重锦、贝锦，虽不得而知，惟必然和同时期的铜玉漆绘花纹有个相通处。到汉代，群鹄、游猎、云兽、文锦和同时金银错器、漆器花纹就有密切联系，已从实物上得到证明。传玄为马钧作传，称改造锦机，化繁为简，提花方法已近于后来织机。《西京杂记》记陈宝光家织散花绫，由于提花法进步，色泽也复杂得不可思议。唐初窦师纶在成都设计的锦绫样子，和文献上常提及的几种绫锦，从正仓院藏中国唐锦中，犹可见到对雉、斗羊、游麟、翔凤诸式样。余如盘绦、柿蒂、樗蒲也已经陆续从明锦中发现。从这个发现比证中，得知道它和汉代已有了不同进展，颜色则由比较单纯趋于复杂，经纬错综所形成的艺术效果，实兼有华丽和秀雅两种长处。到宋代，因写生花鸟画的进步，更新的大折枝、大串枝和加金染色艺术配合起来，达到的最高水准，正如同那个时代的瓷器和刻丝一样，是由于种种条件凑合而成，可以说是空前的。时代一变，自然难以为继。

在金元之际，丝织物的生产，由色彩综合为主的要求，转而为用金来作主体表现，正反映一种历史现实，即民族斗争历史中，文化落后的游牧民族武力一时胜利时，就会形成一种“文化后退”现象。这种文化后退或衰落现象，是全面的，特别属于物质文化和人民生活密切关联的工艺，每一部门都有影响的。也只有从全面看，才容易明白它的后退事实。若单纯从丝织物加金工艺史发展而言，则元代纳石失金锦，依然可以说是进展的，有记录性的，同时还是空前绝后的。因为如非这个时代，是不可想象能容许把黄金和人力来如此浪费，生产这种丝织品，使用到生活各方面去，成为一部分人最高美的对象的！

谈刺绣

刺绣出于绘画的加工，使用到纺织物方面，和多数人民生活发生密切的联系。它虽起源于纺织物提花技术发明以前，却在纺织物高度发展后，还能够继续存在和发展，为多数人所爱好。就中国现存有花纹纺织物残余材料分析，约在公元前12世纪丝绸提花技术已有相当成熟。刺绣应用到服饰及仪仗中旗帜和其他方面，时间显然还应当早些。

根据中国古文献《尚书·益稷》中记载说来，刺绣和氏族社会结合在政治上的应用，是属于半传说中的著名帝王大舜，嘱咐治洪水的大禹，为在衣服上绘绣十二种图案起始的。十二种图案是“日、月、星辰、山、龙、华虫、宗彝、藻、火、粉米、黼、黻”，通称“十二章”（前六种图案是手绘的，用于上衣；后六种图案是刺绣的，用于下裳。当时衣裳的图案花纹，手绘与刺绣并存）。这种用在古帝王衣服上装饰图案，花纹色彩真实情况虽难于考究，惟公元前十二三世纪以来，青铜器和玉、石、牙、骨等雕刻图案多还保存下来，许多花纹图案都做得十分精美，彼此之间的关系又极显明。刺绣虽因所用材料性质不尽相同，图案花纹和这些古代工艺品却必然有一定的联系。从当时工艺图案中去探讨古代刺绣十二种装饰图案，总还有些线索可寻。《尚书》在公元前2世纪的西汉，就被当成古代重要历史文献而流传，因此"十二章"旧说，两千年来深入一般学人心中。但究竟是什么样子？却少具体说明。汉代部分锦绣图案，就由于反映这个传统而形成。但是极显明，历史既在不断发展中，新的创作和古代花纹是有距离的。公元前1世纪的时期，有个宫廷官吏史游，贯串前人旧作，用三七言韵语写了个通俗读物《急就章》，曾提起些丝绸锦绣花纹。虽只两千年前事情，经后来学者研究注释，由于孤立地引书、注书，不结合实物分析，还是不容易明白。直到近半个世纪，在西北地区发现许多汉代锦绣后，这部分知识，才比较具体。用它和同时期工艺纹样相互比较，又才深一层明白它的成因，大约可分作三部分：一属周代以来旧有样式，二受当时儒家传说影响，三受汉代流行神仙思想影响。至于3世纪后帝王服饰种种及十二章图案，却近于2世纪以来学者附会旧说而成，《帝王图》前后延续千余年，累代各有增饰。例如唐人作帝王图所见，除肩部图案日中三足乌、月中蟾蜍，系本于汉代传述旧样，其余花纹多去古日远。至宋《三礼图》所见十二章，则和六朝以来又隔一层了。明程君房《程氏墨苑》玄工卷一下《有虞十二章图》则本于宋《三礼图》。

还有个历史文献《禹贡》，曾提起中国古代九州物产，若干地区养蚕和生产起花丝织物，每年纳贡。文献产生时代虽可疑，惟说及丝绸主要生产在山东、河南一带，却和公元前 3 世纪文献说的“锦出陈留，绣出齐鲁”情形相合。

中国古代文献记载锦绣比较具体可靠的是公元前 4、5、6 世纪的《诗经》《左传》《国语》《礼记》《考工记》《墨子》《晏子春秋》……或用诗歌描写当时人衣服装饰应用锦绣的情况，或记载当时诸邦国外交聘问用锦绣作礼物的情形。《礼记・月令》曾叙述及周代蚕织染事和有关法令，得知政府曾设官监督生产。又说“画绣共职”，可知自古以来就重视设计。

战国以来，由于铁工具在若干地区的普遍使用，生产各部门都有了提高，商品贸易的流动，刺激了影响多数人生活的丝绸生产，锦绣在高级商品中，因此占了个特别位置。文学作品中，对于贵族妇女、歌舞使用绣文华美的形容，也日益增多。这时期的实物，虽因年代久远，不易保存本来色泽，却可从其他工艺图案的反映，得到重要启发。特别是这时期流行的青铜镶嵌金银器物的装饰图案、彩色华美的漆器图案和精美无匹的雕玉图案，都必然和同时的锦绣装饰图案有密切的关系。加之近二十年来，湖南长沙战国楚墓出土大量彩绘木俑和漆器，信阳长台关出土大量重要文物，其中还有一部分提花纺织物发现，直接材料和间接材料相比较，丰富了我们许多知识。比如照《礼记》所说，天子诸侯棺木必加黼绣盖覆，河南辉县出土彩绘朱漆棺，上面图案就是记载中的黼纹形象。另一出土漆鉴花纹，则在公元前2世纪出土锦绣中，还有相似图案发现。燕下都出土花砖的图案，更是标准黼绣纹样。汉儒注黼纹为“两弓相背”，从当时实物比较，才知道原来是两龙纹。

公元前3世纪末，汉统一大帝国建立后，丝织物统由国家设官监督生产，齐国临淄和陕西长安，都各有千百男女工人，参加特种锦绣和精细丝织生产，供应政府需要，工艺上的成就，并且和国家政治经济都发生密切关系。西汉初年就采用儒家建议，重视政治制度排场，帝王贵族及各级官吏，服饰仪仗，起居服用，各有等级，区别显明。例如当时主持司法的御史官，平时就必须穿绣衣，名“绣衣执法御史”。帝王身边又有一种“虎贲”卫士，也必须穿虎豹纹锦裤。宫廷土木建筑生活起居用锦处甚多，在宫中直宿的高级官僚，照例用锦绣作被面。著名将军霍去病死去时，政府给他的殉葬用绣被，就达一百件。宫廷贵族一般歌妓舞女，服饰更加纹彩炫目。据《汉旧仪》称，武帝时于通天台祀太乙岁皇，即用童男女三百人衣绣衣，于高及数十丈的建筑物上歌舞，通宵达旦。逐渐到豪富商人，除身衣锦绣，出入骑马乘车外，还有用锦绣作帐幔、地衣的，致政府不能不用法令来禁止，直到豪富大商人，鬻卖奴婢的也有用锦绣做衣边，脚穿五色丝履的。正不啻为当时谚语“刺绣文不如倚市门”作一注解。所以政府有法令“禁贾人不得衣锦绣乘骑”。这种种又反映出另外一个问题，即丝绸产量之大，和它在商品市场上所占地位的重要。特别是对于西北居住各游牧族和海外各古国，文化交流锦绣就占有个重要地位。因为好衣着锦绣的风气，不仅仅是长安和其他大都会贵族和商人的风气，同时远住中国西北部的匈奴族和其他部落胡族，也都喜欢衣着锦绣。文学家贾谊在他的作品中就说过，每来长安，族长必衣绣，儿童也衣锦。大历史学家司马迁著《史记》，还说起政府每年必从长安运出锦绣八千匹，作为赠予匈奴统治者的礼物，其他赠予还不在此数内。张骞探索西域交通归来时，得知川蜀方面早已有布匹运往印度诸国，此后长安也有大量锦绣和生丝，由西北运往大秦（古罗马）、波斯和印度，开辟了“丝路”。同时大秦、印度所织的缕金绣、胡绫和各色毛巾，和中国西北部诸族所特产的毛织品，也到了长安（见《魏略》）。促进了中国和世界文化的交流，促进了中原地区和边沿地区的物质交流，原来首先就是这些出自多数劳动人民生产的成就。

近半世纪来，科学考古工作者，在中国西北部发掘古墓和居住遗址中，不断发现公元前 1—2 世纪精美丝织物，有些锦绣出土后还色彩鲜艳如新。死尸还有用锦绣缠裹一身的。至于这种特种丝绣价值，有经济史料《范子计然》，曾道及当时山东生产的锦绣价值：

齐细绣文，上等匹值二万，中值一万，下值五千。

至于普通绸绢每匹价不过六七百钱，比较说来，锦绣约高过一般绸价二十五倍。

刺绣纹样作不规则云纹和规矩花纹部分还和公元前三四世纪工艺图案相近。在蒙古人民共和国诺因乌拉古墓中发现之锦绣，和在新疆沙漠中出土之锦绣和在关内怀安发现的刺绣图案风格基本相同。又在诺因乌拉古墓中发现之毛织物，上有三个匈奴骑士绣像，骑士所披衣衫花纹图案，也是公元前三四世纪金银错图案。

2 世纪到 6 世纪，在中国历史上是一个南北分裂政治纷乱的时期，黄淮以北各地区，由于长期战争，生产破坏极大，丝绸的生产已失去汉代的独占性，长江上游的四川蜀锦，因之后来居上，著名全国。又由于提花技术的改进，彩锦种类日益增多，从晋人陆翙著《邺中记》，记载石虎时在邺中织造诸锦名目和衣饰用绣，和新发现汉代锦绣比较，才知道大部分花样还是汉代本有的。从晋人著《东宫旧事》，循复《山陵故事》及其他文献记载，又得知一般提花织物，种类已有增加，刺绣在应用上也得到新发现，显著特征有二类：一即写生花鸟图案，逐渐被采用。其次，即这时期佛教在中国各地流行，由于宗教信仰，产生了许多以佛教故事作题材的大型绣件，精美的还用珍珠绣成，有高及六七米的。当时的洛阳和金陵（今南京），都各有数百座大庙宇，也和宫廷一样，使用大量锦绣作为装饰，豪华程度为后世少见。青年男女恋爱，用锦绣互相赠予之事常见于诗人歌咏中。实物遗存虽然不多，反映于云冈、龙门各地重要洞窟石刻装饰部分，却十分丰富。特别重要是在甘肃敦煌壁画中属于藻井、天盖、帷帐及衣饰部分，充分反映出这一时期（约三个世纪）刺绣图案组织壮丽和彩色华美。

7世纪的隋代，重新建立了统一的帝国，到第二王朝即非常奢侈，音乐歌舞广泛吸收了西域各民族成就，及中印度成就，大朝会日曾集中音乐舞部二万八千人于洛阳，歌舞连月，并悬锦绣于市，炫耀胡商蕃客。又使用人力过百万，建造了贯通南北大运河，乘坐特制大型龙舟由北向南，船上所用帆缆，多用彩色锦绣作成，连樯十里，耀日增辉。隋政权不久即为农民革命所倾覆。

接着唐大帝国的建立，从各方面都反映出这个时代文化特色，是健康饱满，鲜明华丽，充满青春气息。当时不仅代表宫廷皇权的服装仪仗，大量使用色彩壮丽的锦绣，即一般民间，对于刺绣需要也极广泛。当时锦类配色已极华美，各地生产的花绫品种更多。妇女在花素衣裙上加工的，约可分作四类：

一、印染。

二、金银粉绘画。

三、彩绘。

四、刺绣。

普通衣裙刺绣小簇花是常用格式，串枝写生花式也日渐流行，花中还杂有常见到的形态特别轻盈活泼的蜂蝶雀鸟。这种配合使用又多和青年男女爱情喻义有关。政治或宗教上用到的刺绣，有大及十米以上的。歌舞上画绣服装更是色彩富丽，排场壮大。有一个宫廷艺术家李可及布置一次“叹百年舞”的舞蹈场面，背景和地面耗费绸绢竟到数千匹。唐代历史上一个著名奢侈皇妃杨玉环，个人平时即用绣工八百人，其姐妹共用绣工千人，相习成为风气，反映刺绣在社会上的普遍应用情况。19世纪末，在中国西北部甘肃敦煌石窟中发现的大量中世纪古文物中，就有一部分这种精美丝织品，包括佛幡和佛像等物。当时帝王为壮观瞻，六军卫士衣甲鲜明，部分多用绣画，男子的衣饰虽然只能照品级着本色花鸟绸缎，但当时男女均习惯骑马，马身装具障泥，必用锦绣作成。中等社会妇女衣裙，刺绣花鸟更是一般风气，在绘画中和诗人作品中都反映得十分具体。

当时服装部分采用受波斯影响甚多的西域式样，衣多作方斜领沿，上绣彩色花鸟，后来明、清领沿装饰，就是从这个习惯发展而成。唐代以来，在社会各阶层间——特别是上层社会，绣花已被当成一种文化娱乐，画家作的《纨扇仕女图》(《倦绣图》)，反映的就是这种生活。

10世纪的北宋刺绣，在题材上进一步的新发展，最显著的是把著名画家花鸟反映于各种绣件中，使花鸟更趋于写实。其次是技术上的新发展，介于刺绣和编织物的刻丝，反映当时著名的绘画和墨迹，也在社会上当作纯工艺品，而创造得到社会的重视。宋代皇帝为增加政治上的排场，曾组织二万八千人的一个仪仗队，穿着五色锦绣花衣，扛着各种武器、乐器和五色彩绣的旗帜，在皇帝出行时排队护卫，名叫“绣衣卤簿”。某种品级职务的穿某种颜色锦绣，扛某种锦绣旗帜，记载得极其清楚明白。高级文官和武将，于大朝会日，必须穿上政府每年赐予的锦袍，这些华美袍服是各按官品等级作不同花纹的。妇女衣绣更普遍，流行的绣领、冠帻、抹额，有各种不同花样。讲究的还用真珠络结。宫廷坐具椅子和绣墩以及踏脚的小榻也用真珠络结。金线绣也极流行。当时在首都汴梁（今河南开封）城中以建筑壁画著名的庙宇大相国寺两廊，售卖绣货的聚集成市，最受欢迎的是庵堂中女尼绣的服饰用品。皇后的衣服上的成双雉鸟，照规矩是五彩线绣成的。坐的椅子靠背，是用彩色丝线和小真珠绣成的。平民也喜爱刺绣。逢年过节，做母亲的多把小孩子穿戴的绣花衣帽，装扮得极其华美。刺绣技法上精细至极的综绣——发绣，虽传说创于唐代卢媚娘，能于方尺绢上绣《法华经》七卷，其实这种细绣技法如联系其他工艺图案分析，到宋代才有可能产生。北宋末又还流行一种本色绣，现称一色绣，曾见于诗人陆游《老学庵笔记》中。宫廷绣虽向纤细精工方面发展，民间绣则布色图案比较健康壮美，这是从同时期陶瓷器铜镜子花纹和其他工艺的花纹反映可以推测的。宋代民间瓷中的“红彩”就是根据刺绣需要发展而成的。这时期由于捻金线技术的进展，织金锦类和金线绣也都盛行，据王栐著《燕翼诒谋录》所记载，当时在妇女衣裙上使用金银加工技术，即已达到十八种。和北宋时占据中国东北部的契丹“辽”政权，就用法令制定金线绣鹅、鸭、水鸟定官职尊卑。占据西北的党项“西夏”政权，统治者不论男女，也多服绣衣。11 世纪后在中国华北建立“金”政权女真族统治者，本于游牧民族习惯爱好，男女仍多喜爱锦绣衣服。当时在北京建都，为装饰一宫殿即用织绣工人两千，经时二年，终告完成。捻金织绣素来为回鹘工人所擅长，12 世纪在继续发展。

到 13 世纪蒙古族统治中国政权百年中，因官制中重要朝会，皇族贵戚及大官吏，都必须衣着金色煌煌的“纳石失”金锦帽，和用金锦织绣做衣领边沿等的袍服，因之这部门技术更有显著进展，几乎丝织物中的纱、罗、绸、缎，都有加金的，金代即已如此。蒙古游牧民族长住沙漠中，喜欢穿强烈的色彩，也影响到一般工艺品的色彩风格，锦绣更加显著。花纹图案一般说来远比宋代强烈粗豪。14 世纪的明代初期，还继续受这个风格的影响极其深切，表现于一般刺绣和刻丝，用色华丽而沉着。但从 11 世纪北宋末期以来，北方定州、汴梁等处高级手工艺技术工人多逃往长江以南，雕漆、刻丝很显然对于南方工艺都发生了较大的影响。雕漆工人在嘉兴寄居后，元、明以来即出了几个名家高手。张成、杨茂和漆工艺专门著作《髹饰录》作者黄成，都是嘉兴漆工。

刻丝工南宋以来也出了几个名手，朱克柔、沈子蕃是其中最有代表性的两个人。此外还有吴煦等许多人。刻丝得到社会重视后，技术传授日益普遍，因此到明代中期，苏州爱美妇女，有费时经年作一衣裙穿着的。

中国在长江下游地区大量种棉于十二三世纪，棉布生产当成商品普遍流行国内，始于十四五世纪。民间染坊在棉布上印花技术的发展，和民间挑花技术在棉布上的应用，大都也在这个历史阶段中。时间近，文献记载也比较详尽。更重要还是15世纪一个著名权臣严嵩，因贪污，全部家产被没收时，曾留下个产业清册，记载下数以万计的贵重字画、金银器和工艺品的名目。工艺品部分拍卖时，还有折价银数。其中锦绣丝织物也达数千种。根据这个重要文献，让我们对于当时锦绣丝绸有了初步认识。用它来结合现有数以万计的明代锦绣残余遗物研究，明代锦绣问题，因之更加明确具体。特别官服衣料应用洒线绣法是过去人从文献难得其解，惟有接触实物才明白的。现存材料最完整而重要的，是山东曲阜孔子家中收藏的部分材料，和北京故宫博物院和历史博物馆藏材料。

明代是个都市市民阶层抬头的时代，苏州刻丝部分改进发展到妇女费时经年来做衣裙，刺绣自然也日益向普遍方向上发展。除一般衣物用丝绣外，还有两种近于新起的风格产生，在社会上得到一时重视，一种是用细如胎发的材料，如白描画法一般绣故事人物。它出现也不是突然的，产生有个历史渊源的。是由唐、宋以来吴道子、李公麟的白描画，发展到13世纪的元代王振鹏，明代的丁云鹏、尤求，在绘画技法上就自成一格。这种白描画更因木刻版画直接受它的影响，产生过千百种通俗小说和戏剧精美的插图。又由于制墨需要，产生制墨名家程君房、方于鲁等，作品中千百种精美墨范，在中国版刻史上就占有一个特别的地位（多安徽刻工）。在刺绣部分则产生发绣，当纯美术品而创造。其次是当时文人画中正流行一种重韵味的简单水彩画，如董其昌、陈道复等所绘的条幅，苏州绣工常用来作刺绣底稿，一般多在白绫地上面用错针法或铺绒法绣成，在明代刺绣上也自成一种风格。第二种是明末上海顾氏露香园绣，彩绣写生花鸟屏条册页，有些据宋、元花卉草虫册页画卷，有些用明代画家陆包山等花鸟画稿，间或也有用徐青藤水墨花卉作底本的。用针逼真细密，配色华美而又准确，发展了刺绣中精细逼真特长，在作品中充满生意。本属于一种艺术上的提高，后因爱好者多，于是当成一种高级美术商品而流行，彼此模仿，不免真伪难分。这种刺绣比发绣和仿文人画的水墨绣，更加容易为群众接受，因此特别得到发展，并影响到 18、19 世纪和后来一部分苏州绣法。刺绣本属于中国社会妇女日常课艺，除专工制作的高级美术品和部分美术商品，大多数生产，是处于妇女处理家事之外，或生产工作余暇，自作自用。有些地方，照社会风气，亲友结婚，即常邀约亲友邻伴，置办嫁妆，参加工作的，照习惯也不受物质报酬。作品虽有精粗，都不属于商品性质。例如日用品之一，收藏青铜镜子的镜套，就有各式各样具备，多产生于社会各阶层妇女手中，是美术品而非商品。这种圆形绣花镜套，到 18 世纪玻璃镜子流行后，就再无使用的。17 世纪遗物还留下很多精美作品，特别重要的是从这部分作品可以明白明代刺绣种种不同古代技法。

17 世纪末，中国政治进入一个新的阶段，以李自成、张献忠等为首的农民起义，虽推翻了腐朽的明代统治政权，居住东北的满族却得到汉族中大地主官僚帮助，统治了全中国。到 18 世纪初，社会生产不断发展，刺绣因配合政治制度和社会习惯发展，进入一个新的历史阶段。社会中层以上，官制中大量使用刺绣。宫廷中的仪仗、车轿、马具，凡利用纺织物部分，都需用刺绣。生活起居日用器物，由床榻、座椅、桌围、幔帐，到挂屏、槅扇心，大小官吏身边携带的烟荷包、香囊、扇套、眼镜盒、名片盒……更无一不利用刺绣。即一般农村妇女，也无不在工作余暇，制作各种刺绣。工作时最重要的当胸围裙，就各有不同风格的彩绣或挑花绣，此外头巾、手帕、衣袖、裤脚，以至于鞋面，无一处不加上种种花绣。由于民间刺绣花样需要广泛，间接且刺激了民间剪纸的生产，成为乡村手工艺一部门。虽参加这部门生产的人数并不多，却自成一个单独行业，为中国农村中巧手艺人所独占，作品丰富了广大农村人民的生活，花样丰富并且充满地方风格，特别是中国西南地区的成就，更加显得丰富多彩。直到现代，还留下万千种颜色华美的图案，通过八十岁银发老祖母的记忆，传给十二三岁初学针线的年少女子。

这个历史阶段由于戏剧的发展，除全国各都市保有不同数量的剧团，即乡村也常有流动剧团，来往各处，对于戏衣需要的旗帜、衣甲、帷帐道具，数量也相当大，因之又刺激了戏衣刺绣业的发展。北京和苏州是两个主要生产区，西南的成都和广州，也有这个企业的存在。就总的方面说来，全国刺绣需要量之大，在历史上也是空前的。土制印花布的普遍流行，和有花丝绸后起的漳绒大量生产，刺绣在人民生活的需要量，还是无比庞大。除吸收了家庭妇女业余劳动大部分，都市中则为适应这个需要，生产机构还分门别类，例如衣服和佩带绣件，就各自成一种行业，各有专店出售。纯粹作观赏用的美术刺绣，由露香园顾氏绣创始，到18世纪乾隆时期，有了新的发展。精美的花鸟刺绣，多用当时写生花鸟画家蒋廷锡等画幅作底稿，色彩华美，构图典雅，具有浓厚装饰性。花朵一部分或鸟身某部分，还穿缀小粒真珠和珊瑚珠子，增加装饰效果。宫廷用三蓝绣配色法，也从这时期确定影响到应用刺绣一般色调和风格约两个世纪。大件如宫殿中的三五丈大毛织物龙凤绣毯，小的如洋绉绸汗巾上绣的小朵折枝花，都采用过这个以三蓝为主调的配色法。彩绣中组织规模宏大可称近三世纪代表杰作的，有故宫博物院收藏的清乾隆大幅刻丝加绣《无量寿尊佛像轴》，宽达307厘米，长达620厘米。设计之精巧，布色之华美壮丽，都达到了近10世纪以来织绣艺术最高水平。这种织绣品的制作，必须使用大量人工物力，费时数年才能完成。又有在二丈大织金锦上，用真珠珊瑚等绣成种种图案，作为庙宇塑像披肩的。这时期帝王日常穿着朝服，取材也极精美，刺绣花纹更加华丽炫目。有用孔雀翎毛捻线织成袍服，上缀大小真珠作云龙花鸟的，可作一时代表。至于美术刻丝绣，则长幅山水卷子的制作，是新发展。到19世纪晚期，流行通身一枝花妇女长袍料时，也有用刻金银绣法作成的。

20世纪初，人民革命结束了最后一个封建王朝的政权，衣服制度一改，因之近三世纪以来的这个庞大刺绣业，自然即衰落下

刺绣出于绘画的加工，
使用到纺织物方面，
和多数人民生活发生密切的联系。
它虽起源于纺织物提花技术发明以前，
却在纺织物高度发展后，
还能够继续存在和发展，
为多数人所爱好。

来，全国各地积累下来的万万千千精美丝绣，不是当成废物毁掉，就是当成废物处理，或改作其他用途。最多的是把乾隆以来流行二百年的妇女宽大衣袖部分和裙上装饰集中部分，改成小件方幅，向海外输出。在当时商人眼光看来，即是废物利用一种最有效方法，因此近半世纪中，前卅年，北京手工艺美术品输出品种中，这种改造加工丝绣品，历来都占有一个相当重要的位置，还为此产生一个规模相当庞大的改制加工行业，专做这一部分的刺绣输出贸易。一般欧洲人对于中国刺绣的印象，是从这部分作品起始的。在这个时期，京、苏刺绣业和成都、广州及其他省市刺绣业，仅戏衣刺绣业还保留一部分生产外，其余当成商品生产的日用刺绣，由于需要不多，不免一落千丈。加之外来机制印花标布的推销，不仅妨碍中国纺织工业的生产，同时还把大都市仅存的刺绣行业，也大部分打垮了。大都市刺绣业虽一蹶不振，惟因外销刺激，南方又还有千万海外华侨需要，因之广东新刺绣，在出口日用美术手工艺品部门中，还占相当大比例。苏州、上海地区生产刺绣日用品，占相当大比重。枕套和观赏品镜屏类，供新家庭采购作礼品的，在国内逐渐回到一定市场。广东汕头、山东烟台的麻布茧绸单色绣和彩色挑花、贴花等餐巾、台布、睡衣等，由于物美价廉，输出生产数字，因之在逐年上升中。湘绣虽属后起，系从 19 世纪末国际展出中引起注意，逐年发展，生产被面和花鸟挂屏，在国内曾有大量供销。广绣本来有个较早的传统，19 世纪以来成品习于用百花杂鸟同置一绣件中，布置设计和中国画传统要求不同，然而用针绣细密而色彩华艳，另具一种风格。到本世纪后，这个传统风格已失去，新的外销多种多样，有一种在黑白绸地上用红色线绣小折枝满地花的，多供外销做披肩桌毯，绣法也受外来影响较大，和传统广绣风格少相似处。湘绣较先本从写生花鸟着手，惟底稿多取材于一般流行画幅，受晚清上海画派影响相当大。用色较重，针线较粗，写生中有写意底子，花色本宜于观赏挂屏的，多用于日用品中之枕套、被面上，这些都指的是经常有数以千计的绣工在生产有商品性的刺绣而言。至于以新的技法，创造新的美术刺绣，个人中在这时期特别有成就的，应数19世纪末江南女子余沈寿作的丝绣人像和其他写生花。绣像法本来传说公元前3世纪即已使用到，在蒙古汉代匈奴族贵族古墓中，曾发现在公元前一二世纪丝毛绣人像数种，其中有作三匈奴骑士形的，针线虽简单，神气却极生动。3世纪的晋南北朝时，多用于佛像。《洛阳伽蓝记》曾叙述过这种用珠绣和织成佛像。8世纪后有作四天王等大绣像的。10世纪以来，又有在大和尚所着扁衫上绣作千佛诸神，作法事的，披上表示宗教庄严的。这种方法且沿袭下来，直到19世纪不废。14世纪到18世纪，佛教密宗教佛像盛行，布色浓厚，组织绵密，用刺绣法表现，效果有极好的。14世纪以来流行的八仙和南极寿星凑成的“八仙庆寿”因道教流行，也得社会爱好，把八仙绣像绣于帐子类作祝寿礼物的，已成为社会习惯，流行直到19世纪，且使用种种不同绣法来表现。绣法中的堆绫贴绢法，七八世纪的唐代即已盛行，是把杂色绫绢剪成所需要的人物鸟兽花枝形象，下填絮锦，钉绣于红白丝绸底子上，形成一种彩色浮雕的效果。这种绣法用于明、清两代的，多和人像发生关系，和麻姑献寿、八仙或和合二仙等民间通俗吉祥主题有关。又十八九世纪以来，妇女衣裙上绣工加多，即夏天纱衣，也有加工极细上绣团花作麻姑献寿、渔樵耕读、西湖十景，或《西厢》《三国》戏剧小说故事、人物生活形象。虽人物大小不到三寸，也绣得眉目如生，针线一丝不苟。惟这种种多从服装装饰效果出发，极少从人物本身写真艺术出发，因此中国传统的写影法，虽流传千年不废，十五六世纪以来，还留下许多具有高度艺术水平的人物画像，却极少是刺绣表现的。直到 19 世纪末，时正流行照相放大炭画法，余沈寿才用人像作题材，绣成几幅重要人像，这种绣像送到国际展出时得到成功后，余沈寿之名才为世人知道。但由于摄影艺术的进展极速，先是在放大照相上加色技术不断进展，其次是天然色彩的发明，同时油画作人像法流行，绣人像艺术，因之近半个世纪以来并无发展，余氏绣法也少后继者。直到解放后，近五年来，才又有上海王氏五姐妹用剪绒绣法作人像，得到新的成功。就题材说为旧传统，就技术说则为新创造。

日本帝国主义侵略中国，引起世界第二次大战爆发时，中国沿海和内地几个地区的刺绣生产，大部分都被破坏。

中华人民共和国成立后，人民政府对于工艺美术的发展，给予特别的重视。刺绣、地毯、烧瓷、景泰蓝、雕漆、刻玉、雕牙等，对外文化交流发生良好作用的手工艺的发展和提高，都十分关心。由调查作有计划的改进工作，近来并且进一步组织工艺研究所来促进这部门工作。其中生产地区分布特别广，种类特别复杂，从业人员数特别多，应数刺绣一项。据手工业管理处和美术服务社初步估计，仅从几个大区初步调查，直接或间接参加生产的妇女，已达十万人。因此企业的发展和生产存在的各种问题，也就格外值得重视。近数年来，由于国内外需要量日益增加，地区部门生产，因之形成一种新的高潮。而生产什么？生产设计部门如何提高？也就是在各方面都成为一个问题。政府在国务院行政系统下特设立一全国手工业管理局，和中央美术学院工艺系扩大为工艺学院，又另设一工艺研究所，就是企图来解决手工艺各部门的问题，而刺绣无疑是一个更加值得重视的问题。如何从现有人力技术基础上，和传统优秀艺术基础上，好好结合起来，组织这部门生产，改进这部门生产，来供应国内外需要，很显明是各方面都十分关心的。

新的改进工作，有显明进步的，是现代花鸟画家的作品，已在各地区由有经验工人试验中用刻丝法、结子、琐丝法、铺绒通绣法，制作出许多新作品，在国际展出中得到世界万千观众的好评。又把这些多样绣法作日用品刺绣生产，更获得广大人民的爱好。又流行于民间的各种绣法，特别各地挑花绣技法和精美图案，也有一部分起始试用到新的生产上来，供应市场各方面需要。这部分无疑还在日益扩大它生产的范围。总的说来，新的刺绣企业的前途发展是充满希望的。除企业性的刺绣外，还有长江流域及西南兄弟民族广大地区流行的日用刺绣，一般都是妇女工余的非商品性生产，其中一小部分，虽然也在乡镇市集中出售，依然近于交换生活资料形式，和大都市中集中千百工人在一定计划中进行的定量生产情形完全不同。至于农村社会主义合作化后，这些剩余劳动力的生产，是否在短时期内能组织起来，投入有计划生产，还是一个值得研究的问题。部分居住比较集中的地区，大致是做得到的。这种新的组织，无疑将可以增加大量生产，同时也是一项相当烦琐的工作。待从部分重点地区作些试验，来慢慢推动，不宜于冒进。

我国古代人怎么穿衣打扮

商朝人多穿齐膝短衣，扎着裤脚。衣着材料除麻、葛外，已有十分精致的绸子。奴隶主贵族的衣服上，多织绣花纹，连腰带、衣领和袖口，也有花纹。贵族男子常戴帽子，有一种平顶式帽，到春秋战国还流行；汉代的“平巾帻”，就是从它发展而来。妇女多梳顶心髻，横贯一支圆骨簪；有的还在头顶两旁斜插两支顶端带小鸟形的玉簪。大姑娘梳辫子，小孩子则梳两个小丫角儿。男女贵族身上都佩玉；玉被琢成各种小动物形象，最常见的一种为玉鱼。奴隶只能穿本色粗麻布或粗毛布衣服，光头无发，有的头上包巾子，缠得高高的，和现代西南苗族人一样。

到西周，统治阶级穿衣服，日益讲究宽大。周天子坐朝、敬天、办婚丧大事，服装各不相同；由于迷信，出行还得按季节定方向，穿不同颜色的服装，配上相当颜色的车马。穿皮毛也分等级，不能随便。猎户打得的珍贵的狐、獭、貂、鼠都得全部上缴，不能私用，也不许出卖。一般平民，年老的在名分上虽可穿绸衣，其实何尝穿得起？也只能和奴隶一样穿粗麻布或粗毛布短衣，穷极的只好穿草编的牛衣（冬天盖到牛身上的草编蓑衣）。

春秋战国时代，贵族的生活越加奢侈，穿的衣服更加华丽，佩的玉也比前越发精致。剑是这个时期的新兵器，贵族为了自卫并表示阔气，经常还得有一把镶金嵌玉的宝剑，挂在腰间皮带上。皮带头有用铜或骨、玉作成的带钩绊住，讲究的带钩必用银镶金嵌玉作成，而且式样很多。男子成年必戴冠。贵族的冠高高上耸，有的又和个倒覆的杯子相似（古代的杯子式样多是椭圆形）。年轻妇女梳辫子，梳法多种多样。有的妇女喜戴圈圈帽，而且还在颊边点一簇胭脂点（聚成三角形），眉毛被画得浓浓的。女孩梳两个大辫子，向两边分开；穿的衣长度齐膝，下沿折成荷叶边。贵族男子流行八字须，两角微微上翘。武士则喜留大毛胡子。舞人不论男女，衣袖都极长。打猎人由于经常在丛林草泽中活动，衣裤特别紧小。

历史上所说的“赵武灵王胡服骑射”，所谓“胡服”，究竟是什么样子？根据现存有关材料推断，“胡服”的特征约有四点：（一）衣长齐膝，袖子很小；（二）腰间束有附带钩的皮带，可松可紧；（三）头上戴一顶用毛毡或皮革作的尖尖帽，和个馄饨差不多（后来人把它叫“浑脱帽”，到唐代还一度流行）；（四）脚上穿着短筒皮靴。因为这样装束，骑在马上作战特别方便。

秦汉大一统局面出现后，衣服的式样也比较统一起来。统治者戴的冠，前梁高耸，向后倾斜，中空如桥；梁分一梁、三梁、五梁几种，上面另加金玉装饰，表示爵位等级。凡是有官爵的人，不分男女，还得把一条丈多长的丝绦（按品级颜色各不相同），折叠起来挂在右腰边，名叫“组绶”。贵族男子这时已改佩环刀。普通男子头戴巾、帻。巾子多用来包裹头发；帻则如平顶帽，上加个“人”字形帽梁（不加帽梁就叫“平巾帻”）。汉代妇女已不再点三角形胭脂，却常用黛石画眉毛；髻子向后梳成银锭式，向上梳的多加假发。年轻姑娘依旧梳辮子，也有松松绾成一把，末后结成一小团，呈个倒三角形的。这时期，最贵的衣服是白狐裘，春秋战国时就已价值千金。衣料最贵的是锦绣，上面有各种山云鸟兽花纹，比普通绸子贵二十倍。西北生产的细毛织物和西南生产的木棉布、细麻布，价格也和锦绣差不多，一匹要卖二两金子。当然，这些材料只有贵族用得起，一般劳动人民是连做梦也不敢想的。

魏晋以来，男子流行戴小冠，上下通行。“组绶”此时已名存实亡。玉佩制度也渐次失传。贵族身边的佩剑已改用木制，留个形式而已。红紫锦绣虽然依旧代表富贵，但统治阶级多欢喜穿浅素色衣服。帝王有时也戴白纱帽。一般官僚士大夫，多喜用白巾子裹头。在东晋贵族统治下的南方，普通衣料多用麻、葛，有的地方用“蕉布”“竹子布”“藤布”；高级的衣料是丝麻混合织物“紫丝布”和“花练”。在诸羌胡族贵族统治下的北方，统治者还是喜欢穿红着绿，先是短衣加披风，到北魏时改为宽袍大袖，惟帽子另作一纱笼套上，名叫“漆纱笼冠”。至于普通老百姓，不论南北，都一样，始终穿短衣。——不过北方人穿上衣有翻领的，穿裤子有在膝下扎带子的。这种装束，直到唐代还通行于西北。特别是翻领上衣，几乎成了唐代长安妇女最时髦的服装式样。

唐朝的服色，以柘黄为最高贵，红紫为上，蓝绿较次，黑褐最低，白无地位。由于名臣马周的建议和阎立本的设计，唐朝恢复了帝王的冕服，并制定了官服制度。官服除用不同颜色分别等级外，还用各种鸟衔各种花的图案来表示不同的官阶。通常服装，则为黑纱幞头，圆领小袖衣，红皮带（带头有等级之分），乌皮六合靴。幞头后边两条带子变化很多，或下垂，或上举，或斜耸一旁，或交叉在后，起初为梭子式，继而又为腰圆式……从五代起，这两条翅子始平直分向两边，宋代在这个基础上加以改进，便成了纱帽的定型样式。不当权的地主阶级及所谓隐逸、野老，多穿合领宽边衣，一般称为“直裰”。平民或仆役多戴尖毡帽，穿麻练鞋，且多把衣服撩起一角扎在腰间。妇女骑马出行，必戴“帷帽”，帽形如斗笠，前垂一片网帘（中唐以后此帽即少用）。女子的衣裙早期瘦而长，裙系在胸上；发髻向上高耸，发间插些小梳子，多的到五六把；面部化妆多在眉心贴个星点，眉旁各画一弯月牙。这时，中原一带的妇女喜着西域装，穿翻领小袖上衣，条纹裤，软锦蛮靴；有些妇女还喜梳蛮鬟椎髻，嘴唇涂上乌膏，着吐蕃装束。这时期，流行一种半袖短外褂，叫作“半臂”，清代的马褂和背心，都是由它发展而来。

赵匡胤“黄袍加身”，做了宋朝的开国皇帝，重定衣服制度，衣带的等级就有二十八种之多。黄袍成了帝王的专用品，其他任何人都不许穿，穿了就算犯罪。规定的官服，有各种不同花色。每遇大朝会或重要节日，王公大臣们必须按照各自的品级，穿上各种锦袍。皇帝身边的御林军，也分穿不同花纹的染织绣衣。宫廷内更加奢侈，衣服、椅披、椅垫，都绣满花纹，甚至缀上真珠。皇后的凤冠大大的，上面满是珠宝，并且还有用金银丝盘成整出王母献寿的故事的，等于把一台戏搬到了头上。贵族妇女的发髻和花冠，都以大为时髦，发上插的白角梳子有大到一尺二寸的。贵族妇女的便服时兴瘦长，一种罩在裙子外面类似现代小袖对襟褂子式的大衣甚流行。衣着的配色，打破了唐代以红紫、蓝绿为主色的习惯，采用了各种间色，粉紫、黝紫、葱白、银灰、沉香色等，配合使用，色调显得十分鲜明；衣着的花纹，也由比较呆板的唐式图案改成了写生的折枝花样。男子官服仍是大袖宽袍，纱帽的两翅平直向两旁分开，这时已成定型。便服还是小袖圆领如唐式，但脚下多改穿丝鞋。退休在野的官僚，多穿“直裰”式衫子，戴方整高巾（又名“东坡巾”或“高士巾”，明代还流行）。棉布已逐渐增多。南方还有黄草布，受人重视。公差、仆役，多戴曲翅幞头，衣还相当长，常撩起一角扎在腰带间。农民、手工业者、船夫，衣服越来越短，真正成了短衣汉了。

契丹、党项、女真族先后建立了辽、西夏、金政权，他们的生活习惯保留了浓厚的游牧民族的特色，在穿戴上和汉人不大相同。契丹、女真男子，一般多穿过膝小袖衣，长统靴子，佩豹皮弓囊。契丹人有的披发垂肩。女真人则多剃去顶发，留发一圈结成两个小辫子，下垂耳后。党项男子多穿团花锦袍，戴毡帽，腰间束唐式带子，上挂小刀、小火石等用物。女真妇女衣小袖左衽长衫，系一丝带，腰身小而下摆宽；戴尖顶锦帽，脑后垂两根带子。党项妇女多穿绣花翻领长袍。后来，由于辽、金统治者采用了宋代服制，所以契丹、女真族的装束和汉族的装束区别日益减少。绸缎也多是南方织的。

元朝的官服用龙蟒缎衣，等级的区别在龙爪的多少，爪分三、四、五不等，有法律规定，不许乱用。明清两代还依旧这样。在元代，便服还采用唐宋式样。一般人家居，衣多敞领露胸；出门则戴盔式折边帽或四楞帽，帽子用细藤编成。蒙古族男子多把顶发当额下垂一小绺，如个小桃子式，余发分编成两个大辫，绕成两个大环，垂在耳后。贵族妇女必戴姑姑冠；冠用青红绒锦作成，上缀珠玉，高约一尺，向前上耸，和个直颈鹅头相似。平民妇女或奴婢，多头梳顶心髻，身穿黑褐色粗布、绢合领左衽袍子。长江上游已大量种植棉花，织成棉布。

明代，皇帝穿龙袍。大臣穿绣有“蟒”“斗牛”“飞鱼”等花纹的袍服，各按品级，不得随便。一般官服多为本色云缎，前胸后背各缀一块彩绣“补子”（官品不同，“补子”的彩绣也不同）。有品级的大官腰带间垂一长长丝绦，下面悬个四寸长象牙牌，作为入宫凭证。冬天上朝，必戴皮毛暖耳。普通衣服式样还多继承宋、元遗制，变化不大。这时结衣还用带子，不用纽扣。男子头上戴的巾，有一种像一块瓦式，名“纯阳巾”，明太祖定名为“四方平定巾”（喻意天下平定），读书人多戴它；另有一种帽子，用六片材料拼成，取名“六合一统帽”（喻意全国统一），小商贩和市民多戴它。妇女平时在家，常戴遮眉勒条；冬天有事出门，则戴“昭君套”式的皮风帽。女子有穿长背心的，这种背心样式和兵士的罩甲相近，故又叫“比甲”或“马甲”。

清代的服装打扮，不同于明代。明朝的男子一律蓄发绾髻，衣著讲究宽大，大体衣宽四尺，袖宽二尺，穿大统袜、浅面鞋；而清代的男子，则剃发垂辫（剃去周围的头发，把顶发编成辫子垂在背后），箭衣马蹄袖，深鞋紧袜。清代官员服用石青玄青缎子、宁绸、纱，作外褂，前后开叉，胸、背各缀“补子”（比明代的“补子”小一些）一方（只有亲王、郡王才能用圆形），上绣各种禽兽花纹，文官绣鸟，武官绣兽，随品级各有不同：一品文官绣仙鹤，武官绣麒麟；二品文官绣锦鸡，武官绣狮子；三品文官绣孔雀，武官绣豹子；四品文官绣云雀，武官绣老虎；五品文官绣白鹇，武官绣熊……一般人戴的帽子有素冠、毡帽、便帽等几种。便帽即小帽，六瓣合缝，上缀一帽疙瘩，俗名西瓜皮帽。官员的礼帽分“暖帽”（冬天戴）、“凉帽”（夏天戴）两种，上面都有“顶子”，随着品级不同所戴的“顶子”颜色和质料也不同；一品官为红宝石顶，二品官为红珊瑚顶，三品官为亮蓝宝石顶，四品官为暗蓝宝石顶，五品官为亮白水晶顶……帽后都拖着一把孔雀翎，普通的无花纹，高级官僚的孔雀翎上才有“眼”，分一眼、二眼、三眼，眼越多表示越尊贵。只有亲王或对统治阶级特别有功勋的大臣才被赏戴三眼花翎。平民妇女服装，康熙、雍正时，时兴小袖、小云肩，还近明式；乾隆以后，袖口日宽，有的竟肥大到一尺多。衣服渐变宽变短。到晚清，城市妇女才不穿裙，但上衣的领子转高到一寸以上。男子服式，袖管、腰身日益窄小，所谓京样衫子，把一身裹得极紧，加上高领子、琵琶襟子、宽边大花坎肩，头戴瓜皮小帽，手拿一根京八寸小烟管，算是当时的时髦打扮。一般地主、商人和城市里有钱的市民，很多就是这样的装束。照规定，清代农民是许可穿绸纱绢缎的，可是事实上穿绫罗绸缎的仍然是那些地主官僚们、大商人们，至于受尽剥削、受尽压迫、终年辛勤难得一饱的短衣汉子们，能求勉强填满肚皮，不至赤身露体已经很不容易，哪里还能穿得上丝织品！

宋元时装

赵匡胤做皇帝后，不久就统一南中国，结束了五代十国数十年分割局面，建立了宋代政权。从长江上游的西蜀和下游的南唐吴越，得到物资特别多，仅锦缎彩帛就达几百万匹。为示威天下，装点排场，便把直接保卫他的官兵两万多人，组成一支特别仪仗队，某种官兵拿什么旗帜、武器和乐器，穿什么衣服都分别等级颜色花纹，用织绣染不同材料装扮起来，出行时就按照秩序排队，名叫“绣衣卤簿”，还绘了一幅图，周必大加上详细说明，叫《绣衣卤簿图记》，这个队伍后来还增加到将近三万人。现在留存后人摹绘的中间一段，也近五千人，为研究宋代官服制度，保留下许多重要材料。宋代政府每年还照例要赠送亲王大臣锦缎袍料，计分七等不同花色，遇大朝会重要节日必穿上。宫廷皇后公主更加奢侈，穿的衣服常加真珠绣饰，椅披脚踏垫也用真珠绣，头上凤冠最讲究用金翠珠玉作成种种花样，比如“王母队”就作一大群仙女随同西王母赴蟠桃宴故事。等于把一台乐舞，搬到头顶，后面还加上几个镶珠嵌玉尺来长翅膀，下垂肩际，名“等肩冠”（最近在明代皇陵内也发现过这种冠）。一般贵族官僚妇女，穿着虽不如唐代华丽，却比较清雅潇洒，并且配色也十分大胆，已打破唐代青碧红蓝为主色用泥金银作对称花鸟主题画习惯，粉紫、黝紫、葱白、沉香、褐等色均先后上身。由于清明扫墓必着白色衣裙，因之又流行“孝装”，一身缟素。北宋初年，四川、江南多出彩绸，女子又能歌善舞，装束变化常得风气之先，从诗词中多有反映。部分还保留晚唐大袖长服习惯，同时已流行另外一种偏重瘦长，加上翻领小袖齐膝外衣的新装，作对襟式的加上两条窄窄的绣领。用翻领多作三角形，还和初唐胡服相近，袖口略小，如今看来，还苗条秀挺，相当美观。另外一种装束，尚加披帛，腰带间结一彩绶，各自作成种种不同连环结，其余下垂，或在正面，或在一侧，这种式样似从五代创始，直流行到南宋。装束变化之大主要在发髻，也可说是当时人对于美的要求重点，大致从三国时曹植《洛神赋》中说到的“云髻峨峨”得到启发，唐代宫廷女道士作仙女龙女装得到发展，五代女子的花冠云髻已日趋危巧，宋代再加以发展变化，因之头上真是百花竞放，无奇不有。极简单的是作玉兰花苞式，极复杂的就如《枫窗小牍》所说，赵大翁墓所见有飞鬟危巧尖新的、如鸟张翼的，以至一种重叠堆砌如一花塔加上紫罗盖头的，大致是仿照当时特种牡丹花“重楼子”作成。照史书记载，到后竟高及三尺，用白角梳也大及一尺二寸，高髻险装成一时风气，自然不免影响民间相习成风。后来政府才特别定下法律加以限制，不得超越尺寸。但是上行下效，法律亦无济于事。直到别种风气流行，才转移这种爱好。边疆区域，如敦煌一带，自五代以来多沿袭晚唐风气，使用六金钗制，在博大蓬鬓两侧，各斜插二花钗，略作横的发展，大约本于《诗经》“副笄六珈”一语而来，上接晋代“五兵佩”习惯，流行民间，直到近代。福建畲族妇女的头上三把刀银饰，还是它的嫡亲继承者。额黄靥子宋代中原妇女已不使用。西北盛装妇女还满脸贴上不以为烦。

至于演戏奏乐女人的服装，种类变化自然就更多了。从画中所见，宫中乐伎，作玉兰花苞式髻，穿小袖对襟长衫的可能属于一般宫婢，杂剧中人则多山花插头，充满民间味，如照范石湖元宵观灯诗所见，歌女中有戴个茸茸小貂帽子遮住眉额的一定相当好看。若画古代美人装束，多作成唐代仙女、龙女、天女样子，虽裙带飞扬轻举，依旧不免显得有些拖沓，除非乘云驾雾，否则十分不方便。这另外也反映一种现实，即宋人重实际精神（除了发髻外），穿衣知道如何用料经济，既便于行动也比前人美观。宋代流行极薄纱罗，真是轻如烟雾，如作成六朝人画的洛神打扮，还是不会太重的。但是当时的女道士，就不肯这么化妆，画采灵芝仙女且有作村女装束的。

当时最高级和尚，袈裟尚紫色，惟胸前一侧绊带用个小玉环，下缀一片金锦，名“拔遮那环”。宋元应用较广，影响到西藏大喇嘛，在明清古画里还保留这个制度。

契丹、女真、党项、羌族等同属中国东北、西北游牧民族，生活习惯上与中原显著不同。

西夏妇女多着唐式翻领胡服，斜领刺绣精美，统治者服饰也近似唐装，腰间束鞢韄带、挂上小刀、小囊、小火石诸事物，头上戴的还是变形浑脱帽，普通武士则有作突厥式剃顶的。

契丹、女真本来服装一般多小袖圆领，长才齐膝，着长统靴，佩豹皮弓囊，宜于马上作战射猎。契丹男子髡顶披发，女真则剃去顶发把余发结成双辫下垂耳旁。受汉化影响，有身份的才把发上拢，裹“兔鹘巾”，如唐式幞头，却不甚讲究款式，惟间或在额前嵌一珠玉为装饰。妇女着小袖斜领左衽长衫，下脚齐踵，头戴金锦浑脱帽，后垂二锦带，下缀二珠。其腰带也是下垂齐衣，惟不作环。契丹和女真辽金政权均设有“南官”多兼用唐宋官服制度。契丹即起始用不同山水鸟兽刺绣花纹，分别官品，后来明清补服，就是承继旧制而来。金章宗定都燕京后，舆服制度更进一步采用宋式，区别就益少了。至于金代官制中用绸缎花朵大小定官位尊卑，最小的只许用无纹芝麻罗，明清却不沿用。但衣上用龙，元代即已有相当限制。分三、四、五爪不等，严格规定，载于典章。明代即巧立名目，叫“蟒”“斗牛”等，重作规定，似严实滥。

同时契丹或女真男子服装，因便于行动，也已为南人采用，例如当时力主抗金收复失地的岳飞、韩世忠等中兴四将，身边家将便服，除腰袱外，就几乎和金人无多大分别，平民穿的也相差无几，彼此影响原因虽不尽同，或为政治需要，或从生活实际出发，由此可知，民族文化的融合，多出于现实要求，即在民族矛盾十分剧烈时亦然（总的看来，这种齐膝小袖衣服，说它原属全中国各民族所固有，也说得过去，因为事实上从商代以来，即出现于各阶层人民中）。这时期劳动人民穿的多已更短了些，主要原因是生产虽有进展，生活实益贫穷，大部分劳动成果都被统治者剥削了，农民和渔夫已起始有了真正“短衣汉子”出现。

社会上层衣服算是符合常规的，大致有如下三式：

（一）官服——大袖长袍还近晚唐，惟头上戴的已不相同，作平翅纱帽，有一定格式。

（二）便服——软翅幞头小袖圆领还用唐式，惟脚下已由乌皮六合靴改成更便利平时起居的练鞋。

（三）遗老黄冠之服——合领大袖宽袍，用深色材料缘边，遗老员外多戴高巾子，方方整整。相传由苏东坡创始，后人叫作“东坡巾”。明代老年士绅还常用它。有身份黄冠道士，则常用玉石牙角作成小小卷梁空心冠子，且用一支犀玉簪横贯约发，沿用到元明不废，普通道士椎髻而已。

男仆虽照制度必戴曲翅幞头，但普通人巾裹却无严格限制。女婢丫鬟，头上梳鬟或丫角又或束作银锭式，紧贴耳边，直流行到元代。

至于纺织物，除丝织物中多已加金，纱罗品种益多，花纹名目较繁。缎子织法似应属于新发明。锦的种类花色日益加多，图案配色格外复杂，达到历史高峰。主要生产还在西蜀。纱罗多出南方，罗缎名目有加“番”字的，可知织法不是中原所固有的。锦名“阇婆”，更显明从印度传来。“白鹭”出于契丹，也为文献提到过。雨中出行已有穿油绸罩衣的。

这时期并且起始有棉织锦类，名叫“木锦”。至于“兜罗锦”“黎单”等西南和外来织物也是花纹细致的纺织品，练子则是细麻织品。“点蜡幔”是西南蜡染。一般印花丝绸图案，已多采用写生折枝花，通名生色折枝，且由唐代小簇团窠改为满地杂花。惟北宋曾有法律严禁印花板片流行，只许供绣衣卤簿官兵专用，到南宋才解禁，得到普遍发展。临安市销售量极大的彩帛，部分即指印花丝绢。时髦的且如水墨画。北宋服饰加金已有十八种名目，用法律禁止无效。北宋时开封女人喜用花冠绣领，在大相国寺出售最精美的多是女尼姑手作，反映出宗教迷信的衰歇，庵中女尼姑已不能单纯依靠信徒施舍过日子，必须自食其力方能生存，和唐代相比已大不相同了。统治者虽耗费巨万金钱和人力，前后修建景灵宫、玉清昭应宫、绛霄宫等，提倡迷信，一般人还是日益实际，一时还流行过本色线绣，见于诗人陆游等笔记中。

高级丝织物中除锦外，还有“鹿胎”“紧丝”“绒背”和“透背”，四川是主要产地。这些材料，内容还不够明确。“鹿胎”或是一种多彩复色印花丝绸。“绒背”或指一种荣缎、绒纱，近似后来花绒。“透背”可能就是缂丝。这些推测还有待新的发现才能证明。捻金锦缎的流行增加了锦缎的华美，灯笼图案锦且影响到后来极久。“八答晕锦”富丽多彩已达锦类艺术高峰。一种用小梭挖织的缂丝，由对称满地花鸟图案，进而仿照名画花鸟，设计布色，成为赏玩艺术新品种。技术的流传，西北回族织工贡献较多。南方还有“黄草心布”“鸡鸣布”“练子”和“红蕉布”，特别宜于暑中使用。由于造纸术有进一步提高，因此作战用衣甲，有用皮纸作成的，又用纸作帐子，也流行一时。

元代由蒙古人军事统治中国约一世纪之久。政府在全中国设了许多染织提举司，统制丝毛织物，并且用一种严酷官工匠制度督促生产，用捻金或缕金织成的锦缎“纳石失”和用毛织成的“绿贴可”，当时是两种有特别代表性的产品，丝绸印染已有九种不同名目，且有套染三四次的，毛织物毡罽类利用更多，《大元毡罽工物记》里还留下六十多种名目。为便于骑射，短袖齐肘的马褂起始流行。

元代南人官服虽尚多用唐式幞头圆领，常服已多习于合领敞露胸式。蒙古人则把顶发当额下垂小绺，或如一小桃式，余发总结分编成两大环，垂于耳边，即帝王也不例外。妇女贵族必头戴姑姑冠，高过一尺向前上耸，如一直颈鹅头，用青红绒锦作成，上饰珠玉，代表尊贵。衣领用纳石失金锦缘边，平民奴婢多椎髻上结，合领左衽小袖，比女真略显臃肿，贵族穿得红红绿绿，无官职平民就只许著褐色布绢，惟平民终究是多数，因此褐色名目就有二十四种。元代至元年间，才正式征收棉花税，可知江南区比较大量种植草棉，棉布在国内行销日广，也大约是这个时期。

四楞藤帽为元代男子所通用，到明代就只某种工匠还使用了。另外一种折腰样盔帽，元代帝王有用银鼠皮作成的，当额或顶部常镶嵌价值极贵的珠宝。到明代差役的青红毡帽还采用这个样式，正和元代王公重视的“质孙宴”团衫，与明清之差役服式差不多，前一代华服到后一代成为贱服，在若干历史朝代中，几乎已成一种通例。

从文物中所见古代服装材料和其他生活事物点点滴滴

人人都穿衣吃饭，关于古代这方面问题，我们知识却不大具体。尽管在奴隶社会阶段，统治阶级的剥削基础，就和粮食布帛聚敛分不开，先秦文献中还留下许多记载。不过孤立从文献求索，总不大好办，特别是关于发明与发现多不足信。文献不足征处，更不免茫然。因此历来专家学人，不外用两种态度对待：一是“信古”，肯定旧传说，增饰新附会，把一切发明与发现都归功于个人，《古今注》《路史》《事物纪原》等因之产生。二是“疑古”，觉得古代事难言，不加过问。影响到后来，于是人多乐意务虚，抽象谈社会结构。至于从务实出发，作探讨工作的便较少。经过近年考古工作者共同的努力，古代人从新石器时代或更早一些起始，如何使用木、石、骨、角工具，慢慢学会种植庄稼，驯养六畜，改善定居生活条件；同时又适应这个新的需要，发明陶器，把谷物处理成熟食。谷物类生产品种是些什么也有了比较明确知识。而陶器则由烹煮食物进而为熔金铄石，冶炼出金铜铅银铁，生产工具因之又如何逐渐衍进。有关吃的问题，凡事从实际出发，慢慢的便理出点头绪来了。至于穿衣打扮事情，还是不大搞得清楚。现在想就出土文物，初步试来作些常识性综合分析。至于进一步深入探索，抛砖引玉，实有待海内专家学人共同努力！

史传称伯余作衣，又说黄帝垂衣裳而天下治。至于养蚕，则推为黄帝妃子嫘祖所发明。这种种和其他一切发明，极少有人否认过。事实上它和别的生产发明相差不多，全是由于古代人民共同需要，和自然长期斗争，劳动经验逐渐积累得来，绝不是某一人能凭空发明的！但是衣的定型制作出一定式样，在原始社会组织取得一定进展后，随同形成一种习惯，却是有可能的。

根据四川资阳人遗物中一根细长完整的骨针，我们可推想当时人就为了御寒和生产上的便利，已有了穿衣服的要求。因为针的发明是满足这种要求而出现的。如果这支骨针和其他遗物确在同一地层，那已经是过若干万年的事情了。当时穿的是兽皮还是植物纤维的布匹？我们还少知识。但是针孔相当细，绝不会是皮革割成的小条子能通过的，因此捻取细纤维作线的技术，也必在有孔纺轮出现以前，即已掌握。而布的起源，实从编织鱼网得到进展，编网知识又系从蜘蛛结网得到启示，《淮南子》所说，倒还有点道理！早期的织机可能是“地机”，原物虽未发现，近年云南石砦山出土铜器上，却留下些两千年前的式样，现代我国比较偏僻的生产落后区域，也还留下些活的标本，一般还是坐在地下织的。综、筘、梭子发明以前，提线必用手，压线则借重骨或石工具，编织较窄的腰带，牛肋骨已极得用。若织面阔及尺的布，即嫌压线不紧实。因此地下发现较长大薄刃石刀具，古代除了使用它来鞣治皮革，可能也和织机压线发生联系。后来由石到玉进而成璋或某一式圭，则已在实用外兼有象征性。但是海南岛一类地区，却在 18 世纪，还用作织布工具！琮的应用出现较晚，一般大型青云琮，多长约八寸，外方内圆，分段刻划纹道。照史志所说，为妇女所主，为祭中溜之神物。如联系纺织周代以来即称为“妇功”，而琮的应用，近人以为和织机或有一定关系，推测或许还近理。这类大型玉琮多传为周代礼器，如和织机关系密切，则显然这是一种西周以来出现的坐式竖机了。因为地机卷轴是用不上的。从琮的出现，我们还可看出人类最早的垂腿而坐，和生产劳动关系十分密切。织布以外车磨铜器，雕琢玉器，为操作便利，大都有近似织机需要，即共同促进了古人生活习惯的改变，实和生产需要有一定关系。这自然只是一种推想，因为唯一证据，只有汉石刻几个机织形象，包括了曾母投梭、孟母教子和天孙织锦一些故事传说的图像在内。至于第二阶段坐具的进一步改变，和妇女专用鼓式墩子的产生，则显然是由战国熏香笼篝汉代熏笼衍进而来，而社会上得到认可成为一般起居习惯，已是唐宋时事了。笼篝多编竹而成，或有两式，应用虽始于战国，盛行于汉晋之际，留下较早的形象，却只有在北朝石刻上可发现，作成腰鼓式。唐代有个三彩女俑，坐的还是相同样子。到宋代则一般作墩子式了。直到明代，不问法花瓷或处州青瓷，或描金雕漆，墩子依旧必下部镂空，上面绘饰成一块绣帕四角下垂样子，还是照熏笼作成。

《尔雅》是中国二千三四百年前一部古文字学专书，其中许多记载都十分重要。关于古代养蚕业的进展，也有较新较现实提法。称蚕有萧、艾、柞、桑等不同品种，即反映一种社会发展的真实，说明养蚕知识的获得，是经过许多人用各种草木叶子在长期试验下，才明白山蚕宜在柞树上放养，家蚕必饲桑叶才会有较好收成的。从这一认识前提出发，结合文献，我们说穿衣当成一种社会制度，养蚕当成一种社会生产，大约是在由分散的部族社会到那个部落联盟的原始社会成熟期的黄帝时代才逐渐形成，同样的话却有了较深刻意义！至于当时人究竟如何穿衣，文献叙述多出于周代史官，必须把保留在较前或较后各种形象材料加以印证，才可望得到些比较近真落实的印象。

史称三皇五帝，历世绵邈，有关形象知识，目下我们只能从一千八百多年前一些汉代石刻得到点滴。结绳记事燧人取火的情形，虽近于汉人想象，武氏石刻把五帝却画得相当古朴，即同样出于想象，究竟比单纯文献有意思得多。因为那几个人的衣服式样，和近年出土三千年前殷商时代的还有个共通点，一般特征为齐膝长短，穿裤子（若照某些传记述说，则汉代人才穿裤子），为便于行动和劳作，说这种衣装和原始社会生活要求相适合，大致不会太错的。

商代还有如下一些材料可以比证参考：

一、两个雕玉人头像，重要在他们的头上装饰。男子戴平顶帽子，初看似乎有些令人相信不过，其实形象并不孤立存在，同时或稍后，这种帽子都有发现。女的重要是她的发式，藉此明白头上骨或玉笄的应用，商代至少已有二凤相对竖插，和一支横撇两式。双笄对插比较讲究。曹植诗“头上金雀钗”反映到《女史箴图》中的情形，还是商代用笄制度的沿袭。下垂蚕尾卷发，直到战国还有地方妇女习用。只可惜背后不知如何处理。这些精美雕玉正产生于历史上的纣王妲己时代。至于纣王形象，目前还只有日本学人过去在朝鲜发掘的汉墓里一个彩绘漆筐边沿上发现那一位。他正坐在一个有屏风的矮榻上，像旁还明署“纣王”二字，两手作推拒状，作成《史记》所称“智足以拒谏，辩足以饰非”的神气。神气虽还活泼，可是个标准汉代贵族样子。至于妲己的装束如需要复原，从那个雕玉女人头像，却可得到较多启发！

第二是这个白石雕刻的人形，头戴锦帽，身穿锦衣，是有点醉意朦胧样子。如不是个最高奴隶主，也应是个贵族。但亦可能只是随身奴仆，因为用珠玉饰狗马，在商代墓葬中即已发现，一个奴隶弄臣穿得花花绿绿，是不足为奇的。衣服肯定原仿锦绣而作，从联系和发展得知道。商代的铜簋、白陶壶，和较后一时的铜车轴头、镜背、空心砖边沿，都有相同装饰纹样出现。一个长沙出土的战国彩俑，衣边上且分明画上这种花纹，恰和文献中“锦为沿”相符。（真正的锦缎只早到唐宋，名字或应当叫矩纹锦。它的织法实源远流长。至于为什么较早的锦是这种连续矩纹，我们说，大致和编织竹簟有关，和宋代青绿簟纹锦同源异流。竹簟用连续矩纹或方胜格子，技术操作比较容易。）商代已能织出极薄的绸子，也能织出有花纹的锦缎，但较多人的身上，大致还是穿本色麻葛或粗毛布衣服。一般奴隶或俘虏身分的人，如像第三个手负桎梏的一位，穿的自然是件粗布衣。

两者身分地位尽管不同，衣服长短过膝，倒像是共通趋势。这一点相当重要，因为承认衣才齐膝或过膝原是一种传统制度，我们才不至于把春秋战国时出现的这种衣服，不求甚解一例归入“胡服”。

第四五都是雕玉，出土情形不太明确。给我们启发是他们头上巾子和西南苗彝族装束那么巧合。其实若从图案花纹去探索，用商代规矩图案和近代苗彝编织物图物比较，相同处我们发现将更多！这不足为奇，生产条件和工具决定了生产式样，也有时形成了美的意识，这是过去我们较少注意到，目前却明白了的。

西周是个讲究制度排场的时代，史称周公制礼作乐不会完全是空谈。一方面是宗法社会的建立，确定等级制度排场有其必要性。另一方面由于生产发展，丝、布、铜、漆日益加多集中到王室贵族中，有了个物质基础。因此周公尽管提倡节俭，要贵族子弟明白稼穑之艰难，可是打发诸侯封君就国，还是除沿例领取大片封地、占有大量农奴外，并且还可得到一些手工业奴隶，又可得到特赐一份华美衣服，车马旗帜，宗庙祀事礼乐铜器，以及作为压迫工具和象征权威的青铜兵器圭璋璜璧诸玉物。统治者日益脱离生产劳动，成为“治人”的身分，衣服放大加长用壮观瞻，必然是在这个历史阶段中出现。相传虞书帝王冕服十二章的绣绘文饰，也应当成熟于此时。但是三千年来做皇帝的总还欢喜遵照古制打扮，直到袁世凯还要人做下一份衣样子，准备登基！事实上冕服最早的式样，目前为止，还只有从唐代列帝图和敦煌画留下那些形象，比较近古，宋人《三礼图》、明人《三才图会》即已多附会，去古日远，清代更难言了。但是从习惯说，戏衣上的龙袍，还应当说是一脉相承。真正的复原，几种新的战国人物形象，和西汉壁画，东汉石刻，以及周初铜、玉、漆、丝纹样，已为我们准备了些有利条件。经过一些探索比证，大致还是可望部分恢复本来面貌的。

衣服等级的区别，一面可看出西周社会的拘板定型，另一面也必然影响到社会生产的停滞。破坏它得到新的进展，是春秋战国，随同土地所有制变化，与生产发展、商品大量交流而形成。

同样是在不断发展变化中，也看需要而有所不同，譬如作战穿的衣甲，到春秋时虽发展了犀甲、合甲、组甲许多不同材料不同制作，长短大致还是以能适应当时战争活动为主，不会太变。例如保护头颅的铜盔，商代的就和春秋战国时差不太多。但是兵器中的戈的形制和应用，却已有了较大变化。商代一般战士，戈大致有两式，长柄的单独使用，短柄的则一手执戈、一手执方盾，是通常格式。春秋以来则剑盾为一份，戈柄已和矛柄部分同长，有的或加个矛头成为专用勾啄刺三或两用兵器了。到战国时，好些戈戟并且已逐渐脱离实用价值，只从艺术出发来考虑它的造形美了。到汉代于是又一变来个返璞归真，一例简化成为一个“卜”字式。（至于我们从戏文中所常见的方天画戟，却是起始于唐代宗教画天王所使用的！）衣的形式改变，主要还是在某些上层人物。根据目下材料分析，我们知道儒家的宽衣博带好尚，本为好古法先王主张而来，同时人常多当成一种拘迂行为看待的。因此估计一般上中层人物，平时衣服必然还不至于过分拖拖沓沓。但部分坐朝论道不事生产的人物，即不完全同意儒家迂腐主张，还是不免已经有些拖拖沓沓。这从近年发现的材料，多了些证明。至于从事各种生产劳动的平民便装，一般还是长可齐膝为通例，从统治者看来，则为野人之服，舆台之服，区别日益显明。至于那些无事可做或一事不做的贵族，在一身装扮上格外用心，如何穿珠佩玉，文献记载虽多，形象反映给我们的知识还是不够落实。例如说，儒家“君子无故玉不去身”和“玉有七德”的说法，到战国时已相当成熟，上下一时把玉的抽象价值和人格品德结合起来，也因之把玉的具体价值提得高高的，影响刺激到当时雕玉工艺的高度进展。三门峡虢墓得到几份成组列的佩玉，虽已知道它们在人身上的大略位置，洛阳金村韩墓，还发现过一份用金丝纽绳贯串的成组精美佩玉，辉县和其他发掘，也得到好些当时小件成系佩玉，传世又还有千百件战国玉龙佩和其他雕玉可供参考，郭宝钩先生即根据出土情形作了些复原图。但是希望更具体些明白它们如何和那些加工特别精美镀金嵌珠的带钩，讲究无比的玉具剑，共同加在以五色斑斓华美耀目的文绣袍服上，结合一起形成一种惊人炫目的艺术效果，如《说苑》所叙襄成君给人的印象，我们还是不易想象的！知识不足处，实有待进一步发现，才能综合更多方向文物，一一加以复原。即此也可以肯定，过去几千年来学人感到束手的事情，到我们这个新的时代，由于条件不同，有必要时，终究还是可以从客观存在认识出发，一一把它弄个清楚明白！

和周初衣服制度有密切关系的历史人物，是封于山东鲁国的周公。周公的形象虽无当时遗物可证，但是汉代在儒学兴盛提倡厚葬的制度下，山东地方的石刻，却还留下三四种各不相同的周公样子，有一个在曲阜发现的还是立体的。作为周公辅成王的历史主题而作成，胖胖的周公宽袍大袖，抱着个小婴孩，我们似乎可以用保留的态度来看待这些材料。就是说形象未必可靠，部分服装还是可靠。因为凡事总必上有所承而下有所启，正如孔子所说“殷因于夏礼，周因于殷礼”，说能知其损益，就必有所损益。孔子所知道的我们虽难于尽知，但是目前还有不少春秋战国和西汉形象材料，新近发现，为我们提供了许多证据，也启发了不少问题，值得注意！

极有意思是近年山西侯马出土的一批陶范中几个人形，搞文物的看来，会觉得有些面熟，不仅衣服依旧长短齐膝，花纹也并不陌生，有一位头上戴的又简直和商代玉人及白玉雕像十分相似，一个短筒子平顶帽。商代白石像系腰是个大板带，这一位腰间系的是根丝绦带，带头还缀上两个小小圆绒球，作成个连环套扣住，得知这两种系法都是不必用带钩的。这个人的身分虽同样难于确定，不是“胡族”却一望而知。因此赵武灵王所易的“胡服”，必得另外找一种式样才合适了。至于这一式样和时代或许略晚见于洛阳金村遗物中的几个银铜人装束，我们可以说实“古已有之”，因为汉石刻大禹等已穿上，至少从汉代儒家眼光中，是决不会同意把胡服加在著名的大禹身上的。何况商代实物又还有陶玉相似形象可证。《史记》上所谓胡服，记载既不甚具体，我想还是从相关文物反映去寻觅，或许还比较有一点谱。时间较早是保留到战国或西汉匈奴族青铜饰件上的各种胡人装束，时间稍晚是保留到东汉墓中一个石刻上作的胡族战事图像。前者多于蒙古一带地区出土，后者却显明作成高鼻深目的样子，但是一作比较，于是我们不免感到混淆起来了。因为这些胡族人衣著长短，原来和商代几种形象倒十分相近，正和那些羊头削及盾上带铃弓形铜器和商代实物相近差不多。由此联系，我们似乎可以不妨且作那么一种假定：即以游牧为主的匈奴服制，本来和商代人的普通衣著相近，或曾受过中原人影响。到周代，社会受儒学渲染宽袍大袖数百年成社会上层习惯后，我们不免已有些数典忘祖。赵武灵王学回来的胡服骑射，重点本只重在“骑射”，至于胡服，则一面始终还流行于各行各业劳动人民习惯生活中，正所谓“礼失而求诸野”！这种推测也许不一定全对，惟根据材料分析，却似乎差不多远。

西周以来，上层分子寄食统治阶级衣服日趋宽博，大致是一种事实。但在共通趋势中也还是有分别。并且在同一地区，甚至于同一种人，也还会由于应用要求不同，形成较大差别，不能一概而论。相反又会有由于一时风气影响，而得到普遍发展的。前者如从大量战国楚俑和画像分析，至少即可知道衣服式样便有好几种，长短大小也不相同。后者如传称楚王宫中女子多细腰，事实上新的发现，楚国以外许多材料，表现舞女或其他妇女，也流行把腰肢扎得细细的习惯。特别是一种著百褶裙反映到细刻铜器上的妇女或男子，反而比反映到楚俑和漆画上的妇女束腰更细一些。这类铜器山东、山西、河南均有发现，它的来源虽有可能来自一个地方，不在上述各地，但当时善于目挑心招能歌善舞的燕赵佳丽，临淄美女，装束还是不会和它相去太远。以相传洛阳金村出土一份佩玉中两个小小玉雕舞女，作得格外出色。

如把这类材料排排队，就目下所知，大致信阳楚墓出土的东西比较稍早一些。联系文献解决问题，长沙楚墓出土的彩俑和漆画、帛画，以及河南山西山东发现薄铜器上细刻人形，材料却丰富重要得多。

信阳大墓发现了不少大型彩绘木俑，初出土时闻面目色泽还十分鲜明，如不即时摹绘，大致已失去固有色调多日了。重要还在那个漆瑟上的彩绘种种生活形象，有高据胡床近于施行巫术的，有独坐小榻大袖宽袍的统治者，有戴风兜帽的乐人，有短衣急缚的猎户。人物画得虽不怎么具体，却神气活泼，形象逼真。总的

清代官员服用石青玄青缎子、宁绸、纱，作外褂，前后开叉，胸、背各缀『补子』一方，上绣各种禽兽花纹，文官绣鸟，武官绣兽，随品级各有不同。

漆画上胡床的出现，和墓中三百件漆器中一个近似坐几状木器实物的发现，为我们前面说到过的垂腿而坐的事情，至晚在春秋战国时即已有可能出现，多提供了些证据，却比目下文献所说，胡床来自汉末，席地而坐改为据椅而坐，直到唐代中叶以后才实行，已早过五六百年或一千三百年不等。

长沙楚墓的发现，丰富了我们对于古代人生活形象知识更加多。首先是那个特别著名舞女漆奁的发现，上面一群女子，一例著上袖口衣脚均有白狐出锋长袍，腰肢都细细的，面貌虽并不十分清晰，还是能给人一个“小腰白齿”印象。宋玉《招魂》文中所歌咏的妇女形象，和这些女人必有些共通点。另外是许多彩绘木俑，试挑出两个有典型性的看看，男的是个标准楚人，浓眉而短，下巴尖尖的呈三角形，胡子作仁丹式，共同表现出一种情感浓烈而坚持负气个性鲜明神气。近年发现楚俑多属同一类型，引起我们特别注意，因为这是屈原的同乡！如作屈原塑绘，这是第一手参考材料！女子重要处在颊边点胭脂成簇作三角形，可以和古小说《青史子》，及刘向《五经通义》引周人旧说相印证。照各书记载，这是和周代宫廷中女子记载月事日期的标志有关。胭脂应用即由之而来。比唐人的靥子、南朝人的约黄、汉代的寿阳点额，都早过千年或大几百年！衣分三式，都不太长，一种绕裾缠身而著的，显明较古，到汉代即已不复见。履底较高，和长沙出土实物可以印证。衣服边沿较宽，材料似乎也较厚，可证史传上常提起过“锦为缘饰”的方法。武士持剑盾则衣短而缚束腿部，才便于剽疾锐进，秦末项羽的八千子弟兵，大致就用的是这种装束。可惜的是一份木雕乐伎已朽坏，只留下个轮廓，难于用它和河南汲县辉县等处所得细刻铜器乐舞伎服装印证异同。另外在一片绢帛上还绘有一个女子，特别重要处在那个发髻，因为同时同式只在辉县出土的一个小铜妇女和时间可能稍晚一些骊山下得到的一个大型灰陶跪俑上见到，同是发髻向后梳的古代材料。近人说帛画上绘的是个巫女，或出于片面猜想。因为另外两个人形，均显明都是家常打扮。和信阳漆瑟上的反映，及另一楚帛书上四角绘的神像反映，情调毫无共通之处。自古以来巫女在社会上即占有个特殊位置，西门豹投于河里的和屈原《九歌》所涉及的，是不是还有点线索可寻？较晚材料应当是南方出土一些西王母伍子胥神像镜子上的舞女反映，比较近真，因为一面还和《三国志·陶谦传》及《曹娥碑》记载中提及的抚节弦歌婆娑乐神相合，一面且和《西王母传》《上元夫人传》记叙玉女装束有关，至少可以说是一个越巫样子。用它来体会先秦九巫形象，终比凭空猜想有些根据。楚俑男女头上一个覆盖物多如羽觞样子，可惜经过摹绘，具体形象已难明白。惟文献上曾有“制如覆杯”记载，羽觞恰是当时唯一杯子，因此这个头上安排也特别重要。女子背垂长辫中部多梳双鬟，到西汉时出土俑也有用一鬟的。传世《女史箴图》有几个女子还梳同样发式，当时大致这已算是古装，晋代人是不会这么打扮自己的。这从一系列出土俑（如江苏南朝俑），和略后一时的砖刻（如邓县画砖）、壁画（如敦煌画）、石刻（如《十七孝子棺》），绢素画

（如《洛神赋图》《北齐校书图》），可以明白北朝时“华化”，所仿的正是两晋制度，不会比汉或更早！

战国时文物第三部分人物形象是洛阳金村韩墓出土的几个银铜小像，一个男子和一个梳双辫弄雀女孩，衣服都短短的，女孩衣服下沿似乎还有些襞褶。男女均如所谓“蒙古型”，脸型宽厚扁平，因此即以为是“胡人胡装”，值得进一步研究。短衣不一定是胡装，已如前节所述。稍后一些胡人多高鼻深目，发褐黄，这从文献记载，及近年诺因乌拉与罗布淖尔实物的发现，与新近沂南汉墓石刻反映，三者结合印证，可以得到一点比较全面认识。相反的，倒是从商代起始，铜玉上反映均有“蒙古型”的脸孔出现，另一说即这个人的额饰，如著一小勒，有物下垂，非中原所固有。这也难说即是胡人。因为一切有个联系，不能孤立。近年四川出土大量汉俑，即有一式把额前加一勒子式织物，前作三角形的。这部分加工，事实上历来都成为装饰重点，不过随时有所变化罢了。例如北朝则作三五螺髻，如《北齐校书图》中女侍所见，显明受了点佛教影响，由于东晋以来关于佛发传说，就常提到“向右萦回，色作绀青”等。到唐代则流行诗人所歌咏的“常州透额罗”，形制处理则如敦煌画《乐廷瓌夫人行香图》，其家庭子女中有一位的装扮，极凑巧也是搁在额前那么尖尖的，但来源却应说是“幂䍦”或“帷帽”一种衍进或简化。因为幂䍦或帷帽本来的式样，还好好保留在一些唐代陶俑及唐人绘《蜀道图》几个骑马妇女头上，那是标准的式样，和文献记载完全相符合，后人作伪不来的。明代嘉万以来又流行“遮眉勒”，还是那么一道箍式，惟前端尖处多嵌了一粒真珠，明人绘画中都经常发现这么打扮。清初还在民间流行，清宫廷中的四妃子像和《耕织图》的南方农家妇女头上都可发现。戏装上叫它作“渔婆勒子”，其实近三百年还在各处流行。一直到20世纪初，我们的母亲或外祖母还在使用它，一般即叫作“勒子”，通常用玄青缎子掯两个薄薄牙子边，中心钉小翠玉花或珠子，到后又流行在两旁钉薄雕翠玉片半翅蝙蝠或蝴蝶。也有作五蝠则象征“五福齐来”。乡下人家则用银寿星居中。乡村小女孩子则用五色彩绸拼凑，加上各种象征幸福希望的彩绣，主题却不外鸳鸯牡丹，鱼水蝠鹿，讲究些也有作戏文中故事的。在这上面也可以说可看到百家争鸣和百花齐放，和胸前圆裙脚下凤头鞋，同是民间年青妇女装饰重点！话说回来，到目前为止，金村墓中那一位，应说是较早在额间进行艺术加工的一个先辈！女孩子腰间也系了根带子，还佩了个小工具，启发我们古代“童子佩觿”应有的位置。宋人不得其解，衣服既错，位置也弄错了。这种短衣打扮是否是当时奴婢的通常的装束？这一点可能性倒相当大。因为经常发现的战国时六寸左右跪像，手捧一个短短管筒，通名“烛奴”，装束多相近。近年山东出土一个人形灯台，手举二灯盘，服装也相似，这种器物适当名称还是“烛奴”。另外还有两个玉雕舞女，长袖细腰，妩媚秀发，特别重要是她的发式，十分具体，背后却拖了根长长的辫子。

第四份材料是传世和近年出土的金银错器物上镶嵌主题画中

反映出战国时人生活各方面情况。试用几件有代表性的器物作例来分析（如故宫藏品一战国青铜壶，一个成都百花潭错银壶，汲县山彪镇一水陆攻战纹铜鉴，和另一水陆大战鉴），上面即有采桑、弋鸿雁、习射、演乐、宴会、作战种种不同反映。弋鸿雁必用矰缴，才能收回目的物和箭镞，这里即见出古代矰缴的应用方法。如把它和长沙出土的两团丝线实物，和四川砖刻上那个把线团搁在架子上的制度结合起来注意，过去词人所赋“系弱丝射双鸿于青冥之上”的事件，千言万语难于注解的，一看便了然原来办法如此！又《三礼》谈射礼，诸侯必按等级尊卑，所用的弓矢箭靶大小远近均不相同。宋人《三礼图》虽绘制了些样子，可无佐证，这个壶上却留下个极早的式样，可证明《三礼图》虽多附会，所作箭靶基本式样倒还接近真实（敦煌唐壁画骑射图，却是个月饼形系在杆上）。似实用靶非礼仪用。有关音乐方面，历来对于钟磬处理多含糊其词，“乐悬”二字解释也难以令人满意。这里画面反映，却由此得知，当时钟磬在笋虡上悬挂方法，原来共有两式：一种是信阳出土编钟，用个兽面拴钉直接固定在方整木架上。另一种却是木架绊着丝绳，把钟磬钩悬在绳上。两端支持物多雕成凤鸟，象征清音和鸣，也和文献记载相合。乐人跪着击奏，但辉县铜盘细刻花纹却立奏，即此可知当时并无一定制度。有关战马，则守陴部队旌麾金鼓的形制和位置，可增长我们不少知识，补文献所不及。戈矛柄中部多附两道羽毛状事物，或可为《诗经》中“二矛乎重英”，提出一点新解。一般人和部分战士都著长衣，下裳作百褶裙式，昔人对汉石刻武事进行人多常服以为或者只是演习，那这里将是更早一种演习了。但另外一部分却有断脰绝踵形象出现，可知并不儿戏！有的武士戴有檐小帽，和现代人球场上小白帽竟差不多。

错金银技术虽较早为吴越金工所擅长，楚人加以发展，到战国中期，似乎已为六国普遍应用到一些特种工艺品处理上。带钩方面用力最大，品种也极多。至于饮食用器，方面已极广，艺术成就也大。惟这里想谈到的，还是题材上给我们对于古代服饰方面提供的形象重要性。这些材料多在中原区发现，我们不妨假定说它是中原文化的反映，应当不会太错。

另外还有个错金银镜子，上作骑士刺虎图像，武士全副武装，头盔近耳处插两支鸟尾。传称鹖为猛禽，好斗，至死不败，因之用鹖尾作冠饰，象征武勇，由来已久。可是具体形象材料，除此以外，即只有北朝宁万寿孝子棺前线刻的两个神将头上分插鸟尾，十分显明。此外即少见。至于唐宋以后，则多使用在什么胡王头顶部分，如传世李公麟绘《番王礼佛图》中所见。这里新的发现却在耳旁分插，为我们搞京戏的谈雉尾应用历史时找到了最古根据。这个镜子上还发现个近似用皮革作成的“”式马镫，应当是世界上最早的马镫形象了。至于马鞍，截至目前，我们只有一个四川出土汉代大型陶马上曾发现部分残余，别的还少见。战国时人起始骑马，镜子上留下个最早骑士模样。

第五份材料，是近年发现薄铜器细刻花纹上面各种人物生活的反映。河南辉县、山西、山东均有这种铜器出土。辉县残器上面有一种宫廷宗庙两层建筑前钟磬两列陈设形象，乐器位置极其重要。另一器物则在一角发现了个两端微昂的高案，上置两个酒罍，得知这是长条案最早的式样。山彪镇出土物则四轮马车是新发现。人物形象有个共通点是头上冠帽，前部多作二角突起，后部则曳一喜鹊尾巴，这种冠服部分亦见于信阳大墓漆瑟彩绘人物上。惟瑟上有作  危冠高耸如一高脚豆式的，则在铜刻上始终未发现。屈原楚辞所谓“冠切云之崔嵬”，或即指的是这种式样？也说不定。

…………

这些只是从商到战国，前后约一千年间，从出土文物结合文献相印证，所得到的一些点点滴滴材料。我们想从这些零星发现中把握全面问题，当然是不可能的。即从这部分发现中所作的一些推测，也必然会有许多不尽符合原来情形。但这么由现实出发作的试探和综合联系，无疑为我们工作带来了些新的启发，据个人看来至少可归纳成三点：

一、谈这部门历史发展，照旧方法引书证书，恐不大容易把问题弄得真正清楚明白，若能试从文物形象出发，似乎可以得到不少新知识。或者为过去书中没说到过，或者可以丰富充实文献中已经说起的而能加以形象化。

二、谈服饰离不开花纹，古代丝绣不易保存，直接材料不够多，但是间接的比较材料却不少。近十年出土的大量铜器、彩绘漆、雕玉、金银错、彩琉璃，以及较后部分空心砖边沿纹样，已为我们提供了许多重要线索。凡事孤立不易清楚的，一经综合比较，问题就出来了。由于比较分析，由此我们得知道连续矩纹作为锦纹主题，商代即已起始，春秋战国在继续应用，现存宋明此一式锦纹，实源远流长。丝绣和其他部分工艺图案相互关系，金银错、彩绘漆，和当时刺绣纹样实大体相通，还影响到汉代。战国镜子部分装饰图案，更和同时所谓“绮”纹有密切联系，新的发现已为这一推测不断证实。

三、这里提起的多只是一些线索，一个起点，即从文物常识出发，注意到起居服用各方面问题，大多是一般文献上或提起过难于证实，或说来比较笼统，经过后人注疏附会辗转致误的。熟悉史部学的专家通人，如肯用一个新的现实研究态度，综合文物联系文献，来广泛进行新的比证爬梳工作，一定会得到前人所未有的发现，特别是物质文化史方面的知识，许多方面将是崭新的！

漆工艺问题

中国文化发展史，漆工艺占了个特别位置，重要处不下于丝和瓷，却比丝和陶瓷应用广泛而久远。且在文化史分期过程中，作过种种不同光荣的贡献。

史前石器时代，文化中的蒙昧期，动物或植物的油脂，照需要推测，很可能就要用到简单武器的缠缚和其他生产工具实用与装饰上。到彩陶文化占优势时，这些大瓶小瓮的敷彩过程，在红黑彩色是否加过树脂，专家吴金鼎先生的意见，一定相当可靠。吴先生不幸早死，有关这一点我们浅学实不容易探讨。山东龙山镇发现的黑陶片上，有刻画古文字明白清楚："网获六鱼一小龟"，时间稍晚，安阳殷墟商代王公古墓中，又有无数刻字龟甲，虽不闻同时有成形漆器或漆书发现，惟伴随青铜器发现的车饰、箭镞，当时在应用上，必然都得用漆涂饰。使用范围既广，消费量自然就加多。当时生产方式及征集处理这种生产品情形，虽少文献可以征引，但漆的文化价值，却能估计得出。

到文字由兽骨龟甲的刻镂，转而在竹木简札上作历史文件叙录时，漆墨首先即当作主要材料，和古代史不可分，直到纸绢能完全代替竹木简札的后汉，方告一个段落。然即此以后两千年，墨的制造就依然离不了漆。其他方面且因社会文化一般发达，在日用器物上，生和死两件大事，杯碗和棺木，都少不了漆。武器中的弓箭马鞍，全需要漆。所以说，一部漆的应用小史，也可说恰好即是一部社会发展简史。

它的意义当然不只是认识过去，还能启发将来。据个人愚见，漆工艺在新的社会中，实有个极光辉的前途，不论在绘画美术上，在日常器物上，它是最能把劳动和艺术结合到应用方面一种，比瓷器更容易见地方性和创造性的，在更便利条件下能产生的。

《尚书·禹贡》称：

荆河惟豫州……厥贡漆枲絺纻。

济河惟兖州……厥贡漆丝。

可知当时中原和山东均出漆。《韩非子·十过》篇说：

尧禅天下，虞舜受之，作为食器，斩山木而财之，削锯修其迹，流漆墨其上，输之于宫，以为食器。诸侯以为益侈，国之不服者十三。舜禅天下，而传之于禹，禹作为祭器，墨漆其外而朱画其内……觞酌有采而樽俎有饰……殷人受之……食器雕琢，觞酌刻镂。

古史传喜称尧舜。商以前事本难征信，不尽可靠，惟漆器物的使用在远古，却是事实。人类文明越进步，漆的用处就越加多。《周礼·夏官·职方氏》记河南之利为林漆丝枲。漆林之征二十而五。或纳贡，或赋税，大致在周初，国家有关礼乐兵刑器物，已无不需要用漆调朱墨作彩绘，原料生产且补助过国家经济。不过世人习惯漆的故事，或者倒是《史记》所记赵襄子漆智伯头作饮器雪恨，及豫让报仇，漆身为癞等等，因为是故事，容易记忆。

战国时有名思想家庄周，尝为漆园吏，专管漆的生产。《续述征记》称古之漆园在中牟。《史记·货殖列传》称：

陈夏千亩漆……皆与千户侯等。

又：

通邑大都……木器髹者千枚，铜器千钧，素木铁器若卮茜千石……此亦比千乘之家，其大率也。

记载虽极简单，已可见出当时漆树种植之富和制器之多。《考工记》记百工，均分门各世其业，更可知运用这种生产的漆工艺，早已成为专门家的工作。生产原料和制作成品，多到一个相当数目的人，都可得官，或者说经济地位近于那种官。

更可知在当时漆器加工和铜铁的比价，实在相当高。有千件漆器，不封侯也等于封侯。

漆工艺彩绘上特别进步，当在战国时。封建主各自割据一方，思想上既泛滥无际，诸子竞能，奇技淫巧亦必因之而大有发展。漆工艺的加工，大致出于这个时期。这从现存寿州楚漆板片及长沙出土漆器，也可推想一般状况。且可明白汉漆器的精美，是继承，非独创。

桓宽《盐铁论》叙汉人用漆器事说：

> 今富者银口黄耳……中者舒玉纻器，金错蜀杯。

叙述价值是漆与铜比一抵十。出处多在西川。这事在扬雄《蜀都赋》中也早已说过。廿年来日本人发掘朝鲜汉墓，更证实了那个记载。所谓“雕镂扣器，百技千工”，照漆器铭文记载，每一件器物，的的确确是用分工合作方式集合多人产生的。

目前所知，有铭文器物时代最早的，是汉昭帝始元二年，约公元前 85 年。当时即已分木胎和夹纻底子，除朱墨绘画外，还有金银铜贝作镶嵌装饰。彩绘颜色多红黑对照，所作人物云兽纹饰，设计奇巧，活泼生动，都不是后来手艺所能及。中国绘画史讨论六法中“气韵生动”一章时，多以画证画，因此总说不透彻。如果从漆画，从玉上刻镂花纹，从铜器上一部分纹饰来作解释，似乎就方便多了。

漆器铭文中又常有“造乘舆髹……”字样，或可当作皇家御样漆器解。大致当时铜器因为与兵器有关，制造上多出尚方专利。漆器则必须就地取材，却得法令认可，所以有“乘舆髹”字样。制造工官位职都不太小，事实上器物在技术方面的进步，也必然和这个有关，当时还有大器，即彩漆棺木。

照汉代制度看来，比较重要的大官，死后即尝得这种赏赐。《后汉书》记载：

> （梁竦）改殡，赐东园画棺、玉匣、衣衾。
>
> （梁商）及薨……赐以东园朱寿之器、银镂、黄肠、玉匣、什物二十八种。
>
> 袁逢卒，赐以朱画特诏秘器。

漆工艺的堕落，和其他工艺堕落，大约相同，当在封建政治解体，世家子、地主、土豪、群雄竞起争天下的三国时代。汉代蜀锦本名闻国内外，有关当时西蜀经济收入，是国家财政一环。《左慈传》曾称，曹操派人入蜀市锦，因慈钓于堂前坎埳中一举得鲈鱼，拟入蜀购紫芽姜，并托多购锦二匹。曹丕文中却以为蜀锦虚有其名。诸葛亮教令，提及普通刀斧军器不中用，一砍即坏，由

“作部”定造，毛病方较少。大约战争连年，蜀之工艺均已堕落，中原佳好漆器更难得，所以曹操当时启奏中，常常提及献纳漆器事情，郑重其事地把一两件皮制漆枕或画案，呈献汉末二帝。谢承《后汉书》称郭泰（林宗）拔申屠子陵（蕃）于漆工之中，欣赏的可能只是这个人的才能器识，未必是他的手工艺。

到晋代后，加工漆器似乎已成特别奢侈品，也成为禁品。有两份文件涉及这个问题。

晋令曰：“欲作漆器卖者，各先移主吏者名，乃得作。皆当淳漆著布骨，器成，以朱题年月姓名。”可知已恢复了汉代旧规矩，作漆器要负责任，乱来不得。又《晋阳秋》说：“武帝时，御府令（又作魏府丞）萧谭承、徐循仪疏：‘作漆画银槃（一作漆画银带粉碗）’，诏杀之。”不得许可作来竟至死罪。《东宫旧事》载漆器数十种，就中有“漆酒台二，金涂镮甸”，可知汉银扣器制式尚留存。又《续齐谐记》称“王敬伯夜见一女，命婢取酒，提一绿沉漆榼”，可知彩漆不止朱墨（绿沉另有解）。《世说》称“王大将军（敦）如厕，既还，婢擎金漆盘盛水，玻璃碗盛澡豆”，可知当时金漆实相当贵重。宏君举食檄有“罗甸碗子”，可知漆嵌螺甸还本汉制。《东宫旧事》又载有“漆貊炙大函一具”。《释名》称“貊炙，全体炙之，各自刀割，出于胡貊之所为也”。可知当时仿胡食烧烤时髦餐具，也有用漆造的。《邺中记》则记石虎有漆器精品：

“石虎大会，上御食，游槃两重，皆金银参带，百二十盏，雕饰并同。其参带之间，茱萸画微如破发，近看乃得见。游槃则圆转也。”正和《韩非子·外储说左上》所称战国时人为周王画策记载相合。若将古代碾玉冶金技术进步比证，这种精美漆画是可能的。

漆工艺入晋代日益地衰落，或和社会嗜好有关。晋人尚语文简净，影响到各方面，漆器由彩饰华美转而作质素单色，亦十分自然。世传顾恺之《女史箴图》，一修仪理发人面前漆奁，边缘装饰尚保留汉代规式，已不著花纹。《东宫旧事》所提若干种漆器，都不涉及花样。又南方青瓷和白瓯，当时已日有进步，生产上或比较便宜，性质上且具新意味，上层社会用瓷代漆，事极可能。王恺、石崇争奢斗富，酒宴上用具，金玉外玻璃琉璃，尝见记载，惟当时较摩登的，或反而是山阴缥青瓷和南海白瓯。尤其是从当时人赠送礼物上，可见出白瓯名贵。从史传上，一回著名宴会，可以推测得出所用酒器大致还是漆器，他物不易代替，即晋永和九年（353）三月，王羲之邀集友好，于山阴会稽兰亭赋诗那次大集会。仿照周公营洛邑既成羽觞随波应节令故事，水边临流用的酒器，大有可能还是和汉墓中发现的漆耳杯相差不多。这种酒器就目前发现已知道有铜、瓷、瓦、玉、铅、漆，各种多由于仿蚌杯而来。惟漆制的特别精美，纹样繁多。

晋六朝应用漆器名目虽多，已不易从实物得一印象。只从记载上知道佛像已能用夹纻法制造，约在4世纪时，当时最知名的雕刻家戴逵，即在招隐寺手造五夹纻像。随后6世纪，从梁简文帝文章中，又可见曾令人造过丈八夹纻金薄像。这种造像法，唐代犹保存，直延长到元朝大雕塑家刘元，还会仿造。当时名叫“抟换脱活”，即抟泥作成佛像坯子，用粗麻布和油灰粘上，外面用漆漆过若干次后，再把泥沙掏空即成。后来俗名又叫“干漆作法”，在佛像美术中称珍品。

至于殉葬器物，则因汉末掘墓和薄葬思想相互有关，一般墓葬，已不会有汉乐浪王盱、王光墓中大量漆器出现，在南方绍兴古坟已多的是青质陶瓷，在北方，最近发现的景县封氏墓，也还是瓷器一堆。所以说陶瓷代替了战国时铜器、汉时漆器，成为殉葬主要物品不为过分。

但是到唐朝，漆器又有了种新发展，即在漆器上镶嵌像生金银珠贝花饰，名“平脱”。方法旧，作风新。这从日本正仓院和其他方面收藏的唐代乐器、镜奁、盒子等器物可以知道。唐代艺术上的精巧、温雅、秀丽、调和，都反映到漆工艺中，得到了高度发展。惟生产这些精美艺术品的工师姓名，在历史上还是埋没无闻。

到宋代，方又一变而为剔红、堆朱、攒犀等。惟当时上层社会极奢侈，国家财富多聚蓄于上层社会，日用器物多金银，所以代表上层统治者宴客取乐的开封樊楼（丰乐楼），普通银器竟过万件，足供千人使用。不曾提漆器。加之当时开封、定州、汝州，瓷器制作，由国家提倡，社会爱好，官窑器已进入历史上的全盛时代，精美结实都稀有少见，比较上从工艺美术言来，漆器虽因加工生产过程烦琐，依然为上层社会重视，就一般社会说来，似乎已大不如当时官窑青瓷和白定瓷有普遍重要意义了。所以到北宋末年，徽宗知玩艺术而不知处理政治，为修寿山艮岳，一座独夫个人享受的大园子，浪费无数人力物力，花石纲弄得个天怒人怨，金人乘隙而入，兵逼汴京，迫作城下之盟，需索劳军物品时，公库皇室所有金银缴光后，还从人民敛聚金银器物，一再补充。《大金吊伐录》一书，曾有许多往来文件记载。当时除金玉珠宝书籍外，锦缎、茶叶、生姜都用得着。惟瓷漆器和字画不在数内。宋朝政府有个答复文件，且说到一切东西都已敛尽缴光，朝廷宴饮只剩漆器，民间用器只余陶瓷。一可见出当时漆器多集中于政府，二可明白到南宋，北方漆瓷工艺必然衰落。到元朝蒙古人统一中国时，这两种工艺必更衰落无疑。从史志记载，得知北宋漆工艺生产在定州，南宋则移至嘉兴及杭州。《武林旧事》称临安各行业时，即有金漆行一业。元代虽有塑像国手刘元，还能作脱活漆像，且本人活到七十多岁，据虞集作的《刘正奉塑像记》，当时却被禁止随便为人造作。漆的应用到宋代，已有过一千五百年历史，试就历代艺文志推究，或可在子部中的小说与农家中早有过记载，惟直到宋代，才有朱遵度作一部《漆经》，书到后来依然散佚。仅从现存宋代剔红堆朱器物，还可看出这一代器物特点和优点。元明两代漆艺高手集中嘉兴西塘杨汇地方，多世擅其业。个人且渐知名，如张成、杨茂、杨埙，或善剔红，或善戗金，知名一时。仅存器物亦多精坚华美，在设计上见新意，自成一格。杨埙因从倭漆取法，遂有“杨倭漆”之名，明清以来退光描金作小花朵器物，罩金飘霞作法，似即从杨传入而加以变化。张成有儿子张德刚，于明成祖时供奉果园厂，作剔红官器，另外有个包亮还能与之争功。明代漆器的发展水准，因之多用果园厂器物代表。个人著名的应当数黄大成，平沙人，世人因此叫他作“黄平沙”。作品足比果园厂官器。且著有《髹饰录》二卷，为中国现存仅有关于漆工艺生产制造过程专书。明末扬州有个周某，发明杂宝玉石象牙镶嵌，影响到清乾隆一代，产生应用器物插屏、立屏、挂幅作风。清初有卢葵生，工制果盒、沙砚，精坚朴厚，足称名家……

就发展大略作个总结，可知一部有计划的漆工艺史，实待海内学者通人来完成。这种书的编制，必注意两点方有意义：一是它的生产应用，实贯串中国文化史全时期，并接触每一时代若干重要部门问题，由磨石头的彩陶时代起始，到现代原子能应用为止，直接影响如绘画雕刻，间接影响如社会经济。我们实需要那么一本有充分教育价值和启示性的著述，作一般读物和中级以上教育用书。可是到目下为止，它的产生似乎还极渺茫。

原因是：从史学研究传统习惯上说来，历史变与常的重点，还停滞在军事政治制度原则的变更上，美术史中心，也尚未脱离文人书画发展与影响。换言之，即依然是以书证书，从不以物证书。漆之为物，在文化史或工艺美术史方面的重要贡献，一般学人即缺少较深刻认识，求作有计划有步骤研究，当然无可希望。

中国漆器工艺

漆对于中国文化发展史，实占了个特别位置，重要处不下于丝与瓷，却比丝和瓷应用广泛而久远，且在文化发展史分期过程中，作过种种不同的贡献。因此一本合乎理想的中国文化史，每一章子目中，似乎都必然应当有点关于漆的应用叙述。一本近乎理想的漆工艺史，也必然是纵贯中国文化史全时期，并触及若干问题，若干部门。我们实需要完成那么一本有意义的著述。可是至今为止，还无人注意。原因十分简单，即对于这个重要问题，在纯历史学传统研究习惯上，唯心、唯制度原则、唯文章重视情形下，美术史又尚未脱离窄范围单纯文人书画史转述情形下，漆之为“物”，在文化史或工艺美术史方面的重要贡献，即根本尚缺少认识，求学人作有计划有步骤研究，自然就更说不上了。秦汉以前文字记录本难征信，惟从现存实物一段战国时楚彩漆板片，即可证实漆的应用及加工精美处，在二千三百年以前，已极惊人。

然而二千年来，除朱遵度一部《漆经》（已佚），即仅仅明代漆工艺名家黄大成（平沙）著一部《髹饰录》，并由另一名家杨明作注，留传日本，经近人朱启钤抄回，阐铎加注，始刊行于□□堂丛书中。又《工艺美术家征略》，始将各地方志，及元明杂著中所载宋明以来漆工艺名手事迹，稍加纂辑。郑师许氏，始著一简单中国《漆器考》，作为上海市博物馆丛书之一。有关漆器名称讨论，只近人陆树勋氏参校前人著录，佐以近年日本学人意见，写作《扣器》与《犀毗》二小论文（见考古学丛刊七、八两期）。除商承祚氏于抗战期著有一《长沙所见漆器》，使国内学术界得知楚系铜器以外漆器大略情形，另有蔡先生著一《缯帛书》提及一些楚漆器报告。至于其他战国漆器在寿县长沙等处的发现，汉漆器在朝鲜、蒙古、绥远等处的发现、整理研究工作，多由东邻学人越俎代庖，致力用心。研究报告出版后，中国学人在文史问题上虽间有商讨，在工艺美术方面，竟从不闻启发过何等浓厚情感。事情显然，这和传统学术观有关。各大学历史系主持人历史观或美术史认识，如缺少一个新立场、新态度，这种停滞落后现象还将继续延长下去，不易改造。这个新立场态度，即必须能深会马列主义与毛泽东对马列主义的中国方式应用人民革命思想，方能把握得住问题。更需要的还是由少数知识分子手中产生的“文史”和由万千劳动者手中产生的“器物”，知兼爱并重，使之打成一片，看成整体。有关文物保存，如果还单纯并重如过去情形，书籍搁在图书馆，古物搁在博物馆，各立门户，各不相关。学校历史研究，还照例是右文而轻物，研究侧重理解制度上的礼乐兵刑，却不注意制度下的一切物，及社会经过长时期发展，残余下的一点物，还如何可以贯串过去，影响未来。文与物既游离不相粘附，少有机联系，因此文的知识既不完备，物的知识也极空疏，尤其是物的知识以及保存物的用意，便不免受影响，停顿于赏玩古董意识上，无从前进一步。国家特种文物收藏，尽管越来越丰富，却无从真正丰富年青学人和那个更大多数普遍群众多少文化知识，并启发那一点新的创造心。有关这件事，如与东邻学人近三十年工作成就比较起来，我们会觉得凡有心人都不免自愧，因为用任何理由解释，在文化知识普及与提高两事上，我们的研究态度研究成绩都还是落后了一步。我们许多事能作而不肯作，如陶瓷史、雕刻史、铜器史，他人多已占先一一代为作过了。他人终究隔了一层，作来成绩虽未尽如人意，但是目下谈历史考古，谈工艺改良，教学与应用，差不多依然还离不开他人整理的材料。即仅就这个情形说来，也就不能不要有个彻底变更，老的帮助年青的，年青的鼓励老的，团结合作，急起直追的努力，方不至于长远落后！更何况一个崭新的社会，一个劳动群众领导的，新民主主义国家，新史观固然离不了物，新史学又那能再和物分开？

有关史学系改革事，自然并不简单，有待全国专家学人，作各方面研讨，分部门，分问题，分时期，在一个分工合作方式下进行，将来自可望异途同归，完全改观。个人却认为希望值得有人就工艺范围内，荟萃前人意见，史志叙录，实物印象，从漆工艺美术问题上，先作个尝试探讨。这本是个“举鼎绝踵”的工作，难于见好是意中事，这个工作的进行，实期有三方面的指正和帮助：一从史志的叙录上，要知道更多的书。二从物的制作过程，及形态涉及相关美术品的解释上，要明白更多的事。三把文与物结合，应用到一个新的社会科学新的美术观时引叙文件上。三方面总不能不有错误，必须指正和补充。这正如一个小学生的习作，敢于从事涂抹，是从“由空想到证实”一个名词一个文件得到启发和鼓励方着手的。更大希望还是一句老话“抛砖引玉”，由此不久就可读到国内有心学人一部充实有分量有见解的巨著。以个人愚见，新中国必须要有这样一个著作，在新的时代新的社会产生。对过去，可以作个总结，足以解释这部门工艺，万千劳动群众，无名艺术家，于文化史上所作成的光荣伟大贡献，在美术史上应占定一个正当位置。并由理解遗产在技术上、设计上多方面的应用与发展，启示将来，扶助目下业已十分衰落的漆工艺，如何再造、重振。尤其是鼓励年青艺术家，赶快从学校走出，用一个崭新学习态度，转向国内现存的漆工艺长老师傅，好好学习，把新的广博知识和旧的优秀技术重新结合，于新的工艺美术创造上，恢复发扬漆工艺本来的光荣，并扩大新的绘画范围和器材的应用。

这个工作的较多方面整理编辑，也许最好还是由清华大学营建学系、中国营造学社、北大博物馆、历史博物馆、故宫博物院各方面军合力同工，来设计完成它。向人民靠拢原则虽比较抽象，美术史教学要一本新书，却明明白白搁在眼前。

螺甸工艺试探

这个草稿应属于古代漆工艺史部分，举例虽较简略，还有代表性，提法也较新，可供漆工艺史或工艺史参考。

作陈列说明，某一时漆器或镶嵌器也应分明它前后有什么联系，从发展上说才有道理，孤立即无话可说。

——作者题于原稿封套

一　螺甸工艺的前期和进展

近年来，工艺美术品展览会中，观众经常可见到一种螺蚌类镶嵌工艺品，一般多使用杂色小螺蚌，利用其本来不同色彩，及不同种类拼凑粘合而成花鸟山水，有的从赏玩艺术出发，作成种种挂屏、插屏、盘盒，有的又从日用目的出发，专作烟灰碟和其他小玩具，或精工美丽，或实用价廉，在国内外展出，都相当引人注意，得到一定好评。我国海岸线特别长，气候又温和适中，螺蚌种类极多，就原料说来，几乎取之不尽，用之不竭。因此由广东到东北，沿海各都市工艺美术研究所，对于这一部门工艺生产，如何加以发展，是个值得注意研究的问题。特别是这种取之无尽的原料，如能较好地和沿海几个都市同样富裕的童妇劳动力好好结合起来，它的前途实无限美好。将在旧有的螺甸工艺中，别出蹊径，自成一格，在赏玩艺术、实用艺术和玩具艺术生产中，都必然有广阔天地可供回旋。

在新的工艺品展览中，在文物艺术博物馆中，在人大礼堂各客室和其他公共花园及私人客厅里，我们又经常可看到用薄薄蚌片镶嵌成种种山水、花鸟、人物故事画面的挂屏、插屏、条案、桌椅、衣柜、书架及大小不同的瓶、盒、箱、匣，不论是家具用具还是陈设品，花纹图案多形成一种带虹彩的珍珠光泽，十分美丽悦目。总名叫“螺甸”器。作的特别精美的，上面还加有金银，或和金银综合使用，则名叫“金银嵌软螺甸”。若系径寸大切磨略粗蚌片镶嵌面积较大花纹到箱柜上的，名叫“硬螺甸”。这种蚌片或在玉石象翠杂镶嵌占有一部分位置，则称“杂宝嵌”。前者多精细秀美，后者却华丽堂皇，各有不同艺术成就。这些工艺品产生的年代，一般说来，较早可到唐代，已达高度艺术水平；最多的为明清两代，是全盛期也是衰落期。这个以蚌片为主的工艺品种，照文献记载，虽成熟于唐代，其实源远流长，属于我国镶嵌工艺最古老的一种。但是又和新近出现的嵌贝工艺，实同一类型，关系十分密切。因为同样是利用海边生物甲壳作为原料，来进行艺术加工，成为赏玩陈设美术品或日用品的。它不仅丰富美化了人民文化生活的内容，也代表我国工艺品一部门艺术成就，在世界美术博物馆镶嵌工艺陈列品中占有一定地位，十分出色，引人注目。

螺甸原属于镶嵌工艺一部门，主要原料是蚌壳。一般多把蚌壳切磨成薄片、细丝，或切碎成大小不同颗粒，用种种不同技术，镶嵌于铜木漆器物上，和漆工艺进展关系且格外密切。但应用和作法以及花纹图案，却又在不断发展变化中，因此于历史各个阶段里，各有不同成就。即使在同一时代，也常因材料不同，器物不同，艺术要求不同，作成各种不同艺术表现。例如同属明代螺甸器，大型家具如床、榻、箱、柜、椅、案，和案头陈设插屏，及大小盘盒，就常常大不相同。有时甚至于把这些东西放在一处，即容易令人引起误会，以为“螺甸”若指的是这一种，其他就不宜叫作螺甸。也有器物大小差别极大，加工技法艺术风格又极其相近的。前者或出于地方工艺特征，例如山西、北京、苏州、广东生产就不一样。即或采用的是同一主题画，山西用大蚌片在木制衣箱柜门上镶嵌大折枝牡丹图案，底子不论红黑，一般多不推光，花样也以华丽豪放见长。至于苏式条案，这一丛牡丹花却多作得潇洒活泼，具迎阳含露清秀媚人姿态，漆面且镜光明澈可以照人。至于用小说戏文故事题材做的小件盘盒，艺术风格不同处就格外显明。但也有由于个人艺术成就特别突出，影响到较多方面较长时期生产，令人一望而知这是某某流派的。例如明代苏州艺术家江千里，一生专以做金银嵌软螺甸小件器物著名，小只寸大杯子，三寸径小茶碟，大不过径尺插屏盒子。并且特别欢喜作《西厢记》故事（有的人且说他一生只作《西厢记》故事），由于艺术精深，影响到明清两代南方螺甸制作风格，大如床榻、桌案，小如砚匣、首饰箱、杯盘，形成“江千里式”。和张成杨茂做的剔红漆器，杨埙作的描金倭漆，都同样起着极大影响。除此以外，还有个时代因素，也影响到生产器物和艺术风格。比如唐代铜镜背面和琵琶、阮咸背面，都有螺甸作成的，以后即少见。清代到乾隆以后，玻璃镜子和其他小幅插屏画绣，都流行用广作螺甸框子，因此京苏也多仿效。道光以后，卧室堂房家具流行红木嵌螺甸，因此广东、苏州产生大量成份螺甸家具。从镶嵌工艺应用范围说来，我们还没有发现历史上另外尚有比螺甸工艺在应用上更广泛的。

我们若想知道这部门工艺美术品种较详悉，明代漆工艺专书《髹饰录·坤集》内中曾记载下许多不同名目，反映得相当具体。明代权臣严嵩被抄家时，还留下个家产底册，名叫《天水冰山录》，也列举了好些螺甸家具材料。若把这两个文献记载，结合故宫现有大量螺甸器，和其他大博物馆收藏实物，以及被帝国主义者豪夺巧盗流失海外实物图片加以综合，有关这部门工艺美术知识，显然即将丰富扎实许多。

螺甸工艺的起源和进展，与蚌器的应用分不开。由应用工具进而为艺术装饰，又和玉石情形大体相同，都可说是“由来已久”。所以在镶嵌工艺中，名称虽不古，事实上出现却较早于其他镶嵌工艺。因为蚌器的应用，是在新石器时代，已成为某些地区某些部落当成利于刮削简便合用辅助工具的。锯类的出现，有两个来源：在西北某些地区为细石片镶嵌于骨柄上作成，中原或南方某些地区，最早便是用蚌壳作成。由于原料易得，因此在新石器时代，成为辅助生产工具。由于光泽柔美，且容易处理，因此在青铜时代，有机会和玉石同样，转化为镶嵌装饰工艺原料，施用于建筑和其他器物方面。这自然只是一种“想当然尔”的说法，惟和事实相去必不太远。

试从出土古文物注意，我们即得知殷商时，由于青铜工艺的进展，雕文刻镂的工艺，也随同工具的改变而得到长足进展，代替了延长数千年的彩绘艺术，而作出许多新成就。青铜器母范代表了当时刻镂工艺的尖端。此外骨类的刻镂成就，也比较突出。玉石用双线游丝碾的作法，也是划时代成就（且直到战国，技术上犹并未超过）。为进一步追求艺术上的华美效果，利用各种不同原料的综合镶嵌艺术，因之应运而生，反映到工艺各部门，特别是几个主要部门，成为奴隶社会制上层文化美学意识的集中反映。较原始的情形，我们还无知。我们能接触到的，还只是青铜文化成熟期，在青铜器上的镶嵌工艺。主要加工材料是松绿石、美玉和骨蚌片。可能还有些其他混合油漆矿物粉末彩料。为什么恰好选这几种材料作镶嵌原料？试加分析，即可知这也并非偶然事情。

玉和骨蚌的性能，都是古代工人由于工具利用十分熟悉的材料，而松绿石却是青铜原料一部分。这些材料有时综合使用，有时单独使用，全看需要而定。比如玉戈、玉矛、玉斧钺、玉箭镞，多是主要部分挑选青白美玉，却用青铜作柄，柄部即常嵌松绿石颗粒拼成的花纹图案。反映漫长石器时代已成过去，因而从石料中挑选出光泽莹润温美难得的玉类，加以精工琢磨，作为象征性兵器而出现。这种兵器一部分在当时也有可能还具实用价值，正如《逸周书·克殷篇》所叙述，武王当时得反戈群众和西南八个兄弟民族共同努力打败了纣王，纣王在鹿台自杀后，武王还用玄钺素钺亲自动手把这个大奴隶主的头砍下悬旗示众，表示天下归于姬周。但一般只是象征尊贵与权威，制作美丽重于实用却十分显明。还有一类主要部分全用青铜，只器身和柄部花纹图案用松绿石镶嵌的，除上述的几种兵器外，尚有一种弓形带铃器（可能是盾类装饰），随身佩带小刀及车马具，和部分礼器与乐器。就中又还有完全把玉石退缩到附属地位，和松绿石蚌壳位置差不多的，例如有种大型青铜钺，刃面阔径将达一尺，中心部分有个二寸大圆孔，孔中即常镶嵌一个大小相等小玉璧，璧中有一小孔，孔中又再嵌一松绿石珠，其他柄部刃部有花纹处也满嵌松绿石。这类兵器照文献记载，是历来为最高统治者或主兵权的手中掌握，象征尊严和权威的（汉代将帅的黄钺和后来的仪锽，都由之而来）。蚌类和青铜器结合，也只是在这类斧钺中发现过。最多是在另一方面，和漆木器物的结合。

从比较大量材料分析，商代青铜镶嵌工艺，主要材料是用松绿石作成的（部分可能使用油漆混合其他矿物粉末彩料填嵌。因为兵器类有许多凹陷花纹，还留下些残余物质）。所得到的艺术效果，实相当华美鲜明。很多器物虽经过了三千多年，出土后还保存得十分完整。至于焊接药料是和后来金工那样，用明矾类加热处理，还是用胶漆类冷处理，这些问题尚有待金工专家进一步作些探讨。青铜斧钺孔中也还有用揳入法镶嵌可以活动的，从开孔内宽外窄可以知道。

从青铜器镶嵌工艺看来，它是个重点工艺，却不是唯一的孤立存在的事物。铜陶石刻容器的成形，或本于动植物原形，如瓟尊兕觥；或本于竹木器，如簠簋笾豆。除容器外，当时竹木器应用到各方面也是必然事情。兵器必附柄，乐器得附架，礼器食器势宜下有承座而上有盖覆。此外收藏衣物和起居坐卧用具，都得利用竹木皮革，由于青铜工具的出现，竹木器物工艺上更必然得到迅速进展，扩大了彩绘刻镂加工的范围。镶嵌工艺使用到竹木器上，也必然随同出现或加多。用青铜作为附件的用具也会产生。至于骨蚌类用于竹木器物上增加艺术上的美观，自然就更不足为奇了。我们说骨蚌类使用于青铜器方面虽不多，一起始即和漆木器有较密切的联系，这种估计大致是不会太错的。在来源不明的殷商残余遗物中，经常发现有大量方圆骨片，一面打磨得相当光滑，一面却毛毛草草，且常附有些色料残迹。另外有种骨贝情形也多相同。若非全部都是钉附于衣服或头饰上遗物，有可能当时是胶合粘附于器物上的。而且它当时并非单独使用，是和其他彩绘刻镂综合应用的。

安阳侯家庄大墓出土遗物中，还留下二十余片高约尺余、宽近二尺的残余彩绘花土，上面多用朱红为主色，填绘龙纹兽纹，图案结构龙纹和铜盘上情形相似，多盘成一圈，兽纹则和武官村墓大石磬虎纹极其相近（记得辉县展览时，也有这么一片朱绘花纹，时代可能比安阳的早一二世纪）。在这类材料花纹间，就还留存些大径寸余的圆形泡沤状东西，或用白石或用蚌片作成，上刻三分法回旋云文（即一般所谓巴文），中心钻一小孔，和其他材料比较，且可推知小孔部分尚有镶嵌，若不是一粒松绿石，便是其他彩料。因为一般骨笄上刻的鸟形眼孔，和青铜钺上玉璧中和蚌泡中心，加嵌松绿石具一般性。

这种径寸大泡沤状圆形蚌饰，在古董店商代零散遗物中相当多，由于习惯上少文物价值，所以无人过问。既少文物经济价值，也不可能作伪。究竟有什么用处，还少专家学人注意过。考古工作者既未注意，一般谈工艺美术的又不知具体材料何在。事物孤立存在，自然意义就不多。但一切事物不可能会孤立存在。试从商代青铜器、白陶器作的尊、罍、敦、簋、盘、斝、爵等略加注意，会发现几乎在各种器物肩部，都有完全近似的浮沤状装饰，三分法云文虽有作四分的，基本上都是一个式样，才明白这个纹样在商代器物上的共通性。这些蚌片存在也并非孤立。从形状说最先有可能仿自纺轮，从应用说较早或具有实用意义，把带式装饰钉固到器物上，增加器物的坚固性。特别是在木器上使用时，先从实用出发，后来反映到铜陶上才成为主要装饰之一部门。从铜陶上得知这类圆形蚌器曾用在圆形器物的一般情形，从朱绘花上又得知用在平面器物上情形，从青铜斧钺上且知道还使用到两面需要花纹的器物上情形。

尽管到目前为止，有权威性专家还抱着十分谨慎的态度，不能肯定那份朱绘残痕为当时彩绘漆器证明，且不乐意引用《韩非子·十过篇》中传说的朱墨相杂的漆器使用于尧舜，对于商代有无漆器取保留态度。但事实上漆的应用，却必然较早于商代，而成熟于新石器时代，由长时期应用而得到进展的。

在新石器时代或更早一些，人类和自然斗争，由于见蜘蛛结网得到启发，学会了结网后，捕鱼狩猎加以利用，生产方面显然得到了一定进展。用草木纤维作成的网罟类，求坚固耐久，从长期经验积累中，必然就会发现，凡是和动物血浆接触，或经过某种草木液汁浸染过的，使用效能即可大增。这类偶然的发现，到有意识的使用，成为一定知识，也必经过一个时期。此外石器中由小小箭镞到大型石斧，都必须缠缚在一种竹木附件上，使用时才能便利，求缠缚坚固，经久不朽，同样要用血浆和草木液汁涂染。漆的发明和应用，显然即由于这种实际需要而来。至于成为艺术品还是第二步。这也正和我们蚕桑发明一样，如《尔雅》叙述，古代曾经有个时期，为驯化这种蠕虫，桑、柞、萧、艾等不同草木均曾经利用过。后来野生蚕只有柞蚕，家养蚕以桑蚕为主，同样是经过人民长时期共同努力的结果，不可能是某某一人忽然凭空发明。漆的发明过程也不例外。

所以我们觉得，在青铜文化高度发达的商代，还不会使用漆器，漆工艺还不能得到相应进展，是说不过去的。它的发明与应用只能早于青铜工艺成熟期，而不可能再晚。

商代这种圆泡状蚌饰，大致有两种不同式样，一种作式，一种作式，形状不同由于应用不同。前者多平嵌于方圆木漆器物上，或平板状器物上，后者则嵌于青铜钺上。现存故宫和其他博物馆这类蚌器，在当时使用，大致不出这两个方面。这是目前所知道的较早螺甸。

这个工艺在继续发展中，从辛村卫墓遗物得知，圆泡状蚌饰还在应用，另外且发现有嵌成长方形转折龙纹的。又这时期当作实物使用的蚌锯蚌刀已较少，只间或还有三寸长蚌鱼发现，和玉鱼相似，或直或弯，眼部穿孔，尾部作成薄刃，有一小切口，还保留点工具形式，事实上只是佩带饰物。玉鱼到春秋战国转成龙璜，蚌鱼便失了踪。失踪原因和其他材料应用有关，和生产进展有关。

文献中材料涉及螺甸较重要而具体的，是《尔雅》兵器部门释弓矢，说弓珥用玉珧为饰。考古实物似尚少发现。从其他现存残余文物中，也未见有近似材料可以附于弓珥的。事实上蚌类器材饰物在春秋战国时已极少使用，主要原因是由于社会生产进展，工艺上应用材料也有了长足进展。金属中的黄金，在商代虽已发现薄片，裹于小玉璧上，到这时，却已把这类四五寸阔薄片，剪成龙凤形象，捶成细致花纹，使用于服饰上。又切镂成种种不同花纹，镶嵌于青铜器物上，较早还只在吴越特种兵器上出现，随后则许多地方都加以应用，大型酒器也用到。人民又进一步掌握了炼银技术，作成半瓢形酒器，或和黄金并用，产生金银错工艺。又学会发明了炼砂取汞的技术，因此发明了鎏金法。并能把金银作成极细粉末，用作新的彩绘原料。雕玉方面则由于发现了高硬度的碾玉砂，不仅能切割刻镂硬度较高光泽极美的玉石，且能把水晶玛瑙等琢磨成随心所欲的小件装饰品。到战国以来，由于商品交易扩大范围，中原封建主为竞奢斗富，不仅能用南海出的真珠装饰于门客的鞋上，并且还可以由人工烧造成各种彩色华美透明如玉的琉璃珠，作为颈串或镶嵌到金铜带钩及其他日用器物上去。有的且结合种种新发现材料，综合使用，作成一件小小工艺品，如信阳辉县等地发现的精美带钩，见出当时崭新的工艺水平。相形之下，蚌类器材在装饰艺术中，可说已完成了历史任务，失去了原有重要位置，由此失踪就十分平常而自然了。

二　螺甸工艺的进展

螺甸工艺在美术中重新占有一个位置，大致在晋南北朝之际，而成熟于唐代，盛行于唐代。特别是在家具上的使用，或在这段时期。直延续到晚清。

照文献记载，则时代宜略早一些，或应在西汉武帝到成帝时，因为用杂玉石珠宝综合处理，汉代诗文史传中均经常提起过。宫廷用具中如屏风、床榻、帘帷、香炉、灯台和其他许多东西，出行用具如车辇、马鞍辔……无不有装备得异常奢侈华美价值极高的。出土文物中，也发现过不少实物可以证明。例如故宫所藏高过一尺半径过一尺的鎏金大铜旋，器物本身足部和承盘三熊器足，就加嵌有红绿宝石和水晶白料珠子等。其他洛阳各地出土器物，镶嵌水晶、松绿石和珠玉的也不少。前几年，江苏且曾发现过一个建筑上的黑漆大梁板，上嵌径尺青玉璧，璧孔如嵌一径寸金铜泡沤，上还可承商代斧钺衔璧制度，联系近年洛阳西汉壁画门上横楣联璧装饰，可以对于《史记》《汉书》中常提过的汉代宫殿布置“蓝田璧明月珠”叙述，多有了一分理解，得到些崭新形象知识，为历来注疏所不及。汉代官工漆器物中，除金扣黄耳文杯画案外，又还有剪凿金银薄片成鸟兽人物骑上舞乐，平嵌在漆器上的。金银、珠玉、松绿石、红宝石、水晶、玛瑙，以及玳瑁，均有发现，惟蚌片实少见。主要原因不是原料难于技术加工，可能还是原料易得，不足为奇。

杂宝嵌工艺在晋南朝得到进展，大致有三个原因：一出于政治排场，晋《舆服志》《东宫旧事》《邺中记》《南齐书·舆服志》，即有一系列关于这方面的记载。二出于宗教迷信，由《三国志·陶谦传》《魏书·释老志》《洛阳伽蓝记》和王劭《舍利感应记》，及南北史志传中许多记载，都提到这一历史阶段，由于南北统治者愚昧无知，谄佞神佛，无限奢侈靡费情形，魏晋时托名汉人遗著几个小说，和时代相去不多的《神仙传》《拾遗记》，内容所载人物事迹虽荒唐无稽，美而不信，但记载中有关服食起居一部分东东西西，却和汉代以来魏晋之际物质文化工艺水平有一定联系，不是完全子虚乌有，凭空想象得出。三为豪门贵族的竞奢斗富的影响。如《世说·汰侈篇》及南北史志传记载，和当时诗文、歌咏，无不叙述到这一时期情形。西晋以来，工艺方面进展的重点似均在南方。如像绿色缥青瓷的成熟，绿沉漆的出现，纺织物则紫丝布、花练、红蕉布、竹子布，无不出于南方。北方除西北敦煌张骏墓的发掘，传说曾出现过大量玉器，且有玉乐器、玉屏风等物出土，此外似只闻琉璃制作由胡商传授，得到新的进展，大有把玉的地位取而代之之势。夹纻漆因作大型佛像，也得到发展。其余即无多消息。关于雕玉，南方更受原料来源断绝影响，不仅无多进展，且不断在破坏中。如金陵瓦棺寺天下闻名三绝之一的玉佛，后来即不免供作宫廷嫔妃钗鬟而被捶碎。加之由于神仙迷信流行，用玉捣成粉末服食可以长生的传说，成为一时风气，葛洪启其端，陶弘景加以唱和，传世玉器因此被毁的就必更多！（这也就是这一时期南北殉葬物中均少发现玉器另外一个原因。）当时琉璃已恢复生产，而且得到进一步发展，由珠子和小件璧环杯碗而作成屏风，和能容百余人的“行殿”，也可说即由于代替玉的需要而促成。当时豪族巨富如石崇，虽说聘绿珠作妾，用真珠到三斛。另一妾翾风，则能听玉声，辨玉色，定品质高下。但和王恺斗富争阔时，提及的却是紫丝布、珊瑚树一类南方特产。且力趋新巧，以家用待客饮食器物，能够全部是琉璃作成为得意（这种琉璃碗有时又称云母碗，专为服神仙药而用。近年在河北省景县封氏墓曾出土两件）。

外来文化的影响，也起了一定作用。因为许多杂宝名目虽然已经常在汉代辞赋中使用，至于成为一般人所熟习，还是从佛经译文中反复使用而来的，六朝辞赋中加以扩大，反映虽有虚有实，部分大致还是事实。例如常提到的兵器鞍具、乐器和几案屏风的各种精美镶嵌，大致还近事实。使用材料且扩大到甲虫类背甲、翅膀，日本收藏文物品中，就还留下个典型标本。蚌片镶嵌既有个工艺传统，且光彩夺目，原料又取之不尽，且比较容易技术加工，和漆工艺结合，并可得到较好艺术效果，螺甸重新在工艺品中占有一个位置，就不是偶然而是必然了。

它产生、存在，而实物遗存可不多，大约有三个原因：一、由于和日用漆木器结合，保存不容易。二、由于和宗教结合，历史上好几次大规模毁佛，最容易遭受毁坏。三、由于当时生产即属特种工艺品，产量本来就不大。七弦琴多称金徽玉轸，事实上琴徽最常用的是螺甸，这种乐器恰好就最难保存，何况其他特别精美贵重器？《北史》称魏太后以七宝胡床给和尚，照佛经记载，七宝中必包括有“车渠”，车渠即大蚌类。

唐代把螺甸和金银平脱珠玉工艺并提，一面征调天下名工，作轮番匠至长安学习传授技术，一面又常用法律加以禁止，认为靡费人工，侈奢违法。两者都证明这个工艺品种是属于特种高级工艺而存在的。在一般制造为违法，宫廷生产却无碍。特别是用法令禁止，恰好证明它在民间还有生产，而且相当普遍，才需要用法令禁止！

从现存唐代镶嵌工艺品比较分析，和部分遗存唐代实物螺甸镜子乐器和其他器物艺术成就分析，我们说在这个历史阶段是中国螺甸工艺成熟期，大致是不错的。正仓院几件遗物和近来国内出土几件镜子和其他器物，证实了我们这个估计。和当时佞佛关系密切，杂宝镶嵌的讲经座，《杜阳杂编》即叙述得天花乱坠。这个书记载虽多美而不信，但从另外一些文献，如韩愈《谏迎佛骨表》及间接形象反映，如敦煌壁画初唐到晚唐各种维摩变讲经座，各种佛说法图经座中镂金布彩情形看来，《杜阳杂编》有关这部分叙述，倒不算过分。实物材料之难于保存，还是和前面说到的几个原因分不开。主要大致还是其中第二个，会昌毁佛和五代毁佛，几次有意识的大变动，因之保留不多。

有关这一阶段的螺甸花纹，过去可说无多知识。不过一切东西不可能是在孤立情形下产生的，螺甸花纹图案也不例外，必然与其他镶嵌工艺有一定联系。如鸾含长绶、串枝宝相、鹊踏枝、高士图、云龙，一般工艺图案都惯常使用，螺甸也不例外。唐代镶嵌工艺图案有它活泼的一面，也有它板滞的一面，镜子是个最好的例子。金铜加工由于处理材料便利，就显得格外活泼，螺甸受蚌片材料限制，不免容易板滞。这自然也只是相对而言。克服由于材料带来的困难，得到更新的进展，似在宋明间，特别是明代约三百年，江南工人贡献大而多。

这个工艺进展若从分期说，应说是第三期。清初百年宜包括在内。

三　螺甸工艺的全盛期

宋代生产上的进展，影响到工艺普遍进展。许多日用工艺品不一定比唐代精，可是却显明比唐代普遍，陶瓷是个显著的例子。其次是丝绣。再其次就是漆工艺。唐代漆艺以襄州所产“库路真”为著名，照《唐六典》记载有“花纹”和“碎石纹”两种。“库路真”，究竟是某种器物名称，如鞍具或奁具，还是漆器中某种花纹（如犀皮中剔犀或斑犀，或如东邻学人推测，与狩猎纹有关），是个千年来未解决的问题。但唐人笔记同时还说到，襄样漆器天下效法。既然天下效法，可见后来已具普遍性，技术加工和艺术风格，总还可从稍后材料中有些线索可寻。敦煌唐画有作妇女捧剔犀漆画雕剑环如意云的，是否即其中之一种？又传世画宋人《会乐图》，从装束眉眼服装看来为唐元和时装，筵席间也有近似玳瑁斑漆器。从各方面材料加以分析，库路真器有可能和犀皮漆描金漆两种关系较深。宋代临安漆器行中即有金漆行与犀皮行，可说明两个问题：一是分行生产，反映生产上的专业化。二是产量必相当多，在当时已具有普及性，不是特种工艺。

至于螺甸，则大致还属于特种产品。两宋人笔记和其他文献记漆事的甚多，有三个记载特别重要：一是《大金吊伐录》中几个文件，有个关于金军围城向宋政府需索犒军金银，宋政府回答，宫中金银用器已聚敛尽罄，所用多漆器。说明当时宫廷中除金银器外，必大量使用漆器。另一文件是贿赂金兵统帅礼物的，中有珍珠嵌百戏弹弓一具。证明正仓院藏唐代百戏弹弓，宋代还有制作，并且是用珍珠镶嵌而成。二是《武林旧事》记南宋绍兴年间高宗到张俊家中时，张家进献礼物节略，较重要的除织金锦明明为特种高级纺织物，还有两个螺甸盒子，用锦缎承垫。其所以重要或不仅是螺甸器，可能盒中还贮藏珠玉宝物。但特别指出螺甸，可见必然作得十分精工。三是南宋末贾似道生日，谄佞者进献螺甸屏风和桌面，上作贾似道政绩十事，得知当时寿屏已有用本人故事作题材应用的。详细内容艺术安排虽不得而知，但从宋时屏风式样、唐代金银平脱琴、螺甸镜人物故事处理方法，和元明间螺甸漆门几案插屏柜等布置人物故事方法，及宋元人物故事绘画习惯，总还可得到一种相对知识。

至于唐宋以来螺甸重新得到抬头机会，重新在美学上产生意义，另外有个原因，即由于珍珠在这个时期已成艺术中重要材料。宋代宫廷从外贸和南海聚敛中收藏了大量珍珠，照《宋史·舆服志》记载，除珠翠作凤冠首饰，椅披到踏脚垫子也用珍珠绣件。有个时期将多余珠子出售于北方时，数量竟达一千多万粒。珍珠袍服衣裙马具也常见于记载。直到元代，贵族还常赐珠衣。珍珠既代表珍贵和尊贵，在美学上占有个特别位置，螺甸因之也重新在工艺品中得到位置，而且应用日益广阔。

元明间人谈漆艺较具体的为《辍耕录》。《辍耕录》叙漆器作法，计四部分，黑光、朱红、鳗水、戗金银诸法，而不及螺甸。《髹饰录·坤集》，填嵌第七中即将“螺钿”列一专目，称一名“蚼嵌”，一名“陷蚌”，一名“坎螺”。又有“衬色蚼嵌”，雕镂第十又另有“镌蚼”，既属雕镂，则可知还是从唐代作法而来。又斒斓第十二，子目中还有综合作法，如“描金加蚼”“描金加蚼错彩”“描金错洒金加蚼”“描漆错蚼”“金理钩描漆加蚼”“金双钩螺钿”“填漆加蚼”“填漆加蚼金银片”“螺钿加金银片”等不同作法。

《天水冰山录》所载漆家具器物中属于螺甸的有“螺甸雕漆、彩漆大八步等床”“螺甸大理石床”“堆漆螺甸描金床”“嵌螺甸有架亭床”。仅仅床榻大器即有这么许多种，其他可知。

通俗读物《碎金》，也记载有许多名目，不及螺甸。《格古要论》里也说及一些问题。作者曹昭虽在明初，补充者王佐时代实较晚。王佐曾官云南，因之有关云南剔红漆艺较熟悉。谈螺甸品种较详细的还是《髹饰录》里坤集中部分记载，由此得知，明代实螺甸漆制作全盛期。但现在部分时代不甚明确遗物，却显明有些实由宋元传来。

明人笔记称元末明初南京豪富沈万三家中抄没时，有许多大件螺甸漆器多分散于各官司里，大案大柜的制作，不计工本时日，所以都特别精美。又《天水冰山录》记权臣严嵩被抄家时，家具文物清单中，也有许多螺甸屏风床榻。当时实物虽难具体掌握，但从现存故宫一个大床和几个大案，历史博物馆几个大柜和长案木器等看来，还可知道明代螺甸家具艺术上基本风格，技术上加工不外两式：有用大片蚌片嵌大丛牡丹花树的，多不加金银，通称硬螺甸，历史博物馆所藏的几个大黑漆木箱，可以作为代表。黑漆不退光，黯沉沉的，花朵布置也比较犷野，装饰气魄和元明间青花瓷图案还相近，制作时代可能亦相去不多远。数量不怎么多，生产地有说出于山西绛州，无正面可靠证据，但也缺少反面否定证据。另有一式即历博所藏大柜大案，和故宫在建国后接收的一架大床，和另外收购几个长案，多用金银嵌细螺甸法，通称软螺甸，作人物故事楼台花鸟，精工至极。部分且用飘霞屑金蚌末技法，并用大金片做人物身体。构图布置谨严细致，活泼典雅。八尺立柜，丈余长案，人物不过寸许，不仅富丽堂皇，也异常秀美精工，可称一时综合工艺登峰造极之作。惟时代过久，因之部分金片多已脱落，修补复原不免相当困难。

传世江千里金银嵌软螺甸，作小插屏匣盒及茶托酒盏，加工技法或即从之而出，时代则显明较晚。这些大件器物的其中一部分，是否即明人所说元明间沈万三家中物？或同样出于江西工人所作，原属严家器物？实有待进一步从器物中花纹图案，特别是人物故事题材设计加以分析比较。但有一点可以肯定，即这类工艺进展，显然和南方工艺不可分。因为《髹饰录》作者生长地嘉兴西塘杨汇，是南方漆工艺集中处，工匠手艺多世传其业，这个书的写成，乾集部分内容虽可能本于宋人朱遵度《漆经》，坤集做法品种实反映元明成就。

从加工技术说，剔红、斑犀、刷丝、戗金、雕填、螺甸，各有不同特征，比较上金银嵌软螺甸工艺特别复杂，因此传世遗物也较少。惟从艺术成就而言，则比明代宫廷特别重视的果园厂剔红成就似乎还高一些。

四　十八九世纪的商品生产

到十七八世纪由康熙到乾隆的百年时间，漆工艺普遍得到进展，惟重点或在四个部门：剔红、泥金银绘、五彩戗金雕填和剔灰。主要是宫廷中的剔红器，料精工细，成就就格外显著。大件器物且有高及丈余的屏风和长榻大案。其次是描金和雕填，大如屏风，小如首饰箱、镜匣、盘盒，也无不作得异常精美。特别是泥金用“识文隐起”法制作的盘盒类，达到高度艺术水平。花纹图案和器形结合，成就格外突出，为历史所仅见。第三即犀皮类多色“斑犀”和“绮纹刷丝”，和雕填描金相似，举凡《髹饰录》坤集中所提到的各种综合加工品目，差不多都在试制中留下些精美遗产，现在大部分还收藏于故宫。第四是产生于明清之际一种“剔灰”漆，以大件屏风和条案占多数，中型圈椅、交椅、香几，则多反映于明清之际画像中。一般多黑漆剔出白地，主题部分山水人物花鸟为常见，也作博古图，边沿则用小花草相衬。北京山西均有制作。

技术流传到如今还有生产，多供外销。至于螺甸漆，在和明代或清初成品比较下，工艺成就不免有些下降，并未突破江千里式记录。但有了一点新的发展，为其他漆工艺所不及，即和其他新的工艺结合，以新的商品附件而出现，生产数量日有增加，生产品种也随之越来越多。并由此应用风气，重新扩大到家具方面，成为 19 世纪高级家具主流。例如由于玻璃镜子的出现，结束了使用过两千多年圆形铜镜的历史使命，出现了一二尺长方挂式银光闪闪的玻璃镜，和七八尺高屏风式大穿衣镜。较早还只限于贡谀宫廷而特制，过不多久，即成高级商品。这类新产品的镜框座架，一般多用紫檀、鸂鶒、花梨、红木等镶螺甸作成。自鸣钟来自海外，不多久广州、苏州均能仿造，外边框盒部分，除鎏金和广珐琅装饰，也流行用螺甸装饰。此外用平板玻璃作材料，在反面用粉彩画人像或山水花鸟画，以及时间稍晚，用百鸟朝凤作主题画的广东绣双座案头插屏，和其他陈设品，几乎无不使用硬木螺甸框架。总之，到了 19 世纪初叶，凡是带一点新式仿洋货的工艺品和高级用品，用得着附件时，即有螺甸出现。即通常日用品如筷子羹匙，也有螺甸漆木制成的。从数量品种说，实达到了空前需要。至于装饰花纹，广式串枝花为常见，附于贵重器物上为宫廷特别制作的，间或还具清初工艺规格，用金银嵌软螺甸法。至于一般性商品制作，即不免结构散乱，花叶不分，开光折枝艺术性也不怎么高，有的且相当庸俗。主题画面采用明清戏文故事版画反映的，由茶盘发展而成烟盘，工艺精粗不一，章法布局已不及明清间同样主题画精细周到。这也正是一切特种工艺转成商品后的必然情形。道光以后，这部门工艺又发展到一般中上层家庭使用成堂成套硬木家具上，成为达官贵人家中一时时髦事物。这类硬木家具，多用灰白大理云石或豆沙色云石作主要部分镶嵌，边沿则从上到下满嵌螺甸，大如架子床、带玻璃镜衣橱、条案、八仙桌、杨妃榻、炕床、梳妆台、独腿圆桌、两拼圆桌、骨牌凳、太师椅、双座假沙发，无不使用到。北京颐和园和历史博物馆，就还各自留下许多这类家具器物，代表这一时代工艺成就。且有为当时新式特别会客厅专用高及一丈五尺，宽过二丈开外镜橱，除八面方圆镜子，其余全部镶嵌螺甸花鸟草虫的。

此外即由于帝国主义的侵略，有意毒化全中国人民，鸦片烟在中国流行后，约半世纪中，在贵族客厅，达官衙署和有帝国主义借通商为名强占的租界区内，新式旅馆和大商号中，社会风气无不用鸦片烟款待客人，邀请客人上炕靠灯，几乎和解放前敬奉客人烟茶情形相似。吸烟必有一份烟具，除枪灯外，即搁置备用烟斗高二三寸长约尺余的斗座，和承受一切烟具的长方烟盘，比较讲究的，也无不用硬木螺甸器作成……

由于生产各部门对于螺甸器的需要，因此这部门工艺，在 19 世纪中国逐渐进入半殖民地化过程中，百业凋敝不堪情况下，反而得到广大市场，呈历史空前繁荣。部分关心特种工艺的朋友，谈及螺甸工艺进展时，常以为进入 18 世纪，这部门生产即因原料供应不及而衰落，若所指仅限于明代特种高级工艺品江千里式金银嵌软螺甸器，是不怎么错的，若泛指一切螺甸器，却大都是把这种种全忽略过去了。事实上三千年来螺甸应用上的广泛，和数量上增多，19 世纪的生产，可说是空前无比的！这是螺甸工艺的尾声，也反映帝国主义侵略势力打进中国大门以后，中国特种工艺生产所受影响格外显著的一个部门。它的真正衰落与结束则和延长数千年的封建腐朽政权一道，于太平天国反帝反封建革命到辛亥革命三四十年中。

五　螺蚌类在其他方面的应用

螺蛳、蚌壳和贝类，在螺甸镶嵌工艺以外，作为珍贵难得的材料加以利用，历史上比较著名的一件事情，是《逸周书》中提起过的“车轮大蚌壳”和有朱鬣的白马，同认为天下难得之物，当时作为贿赂，把周文王救了出来，免遭纣王毒手，在政治史上起过一定作用。商代遗物中则经常发现有一二寸径花蚌蛤，上面用棕红粉白颜料，绘画些齿纹水纹图案，这些东西在当时是纯粹玩具，还是一种内贮油脂类化妆品用具，已不得而知。《周礼》称古代贵族埋坟，必用蜃粉封闭，即烧制大蛤作灰而使用。实际材料似乎还少发现。惟近年来出土楚墓多有在棺椁外用一厚层白膏泥作封土的，隔绝了内外空气和其他有机物浸蚀，墓中许多文物因之而保存下来，或即循古礼制一种代替材料作法。汉代人则用“车渠”琢成各种器物。车渠是一种甲壳极厚的大蚌，琢成器物多作哑白色，切割得法打磨光莹也有闪珍珠光泽的。直到明清，还流行用来制作带钩和帽顶，并且清代还成为一种制度，官僚中较低品级必戴车渠顶。唐代人欢喜饮酒，又好奇，因此重视海南出产红螺杯、鹦鹉螺杯，诗人即常加以赞美。明清到近代还继续使用，惟一般多改作水盂和烟灰碟，再也想不到这东西过去就是诗人所赞美的贵重酒器了。又本于印度佛教习惯，举行宗教仪式，常用大玉螺作为乐器，通称“法螺”。敦煌唐代壁画即有反映。后来喇嘛教沿袭使用，且成为重要法器，明清以来制作精美的，边沿还多包金嵌宝。左旋螺则因稀有难得而格外贵重。由于宗教迷信，和其他几种器物并提，通称“八吉祥”或“八宝”。除实物在宗教界看得十分重要，还反映到千百种工艺品装饰纹样中。又兄弟民族中也有把这种法螺代替号角，用于军事上和歌舞中的，如唐代白居易诗记骠国乐，乐队中就有吹玉螺的。

贝类商周除天然产外，还有骨、玉、铜和包金的种种。或作为商品交换中最早的钱币，或用于死亡者口中含殓，或作为其他人身装饰品和器物镶嵌使用。古诗中有“贝胄朱”语，则显然在周代还有用红丝绳串连装饰在武将甲胄上，表示美观象征权威尊严的。从近年发现云南滇人遗留文物中大量贝类的发现，又得知西南地区，到西汉时还用它作为货币使用。直到晚清，南方小孩子所戴风帽，用贝作为坠子，也还常见。蒙藏妇女，则至今还有把小贝成串编排于辫发上，当成难得装饰品的。汉代又流行一种贝制卧鹿形玩具，用大玛瑙贝作鹿身，用青铜作鹿头脚，大耳长颈，屈足平卧，背部圆润莹洁，且有点点天然花斑，十分秀美。《史记·封禅书》说，汉代方士喜宣传海上三山，上有白色鸟兽，长生不死。乐府诗亦有仙人骑白鹿语。金银错器上还有仙人驾双鹿云车反映。这类用大贝做的鹿形工艺品，可能也即产生于武帝时代，由于仙人坐骑传说而成。

三国时曹植和其他文人均作有《车渠碗赋》，文字形容显得光泽明莹，纹理细密，和缠丝玛瑙极相近。近年山东鱼山曹植墓出土文物中除一个金博山冠饰外，还有一套玉佩、一个青精石器和一个小小圆盏式玛瑙佩饰，和文章形容极相合。可证明前人说车渠为宝石之一种，还有一定道理。用海蚌类作车渠时代必比较晚些。

谈金花笺

一　时代和主要内容

金花笺照北京习惯称呼是“描金花笺”，比较旧的称呼应当是“泥金银画绢”或“泥金银粉蜡笺”。原材料包括有绢和纸，一般多原大六尺幅或八尺幅，仿澄心堂的一种则是斗方式，大小在二尺内。制作时代多在17世纪后期和18世纪前期。主题图案的表现方法大致可分成两种形式，一是在彩色纸绢上用金银粉加绘各种生色折枝花，一是在彩色纸绢上作各种疏朗串枝花或满地如意云，再适当加上各种龙凤、八吉祥或花鸟蝴蝶图案。反映到这种彩色鲜明的纸绢上的，不论是庄严堂皇的龙凤，还是生动活泼的花鸟蜂蝶，看来却给人一个共同的愉快印象，即画面充满生意活跃的气氛，它具有一种18世纪文人画家绝办不到，惟有工人艺术家才会有的，豪放中包含有精细、秀美中又十分谨严的装饰艺术风格。特别是整幅纸张的装饰效果，显得极其谨严完整，部分花鸟却又自由活泼，相互调和得恰到好处，它的产生虽在二百年前，到现在仍使人感到十分新鲜。

这些纸绢似创始于唐、宋，盛行于明、清，当时多是特意为宫廷殿堂中书写宜春帖子诗词或填补墙壁廊柱空白，也作画幅上额或手卷引首用的，在悬挂时可起屏风画作用，有的位置就等于屏风。宋代以来，人称黄筌父子在屏风上作花鸟画为“铺殿花”，语气中实含有讽刺。其实照目前看来，倒正说明了这类画的长处是笔墨扎实，毫不苟且，因之装饰效果特别强。17、18世纪以来，金花笺上的花鸟云龙，长处还是照旧，应属于“铺殿花”一个分支。作者部分是清代宫廷中如意馆工师，部分是苏州工匠。在苏州织造上奏文件中，有一份关于同治八年制造五色蜡笺工料价目，十分重要。价目是：

计细洁独幅双料两面纯蜡笺，每张工料银五两玖分。

又洒金蜡笺，每张加真金箔洒金工料一两一钱五分二厘，每张工料银六两二钱四分二厘。

又五色洒金绢，每张长一丈六尺，宽六尺，每尺用加重细洁纯净骨力绢，需银一两，颜料练染工银三钱，真金箔一钱四分七厘，洒金工银三分一厘，每尺银一两四钱七分八厘，每张银二十三两六钱四分八厘。

文件中说的是比较一般的洒金纸绢，由此可推知，18 世纪以来，加工极多的泥金绘画纸绢，当时价格必然更贵。如把这个价目和绸缎价目相比较，当时特别讲究的石青装花缎子，不过一两七钱银子一尺，最高级的天鹅绒，只三两五钱银子一尺，这种加金纸绢价格之高可见一斑。

画师姓名我们目前知道的虽不多，但艺术风格则可从花笺本身一望而知：早期多接近蒋廷锡父子，较晚又和邹一桂有些相通，山水画笔法则像张宗苍、董诰。这情形十分自然。因为作者既然多是如意馆工师或苏州画工，艺术风格受宫廷画师影响，是不足为奇的，特别是容易受后来作宰相的蒋廷锡画风的影响。但是如从图案布局效果看来，这些画却早已大大超过了他们，每一幅画都注意到整体效果和部分的相互关系，节奏感极强，有很高的艺术成就。

二　泥金银技术在一般工艺上的发展

泥金银技术比较普遍的使用到丝绸衣物、木漆家具和其他各方面，是在唐、宋两代，即六七世纪到 12 世纪。明杨慎引《唐六典》，称唐人服饰用金计十四种，宋王栐著《燕翼诒谋录》，则说北宋时用金已到十八种，各有名目开列。今本《唐六典》并无用金十四种的名称，其他唐宋以来类书也少称引。从名目分析，杨说恐怕只是据王栐著作附会，不很可信。但唐代泥金、缕金、捻金诸法用于妇女歌衫舞裙之多样化，则从当时诗文中可以说明。时间更早一些，如《南齐书·舆服志》《东宫旧事》《邺中记》和曹操《上杂物疏》均提及金银绘画器物，可知至晚在东汉时，泥金银绘画技术，就已应用到工艺各部门，而且还在不断发展中。

但是，最早使用在什么时候，如仅从文献寻觅，是无从得到正确解答的。数年前，长沙战国楚墓出了几个透雕棺板，前年信阳长台关楚墓出了个彩绘漆棺和大型彩绘漆案，上面都发现有泥金银加工、绘饰精美活泼的云龙凤图案，因此才知道早在春秋战国之际，当装饰艺术部门正流行把黄金和新发现的白银应用到镶嵌工艺各方面时，同时也就发明了把金银箔作成极细粉末，用做绘画材料，使用于漆工艺上，增加它的艺术光彩。这是公元前四五世纪的事情。

用金银在各色笺纸上作书画，也由来已久。文献著录则始于汉晋方士用各色绸帛、笺纸书写重要经疏。这个方法一直被沿袭下来，直到19世纪不废。直接施用于服饰上则晋南北朝是个重要阶段。当时由于宗教迷信，使得许多统治者近于疯狂地把所占有的大量金银去谄媚神佛，装饰庙宇。除佛身装金外，还广泛应用于建筑彩绘、帐帷旗幡各方面。因佛披金襕袈裟传说流行，捻金织、绣、绘、串枝宝相花披肩于是产生，随后且由佛身转用到人身的披肩上。唐代的服饰广泛用金，就是在这个传统基础上的一种发展。绘画中则创造了金碧山水一格，在中国绘画史上占有特别地位。笺纸上加金花，也在许多方面应用。李肇《翰林志》即说过：“凡将相告身，用金花五色绫笺。”又《杨妃外传》称李白题牡丹诗即用金花笺。唐人重蜀中薛涛笺，据《牧竖闲谈》记载，则当时除十色笺外，还有“金沙纸、杂色流沙纸、彩霞金粉龙凤纸、绫纹纸”等。这些特种笺纸，显然有好些是加金的。《步非烟传》称：“以金凤笺写诗。”明陈眉公《妮古录》则称：“宋颜方叔尝创制诸色笺，并研花竹、鳞羽、山水、人物，精妙如画。亦有金缕五色描成者。”元费著《蜀笺谱》称：“青白笺、学士笺及仿苏笺杂色粉纸，名‘假苏笺’，皆印金银花于上。和苏笺不同处，为苏笺多布纹，假苏笺为罗纹。”且说：“蜀中也仿澄心堂，中等则名玉水，冷金为最下。”明屠隆《考槃余事》谈宋纸上说及团花笺和金花笺，并说元时绍兴纸加工的有“彩色粉笺、蜡笺、花笺、罗纹笺”。明代则有“细密洒金五色粉笺、五色大帘纸洒金笺、印金五色花笺”。吴中则有“无纹洒金笺”。《成都古今记》亦称除十样彩色蛮笺外，还有金沙、流沙、彩露、金粉、冷金诸种金银加工纸。范成大《吴船录》，曾见白水寺写经，是用银泥在碧唾纸上书写，卷首还用金作图画。大约和近年发现虎丘塔中写经、上海文管会藏开宝时写经同属一式。宋袁褧《枫窗小牍》则说“皇朝玉牒多书于销金花白罗纸上”。《宋史·舆服志》也说宋官诰内部必用泥金银云凤罗绫纸，张数不同。除上面记载，反映宋代纸上加金银花已相当普遍外，即在民间遇有喜庆事，也流行用梅红纸上加销金绘富贵如意、满池娇、宜男百子等当时流行的吉祥图案。男女订婚交换庚帖，一般还必须用泥金银绘龙凤图案。由此得知，宋代虽然禁用金银的法令特别多，却正反映社会上用金实在相当普遍，难于禁止。王栐也以为当时是："上行下效，禁者自禁而用者自用。"又宋代以来日用描金漆器早已成社会习惯，所以《梦粱录》记南宋临安市容时，日用漆器商行，"犀毗"和"金漆"各不相同，分别营业，可见当时金漆行销之广和产量之多。宋李诫《营造法式》并曾记载有建筑上油漆彩绘用金分量及作法。

契丹、女真、蒙古等族，从9世纪以来，在北方政权前后相接，计五个世纪，使用金银作建筑装饰，虽未必即超过唐宋，惟服饰上用金银风气，则显然是同样在发展中。特别是金、元两代，把使用织金丝绸衣物帷帐作为一种奢侈的享受，且用花朵大小定官品尊卑，服饰用金因之必然进一步扩大。陶宗仪《辍耕录》还把元时漆器上用金技术过程加以详细叙述。到明代，漆工艺专著《髹饰录》问世时，更发展了漆器上用金的种类名目。举凡明清以来使用在金花纸绢上的各种加工方法，差不多在同时或更早都已使用到描金漆加工艺术上。综合研究必有助于对金花笺纸材料的理解和认识。

三　金花笺在工艺上的特征

金花笺一般性加金技术处理，根据明清材料分析，大致不外三式：一、小片密集纸面如雨雪，通称"销金""屑金"或"雨金"，即普通“洒金”。二、大片分布纸面如雪片，则称“大片金”，又通称“片金”，一般也称“洒金”。三、全部用金的，即称“冷金”（在丝绸中则称为“浑金”）。冷金中又分有纹、无纹两种并有布纹、罗纹区别。这部门生产，宋、明以来苏蜀工人都有贡献，贡献特别大的是苏州工人。纸绢生产属于苏州织造管辖范围，这是过去不知道的。

明清花笺制作，按其艺术特征，可分成几个阶段：

一、显然属于明代的，计有朱红、深青及明黄、沉檀四色。材料多不上蜡，属于粉地纸绢类，花多比较草率大派，银已泛黑，折枝和龙形与明代锦缎、瓷器纹样相通。

二、明清之际的，多作各种浅粉色地子薄花绢，用金银粉末特别精神，画笔设计也格外秀雅，和同时描金瓷上花纹近似。

三、乾隆时期的，多五色相配搭，外用黄色粗花绫裹成一轴。纸料比较坚实，花纹却较板滞，但图案组织还是极富巧思。

四、道光、同治以后的，纸张多较薄，色料俱差，金银色均浅淡，画笔也日益简率。

从材料性质说，大致也可以分成三种：一、细绢上加彩粉地加金银绘；二、彩粉地加金银绘；三、彩粉蜡地加金银绘。

如从花纹区别，大体有如下各种：一、各种如意云中加龙凤、狮球或八吉祥折枝花；二、散装生色折枝花；三、各式卷草串枝花加龙凤、狮球、八吉祥、博古图。从花纹上看，云多作骨朵如意云形的，清代虽还沿用，其实是明式，和明云缎花纹相似。至于细如飘带不规则五彩流云，则是清式。云中有蝙蝠，如“洪福齐天”，必是清代。其中又有早晚，从蝙蝠形状可知。龙多竖发猪嘴（所谓猪婆龙），凤作细颈秀目，并有摇曳生姿云样长尾，即非明也是清初仿，和瓷器一样。博古图主题是康熙所特有，道光也有仿效。细金屑薄粉笺多属康熙，有各种浅色的。另外还有一种斗方式金花笺，纸下角加有一个长方条朱红色木戳，作“乾隆年仿澄心堂纸”八字，上用细泥金银绘花鸟、松竹、山水、折枝花，纸分粉笺和蜡笺两种，粉笺较精，多紧厚结实如玉版。又有一种作“仿照体仁殿制”字样，纸式相同。我疑心这类笺纸是明宣德时制作，清代才加上金花的。还有一种斗方式作冰梅花纹的，所见计有二式：一种是在银白薄蜡纸上用金银绘冰梅，加小方戳则称“玉梅花笺”，创始于康熙，乾隆时还在复制。一种是薄棉茧纸，花纹透明，尺码较小，五色俱备，生产时代当在明、清之际，或明代南方工人本于“纸帐梅花”旧说，专为裱糊窗槅用的。

四　一点意见

纸是祖国劳动人民伟大发明之一，它的主要成就，首先是在科学文化传播上所起的巨大作用。其次是由于特种加工，又产生了许多精美特出的纸张，在艺术史的进展上作出了特别的贡献。泥金银花笺则在制作技术上和绘画艺术上，都反映出 18 世纪前后制纸工人技术和民间画师艺术的结合，值得予以应有重视，但是在古代艺术研究领域里，这一部分材料却往往被忽略。这牵涉到对绘画艺术的看法问题。照旧的看法，什么文人墨客，随便即兴涂抹几笔，稍有些新意思，一经著录，就引起收藏家的注意关心。至于这种工艺画，不拘当时用过多少心血，有何艺术成就，也被认为是一些工匠作品，不值得注意。照个人理解，从这些工艺画的艺术成就本身，以及从它对今后轻工业生产各部门进行平面装饰设计时的参考价值来看，都应加以认真的整理研究，才对得起这部分优秀遗产。

说“熊经”

《庄子·刻意》中说道：

> 吹呴呼吸，吐故纳新，熊经鸟申，为寿而已矣，此道引之士，养形之人，彭祖寿考者之所好也。

其中“熊经”即是一种健身方法，郭庆藩《集释》引司马彪注云：“若熊之攀树而引气也。”而成玄英注亦云：“如熊攀树而自悬。”看来乃是模仿熊的动作而创造的类似今日体操的健身方式。

在《庄子》的时代，大约健身法分为两大类，一类是“导”，即“导气令和”，《庄子》说“真人之息以踵，众人之息以喉”，前者就是流转周身的气的运转，人以意念使“气”周行全身经络，以达到“吐故纳新”，强身健体的效果，并根据自己内部器官的具体情况，采取“吹”“呴”“呼”“吸”各种不同的运气方式，就如《云笈七签》卷五十六所分别的那样，只不过《云笈七签》分得更细更繁琐些。另一类是“引”，即“引体令柔”，包括“熊经”“鸟伸”等各种形体锻炼在内的养生方法，正像《抱朴子·别旨》所说的“或伸屈，或俯仰，或行卧，或倚立，或踯躅，或徐步”，大约这种方法最初是古人受动物运动启发而创造的，所以多以动物名命名，就像《抱朴子·对俗》所说:“知龟鹤之遐寿，故效其导引以增年。”

西汉以来，有关卫生保健的方法曾有过不少论著，但保存下来的却不多，按《汉书·艺文志》的记载，共有四大类，一是“神仙”、二是“房中”、三是“医药”、四是“导引”，各有分别。但是，“神仙”之法多属迷信，又极靡费，普通人难以做到，只有帝胄贵室可以仿行，所以汉武帝刘彻才会上方士的大当，甚至还把一个公主嫁给了方士，并封为“文成五利将军”，筑百丈高台，用三百个八岁的童男童女，穿上锦绣衣服通宵歌舞，结果神仙不来，只好把这个骗子杀了；“房中”本是一种在性交中讲求节欲保精的方法，如天师道之“合气”，但这也往往只有帝王家有兴趣施行，因为只有帝胄贵室才养了无数嫔妃宫女，所以久而久之便成了帝王纵欲之术，完全变了性质；“医药”当然对大多数人有用，但也有缺陷，一是名医秘方人所罕知，用的药也往往少数有钱人能办得起，尽管到唐代曾将孙思邈《千金方》刻石公开，宋代更将宫廷秘方全部公之于《圣济方》《政和本草》，但无钱人仍未见得能照方抓药；二是即便照方抓药，仍是消极治病，不是事先预防，所以只有第四类“导引”是很积极的预防方式，而且“导引术”人人可以自学，“熊经”“鸟伸”之类形体运动更是容易，就像小孩学体操一样。

旧时说“熊经”往往从《庄子》一下子说到华佗“五禽戏”，华佗云:“古之仙者，为导引之事，熊颈鸱顾，引挽腰体，动诸关节，以求难老。”见于《三国志·华佗传》，但从《庄子》到华佗中间隔了数百年整整秦汉两代，“熊经”之类健身术难道在这数百年中竟湮没无闻，直至华佗才重新发掘吗？这显然不可能，所以，我们以出土文物资料为主，参以文献记载，重新考证汉代“熊经”的流传，以补足这一段历史的空缺，并以实物图片来形象化地说明“熊经”，以弥补文字资料无法详细表述的缺陷。当然，在出土文物中，马王堆三号汉墓的《导引图》当然是考证“熊经”的最重要资料，其中第四十一图正是“熊经”！不过，马王堆三号汉墓年代在西汉初年，比它稍晚的《淮南子·精神训》中仍有“熊经、鸟伸、凫浴、蝯蠼、鸱视、虎顾”的记载，那么《导引图》能够继承战国以来的导引套路就很自然了。问题是，在此之后，“熊经”是不是仍然一直没有失传？在文物资料中是否有证据可以证明《庄子》到华佗是一脉相传？我们考证的结论是肯定的。

1964年河北保定出土西汉金银错管状车器上的六个“熊经”图形，第一个有如熊攀树刚刚起步，前肢如抱树干，后肢一足在地，一足抬起；第二个则后肢作弓箭步，前肢一伸向前，掌心向外，掌尖向上，一在身后，曲肘向上，这与今日各种武术的一个常见动作十分相似，而汉代各种文物中也常见熊的这一类似形象，如西汉朱绘漆盘中之熊、洛阳西汉空心砖墓彩绘门上部之熊、东汉错银车轴中之熊等；第三个则后肢交错而立，前肢一在身后，一曲在身前；第四个则作跨步，后肢一曲一直，分在两侧，前肢左曲右直，左肢曲肘向下，右肢直而向侧上，西汉青铜酒樽、洛阳空心砖墓彩绘中所见之熊亦有相似姿式；第五个则后肢一足在地，一足抬起，前肢右曲左直，若右肢抬起，左肢向下后方摆动，整个身体亦随之旋转；第六个则较复杂，后肢右肢向一侧蹬出，左肢则外撇曲膝，前肢右曲肘翻掌，左曲肘掌心向后，山西西汉墓出土青铜酒尊腰部所见两个熊像与此也相仿。

汉代文物中所见“熊经”图像远不止此，零星的尚有许多，但成套的当以此为首，另武氏祠石刻《黄帝伐蚩尤图》中另有四熊，其姿式亦可能是“熊经”中的，可惜残破且过于简略，仅存轮廓，只好一并附于此供参考。从这些资料中可以看出，首先，自战国人已有“熊经”方法以来，汉代一直延绵不衰；其次，“熊经”在汉代已远不止“攀树而引气”一种姿式，很可能已经完成了包括各种姿式在内的套路；再次，华佗创“五禽戏”，其中“熊”一部分，当是吸收了汉代“熊经”术的成果而光大之的，绝不是心血来潮的突然发现。东汉末崔寔《政论》说：“夫熊经鸟伸虽延历之术，非伤寒之理。”《汉书·王吉传》更引王吉说：“俯仰诎信（屈伸）以利形，进退步趋以实下。”可见西汉、东汉人不但没有把“熊经”等方法遗忘，反而记得很牢，而且分析得也很清醒。

可是，汉魏之后，“导引”便被纳入道教系统，《道藏》“尽”字号有《彭祖导引图》。“临”字号又有托名彭祖的《摄生养性论》，显然均为伪托，《道藏》里还有许多讲“导引之术”的著作也都附会了很多神秘怪异的迷信思想，不过，也有不少古代“导引”的方法被完好地保存在这些杂芜的书中，像陶弘景《登真隐诀》卷中便辑有不少健身的方法，《云笈七签》卷三十二《杂修摄》引《导引经》也记有各种引挽之术，这些也许与“熊经鸟伸”都有密切的渊源关系，只是越到后来，它们的本来面目便越含混，以致人们渐渐忘记了它们的起源不过是人类对于动物的“摹仿”。

龙凤艺术

——龙凤图案的应用和发展

民族艺术图案中，人民最熟悉的，莫过于龙凤图案。但专家学人中说到它时，最难搞清楚的，也无过于龙凤图案。因为龙的形象既由传说想象而成，反映到工艺美术造形设计中，又在不断发展变化，如仅仅抄几条孤立文献来印证，是不能解决问题的。记得年前在报刊上曾看过一篇小文章，谈起龙的形象，援引宋人罗愿《尔雅翼》关于龙的形容，以为怪诞不经，非生物所应有。其实这个材料的称引，即用来解释宋代人在绘画、雕刻、陶瓷、彩绘装饰、锦绣图案中反映的龙形，也就不够具体而全面。不仅无从给读者一种明确印象，即文章作者本人，也不能得到一个比较符合当时人想象作成的各种不同龙的形象。原来龙虽然是种想象中的动物，但在历史发展中，却不断为艺术家丰富以新的形象。

即以《尔雅翼》作者时代而言，龙的样子也就是多种多样的。有传世陈容的画龙，多作风云变幻中腾攫而起的姿式。有磁州窑瓶子上墨绘和剔雕的龙，件头虽不大，同样作得还雄猛有力。但是它是宋式，和唐代明代风格都大不相同。最有代表性的，是山东曲阜孔子庙大成殿那几支盘云龙石柱，天安门前石华表的云龙，即从它脱胎而出，神情可不一样。至于敦煌宋代石窟洞顶藻井画龙，也还有种种不同造型，却比《营造法式》图样生动活泼。在锦绣艺术中最著名的，是宋徽宗赵佶所绘《雪江归棹图》前边那片包首刻丝龙，配色鲜明，造型美丽，可说是宋代龙形中一件珍品。但是如不用它和明清龙蟒袍服比较，还是得不着它的艺术特征的。宋代龙形必然受唐代的影响，可是最显著的却只有定窑瓷盘上的龙形，还近于唐代铜镜上的反映，别的材料已各作不同发展。上面说的不过是随手可举的例子。如就这个时代龙的艺术作全面分析，那就自然更加言之话长了。

历来龙凤并提，其实凤的问题也极复杂，由于数千年来用它作艺术装饰主题更加广泛而普遍，它的形象也在各个时代不同发展变化中。

凤的形象如孤立的只从《师旷禽经》一类汉人记载去求证，也难免以为怪诞虚无，顾此失彼。要明白它必须就历史上遗留下各种活泼生动的形象材料，加以比较，才会知道凤凰即或同样是一种想象中的灵禽，在艺术创造中却表现多方，有万千种美丽活泼式样存在。如从联系发展去注意，我们对于凤的知识，就可更加丰富具体，不至于人云亦云了。

在人民印象中，历来虽龙凤并称。自古以来，且和封建政治紧密结合，龙凤形象成为封建装饰艺术的主题，同时也近于权威象征。但事实上两者却在历史发展中似同而实异，终于分道扬镳，各有千秋。决定龙凤的地位，并影响到后来的发展，主要是两个故事：有关龙的是《史记》所记黄帝传说，鼎湖丹成乘龙升天，群臣攀龙髯也有随同升天的。关于凤的是萧史吹箫引凤，和弄玉一同跨凤上天故事。同是升天神话传说，前者和封建政治结合，后者却是个动人爱情故事，后来六朝人把“攀龙附凤”二词连用，作为一种依附事件的形容，因此故事本来不同意义也失去了，不免近于数典忘祖。其实二事应当分开的。

龙历来即代表一种权威或势力，中古以来的传说附会，更加强了它这一点。汉唐以来，由于方士和尚附会造作，龙的原始神性虽日减，新加的神性却日增。封王封侯，割据水府，称孤道寡，龙在封建社会制度上，因之占有一个特别地位。凤到这时却越来越少神性，可是另一面和诗文爱情形容相联系，因之在多数人民情感中，反而日益亲切。前者随时势推迁，封建结束，龙在历史上的尊严地位，也一下丧失无余。虽然在装饰艺术史中，龙还有个位置。现代造型艺术中，龙的图案也还在广泛使用。戏文中角色有身份的必穿龙袍，皇帝必坐龙床，国内外到北京参观，对建筑雕刻引起最大兴趣的，必然是明代遗留下来那座五彩琉璃作的九龙壁。木雕刻易留下深刻印象的，是故宫各殿中许多木刻云龙藻井。石刻中则殿前浮雕云龙升降的大陛阶，特别引人注目。春节中舞龙灯，也还是一个普遍流行热闹有趣节目。不过对于龙的迷信所形成的抽象尊严，早已经失去意义了。至于凤呢，却在人民情感中还是十分深厚而普遍。新的时代将依然在许多方面成为装饰艺术的主题，作各种不同反映。人民已不怕龙，却依旧欢喜凤。

龙凤在古代艺术上的形象，和文字中的形容，相互结合来注意，比单纯称引文献来分析有无，还可明白更早一些时候古人对于二物想象的情感基础。甲骨文字上的龙凤，还无固定形式，但是基本上却已经可以看出龙是个因时屈伸的灵虫，凤是个华美长尾的灵禽。双龙起拱即成天上雨后出现的虹，可知龙在三千年前即有能致雨的传说或假想，并象征神秘。但龙又像是可以征服豢养的，所以古有“豢龙氏”，黄帝后来还骑龙上天。在铜玉骨石古器物上图案反映作各种不同形象发展，过去统以为属于龙凤的，近来已有人怀疑。但龙凤装饰图案，在古器物中占主要地位，则事无可疑。关于龙的问题拟另作文章探讨。现在且看看凤凰这种想象灵禽身世和发展。

在一片商代透雕白玉上，作成如一灵鹫大鹏样子，爪下还攫住一个人头，这是凤，且不是偶然的创作，因为相同式样的雕刻还不少。气魄雄健，似和文字本来还相合，却缺少战国以来对于凤凰的秀美观念。但在同时一件青铜器花纹上的典型反映，却是顶有高冠，曳着长尾，尾上还有眼形花纹，样子已和后来孔雀相差不多。因此得知后来传说中的凤凰和平柔美形象，在此也有了一点基础。

古记称“有凤来仪”“凤凰于飞”，让我们知道，这种理想的灵禽，被人民和当时贵族统治者当成吉祥幸福的象征，和爱情的比喻，也是来源已久，早可到三千年前，至迟也有两千七八百年。它的本来似属于鹫鹰和孔雀的混成物，但早在三千年前即被人加以理想化，附以种种神秘性。西周是个比较务实的时代，凤的性质因之不如龙怪诞。稍后一点的孔子，有“凤鸟不至，河不出图”之叹，可见有关凤凰神奇传说，还是早已存在的。凤是一种不世出的大鸟，一身包含了种种德性，一出现和天命时代都关系密切。凤凰既然那么稀有少见，历来人民却又如何在艺术上加以种种表现，越到后来越作得生动逼真，而且成为爱情的象征，是有个历史发展过程，并非凭空而来的。我们值得把它分成几个不同阶段（或类型）来分析一下。

一、从甲骨文上刻有各种凤字，到《易经》上“有凤来仪”时代，也即是在文字上还无定形，而在佩玉上如大鹫，在铜器花纹上如孔雀时代。值得注意是这时妇人发簪上，也已经使用了凤凰。可知一面是祯祥，一面又起始和男女爱情有了一定联系。

二、《诗经》上有“凤凰于飞”、孔子有“凤鸟不至”、《楚辞》有“鸾鸟凤凰，日已远兮”、故事中有“吹箫引凤”传说成熟时期。也即是真凤凰证明已少有人见到，而在造型艺术中，却产生了金村式秀美无匹的雕玉佩饰，和长沙漆器凤纹图案，以及金银错器、青铜镜子上各种秀美活泼云凤图案时期。

三、由传世伪托《师旷禽经》对于凤凰的描写，重新把凤凰当成国家祥瑞之一来看待，附会政治，并影响到宫廷艺术，见于帝王年代则有“天凤”“五凤”“凤凰”，见于造型艺术，先成为五瑞之一，又转化为朱雀，代表了南方，和青龙、白虎、玄武象征四方四神。在建筑上则有朱雀阙，瓦当上出现朱雀瓦。即一般大型建筑也都高踞屋顶，作展翅欲飞的金雀姿式（后来的铜雀台也是由此而成），而在艺术各部门中，又都有一定地位时期。

四、在人民诗歌中，已经和鸳鸯、练雀等相似地位，同为爱情象征。反映到青铜镜子艺术上更十分具体。但在封建宫廷艺术中，另一面又和龙重新结合，成为上层统治权威象征，特别是女性后妃象征。此外在博具中的双陆、樗蒲，都得到充分使用。因之“龙凤呈祥”主题图案，也成熟于这个时期。然而在一般艺术图案中，它却并不比鸳鸯等水鸟更接近人民，讨人欢喜。

五、因牡丹成为花中之王，在艺术上和牡丹作新的结合，由唐代的云凤转成“凤穿牡丹”“丹凤朝阳”，反映到工艺图案各部门，因此逐渐独占春风，象征光明、幸福、爱情和好等，形象上也越来越作得格外秀美华丽，同时又成为人民吉祥图案中主题画时期。

我们说一切事物都在发展中不断变化，凤凰图案其实也并不例外。多数人民所熟习的凤凰，图案的形象，和它应用的范围，以至于给人情感上的影响及概念，原来也这么在不断发展变化中。

例如凤为鸟中之王说法虽古到两千年前，牡丹为花中之王的提法，却起于唐宋之际，只是千多年前事情。至于把两者结合起来，成为“凤穿牡丹”的主题画，反映到工艺美术各部门，成为人民所熟习的事情，照目下材料分析，实成熟于千年间的宋代。虽然“龙凤呈祥”的图案，也大约是从这时期起始在宫廷艺术中大大流行，还继续发展。“凤穿牡丹”图案，却逐渐成为人民十分亲切喜爱的画面。这也还有另外一个现实原因，即《牡丹谱》《洛阳牡丹记》等著述的流行，和实物栽培的普遍，增加了人民对于牡丹名色的知识。想象中的凤凰，因之在人民艺术家手中，作成种种美丽动人姿式，共同反映于艺术创造中。

元明清三个朝代中，龙始终代表一种神性，又成为九五之尊的象征，因此不能随便亵渎。服装艺术上随便用龙是违法受禁止的。虽然“龙舟竞渡”的风俗习惯在长江以南凡有河流处即通行，为广大人民娱乐节目之一。而逢年过节舞龙灯的风俗，且具有全国性。但是在另外一方面，即从晋六朝以来，佛教宣传江湖河海各有龙神，天上还有天龙八部，凡是龙王均能行雨，因此到唐宋以来，特封江湖河海诸龙为王为侯，这种龙神名衔直到19世纪还不断加封。南方各地任何小小县城，必有个龙王庙，每逢天旱，封建统治者无可奈何，就装作虔敬，去庙中祈雨行香，把应负责任推到龙王身上，并增加人民对于龙的敬畏之忱，也即增加封建神权政治。因此龙不能随便使用。直到五十年前，迷信还深入人心。至于凤凰和牡丹结合后，却和人民情感日加深厚，尽管在封建制度上，凤凰还和王侯女性关系密切，皇后、公主必戴凤冠，用凤数多少定品级等次。在宫廷艺术中，又还依旧是龙凤并用，可是有一点大不相同处，乱用龙的图案易犯罪，乡村平民女的鞋帮或围裙上都可以凭你想象绣凤双飞或凤穿牡丹，谁也不能管。至于赠给情人的手帕和抱兜，为表示爱情幸福，绣凤穿花更加常见。至于民间俚曲唱本，并且开口离不了凤凰，“鱼水和谐”“鸳鸯戏荷”“彩凤双飞”同属民间刺绣主题，深入人心。凤的图案已不是宫廷所独用，早成为人民共同艺术主题了。换句现代话说，即凤接近人民，人民因之丰富了凤的形象和内容。凤给广大人民以生活幸福的感兴和希望。从表面看，因此一来，凤的抽象地位，不免日益下降，再不能和龙并提。事实上凤和人民感情上打成一片，特别是在民间妇女刺绣中简直是赋以无限丰富的艺术生命，使之不朽，使之永生。

但是我们也得承认另外一种事实，即在近千百年来封建上层艺术成就中，丝绸锦绣袍服、瓷、漆和嵌镶工艺、金银加工等，凡百诸精细造型艺术图案，龙的图案也有其一定成就，而且占有主要地位，凤只是次要地位。不过从艺术形象言即或同用于百花穿插，龙穿花总近于勉强凑合，凤穿花却作得分外自然。论成就，还是凤穿花值得学习。最有代表性的是明代宣德以来和清代初期，在五色笺纸上用泥金银法描绘的云凤或穿花凤，创造了无数高度精美活泼的艺术品，给人以一种深刻难忘印象。和西南地区民间刺绣的万千种凤穿牡丹同放一处，可用得上两句话概括形容：“异曲同工，各有千秋。”

俗说凤凰不死，死后又还会再生。这传说极有意思。凡是深深活在人民情感中的东西，它的历史虽久，当然还会从更新的时代，和千万人民艺术创造热情重新结合，得到不朽和永生。

（我这个简短分析小文，有一个弱点，即称道文献不多，而援引实物作证又感图片难得完备，说服力不强。只能说是一个概括说明。工艺图案龙凤问题多，值得专家分一点心来注意。我这里只近于抛砖引玉，如能从每一部门——建筑彩绘、石刻、陶瓷、丝绣，都有介绍这个装饰图案发展的专文写出来。国际友人问到龙凤问题时，我们的回答，也就可望肯定明确，不至于含糊笼统了。）

鱼的艺术

——鱼的图案在人民生活中的应用及发展

中国海岸线长，江河湖泊多，鱼类品种格外丰富。因此，人民采用鱼形作艺术装饰图案，历史也相当悠久。近年中国科学院考古所，在陕西西安半坡村，约公元前四五十世纪的村落遗址中，就发现一个陶盆，黑彩绘活泼生动鱼形。河南安阳，公元前13世纪的商代墓葬中出土青铜盘形器物，也常用鱼形图案作主要装饰。这个时期和稍后的西周墓葬中，还大量发现过二三寸长薄片小玉鱼，雕刻得简要而生动，尾部锋利如刀，当时或作割切工具使用，佩戴在贵族衣带间。公元前6世纪的春秋时代，流行编成组列的佩玉，还有一部分雕成鱼形，部分发展而成为弯曲龙形。照理说，鱼龙变化传说也应当产生于这个时期。公元前2世纪，秦汉之际青铜镜子，镜背中心部分，常有十余字铭文，作吉祥幸福话语，末后必有两个小鱼并列，因为鱼余同音，象征“富贵有余”的幸福愿望。公元前2世纪的汉代，这种风俗更加普遍，人们使用的青铜面盆，多铸造于西南朱提堂狼郡，内部主要装饰，就多作两只美丽活泼的大鱼。此外，女子缝纫用的青铜熨斗，照明的灯台，喝酒用的椭圆形羽觞，上面也常使用这种图案。当时陕西、河南一带贵族墓葬，正流行使用一种长约一米的大型空心砖堆砌墓室，砖上有种种花纹，双鱼纹也常发现。丝绸上起始用鱼形图案。私人用小印章也有作小鱼形的。可见美术上的应用，已日益普遍。主题象征意义是“有余”。中国是个广大农业地区的国家，希望生产有余正是人之常情。战国时哲学家庄周，曾写过一篇抒情小品文，赞美过鱼在水中的快乐。二三世纪间，又有一首南方民歌，更细致素朴描写到水池中荷花下的鱼的游戏：

江南可采莲，莲叶何田田，
鱼戏莲叶东，鱼戏莲叶西，
鱼戏莲叶南，鱼戏莲叶北。

从此以后，“如鱼得水”转成了夫妇爱情和好的形容。但普遍反映于一般造型艺术上，却晚到10世纪左右才出现。7世纪后的唐代，鱼形的应用，转到两个方面，十分特殊。一个是当时镀金铜锁钥，必雕铸成鱼形，叫作“鱼钥”。是当时一种普遍制度，大至王宫城门，小及首饰箱箧，无不使用。用意是鱼目日夜不闭，可以防止盗窃。其次是政府和地方官吏之间，常用一种三寸长铜质鱼形物，作为彼此联系凭证，上铸文字分成两半，一存政府，一由官吏本人收藏，调动人事时就合符为证。官吏出入宫廷门证，也作鱼形，通称“鱼符”。中等以上官吏，多腰佩“鱼袋”，这种鱼袋向例由政府赏赐，得到的算是一种荣宠，通称“紫金鱼袋”，真正东西我们还少见到。宋代尚保存这个制度。可是从宋画、宋俑服饰上，还少发现使用鱼袋形象。又唐代已盛行国家考试制度，有一定文学水平的平民可望通过考试转成政府官吏。汉代以来风俗相传，黄河中部有大悬瀑，名叫“龙门”，鱼类能跳跃上去的，就可变龙。所以当时人能见得名流李膺的，以为是登龙门。唐代考试多由达官贵族操纵，人民获中机会并不多，因此，人民也借用它来做比喻，考试及格的和鱼上升龙门一样。“鲤鱼跳龙门”于是成为一般幸运象征，和追求幸运的形容。因此成为一般艺术主题，民间刺绣也起始用它做主题。10 世纪的宋代，考试制度又进一步发展，图案应用因此更加广泛。

这个时期，在中国浙江龙泉烧造的世界著名的翠绿色瓷器，小件盘碟类，还多沿袭汉代习惯，中心加二小鱼作装饰。江西景德镇的影青瓷、北方的定州白瓷和一般民间瓷，鱼的图案应用更加多了些，意义因此也略有不同。在盘碗中的，多当成纯艺术表现。若用到瓷枕上，或上面加些莲荷，实沿袭“采莲辞”本意，喻夫妇枕上爱情“如鱼得水”。又有在青铜镜子上浮雕双鱼腾跃的，用意相同。现实主义的绘画，正扩大题材范围，还出了几个画鱼名家，如刘寀等，作品表现鱼在水中悠游自得的乐趣，千年来还活泼如生，丰富了中国绘画的内容。后来八大山人、恽南田，直到近代白石老人，还一脉相承，以此名家。在高级丝织物部门，纺织工人又创造了鱼形图案的“鱼藻锦”，金代还作为官诰包首。宋代重视元宵灯节，过年灯节时，全国儿童照风俗都玩龙灯和彩色鱼形灯。文献中也有了人工培养观赏红鱼的记载。杭州已因养金鱼而著名。

元代有部《饮膳正要》书籍，部分记载各种可吃的鱼，还有很好的插图，没有提到金鱼，可知当时统治者虽好吃，而且有许多怪吃法，但是还不到吃金鱼程度。

15 世纪的明代，绸缎中的鱼锦图案有了发展。国家织造局专织一种飞鱼形衣料，作不成形龙样，有一定品级才许穿，名“飞鱼服”。到十六七世纪的明代晚期，杭州玉泉观鱼，已成西湖十景之一。北京金鱼池则已成宫廷养金鱼处，江西景德镇烧瓷工人，嘉靖万历时发明的五彩瓷，起始用红鱼做主题图案。当时宫廷需要大件瓷器中，大鱼缸种类增多，因此，政府在江西特设“龙缸窑”，专烧龙纹大鱼缸。反映宫廷培养金鱼已成习惯，鱼的品种也日益增多。但是这时期的鱼缸留下虽多，造型艺术中，十分奇特美观的金鱼形象留下的可并不多。北京郊区发掘出的几具绘有五彩红鱼大罐，鱼的样子还和朱鲤差不多。另处也发现一种各种褐釉陶制上作开光花鸟浮刻大鱼缸，根据比较材料，得知烧造地或出于江南，后来人虽用来作鱼缸，出土物里面却多坐了个大和尚，是由大鱼缸转为和尚坐化所利用。这类特制大缸不同处是上面还常有个大盖。缸上也有作鳜鱼浮雕图案的。

17世纪中清代初期，江西景德镇烧造的彩釉和白胎彩绘瓷，都达到了中国陶瓷史艺术高峰，鱼形图案应用到瓷器上，也得到了极高成就，精美无匹。用鳜鱼的较多，是取“富贵有余”意思。或用三或用五，多谐三余五余。灯笼旁流苏，也有作双鱼形的。并且产生了许多造型完美加工精致的鱼缸。在故宫陶瓷馆陈列的仿木釉纹的鱼缸，是一件有代表性的艺术品。此外已有玻璃缸养金鱼的，代表新事物，成为当时贵族人家室内装饰品。至于鱼形应用到刺绣、椅披和袍服上，多是双鱼作八字形斜置，如磬形，取“吉庆有余”意思。用鲢鱼形的则叫“连年有余”。也有雕成小玉佩件的。

至于玩赏性的金鱼，品种的改进与增多，应和明代南方中产阶级的兴起及一般工艺品的发展有一定关系。明文震亨的《长物志》卷四说：

> 朱鱼独盛吴中，以色如辰州朱砂故名。此种最宜盆蓄，有红而带黄色者，仅可点缀陂池。

记述品种变态，当时即有种种不同名称：

> 初尚纯红、纯白，继尚金盔、金鞍、锦被，及印头红、

裹头红、连腮红、首尾红、鹤顶红，继又尚墨眼、雪眼、朱眼、紫眼、玛瑙眼、琥珀眼、金管、银管，时尚极以为贵。又有堆金砌玉，落花流水，莲台八瓣，隔断红尘，玉带围梅花，月波浪纹，七星纹种种变态，难以尽述。然亦随意定名，无定式也。

蓝如翠，白如雪，迫而视之肠胃俱见，即朱鱼别种，亦贵甚。

述鱼尾则有：

自二尾以至九尾，皆有之。第美钟于尾，身材未必佳。盖鱼身必宏纤合度，骨肉停匀，花色鲜明，方入格。

到19世纪以来，培养金鱼的风气，已遍及各地。道光瓷器和刺绣中女人衣上的挽袖、衣边，多作龙睛扇尾金鱼。这时节出了个画金鱼的画家，名叫“虚谷”，是个和尚，画了一生的金鱼。清代货币除铜钱外用金银，实物沉重，不便携带，民间银号、钱庄流行信用银票和钱票，因此盛行一种贮藏银票杂物的“褡裢”，佩在腰带上。为竞奇争异，上面多作各种不同刺绣花纹，金鱼图案因此也成为主题之一，用各种不同绣法加以表现，产生许多有趣小品，同时皇室贵族妇女衣裙边沿刺绣，和平民妇女小孩围裙鞋面，都常用金鱼作装饰图案。民间剪纸原属于刺绣底样，就产生过许多不同的美丽形象。当时在苏州织造“绮霞馆”打样的提花漳绒，用金鱼图案织成的，花纹布置，格外显得华美而有生趣。

这些装饰图案的流行，反映另外一种事实，即金鱼的培养，从 19 世纪以来，已逐渐成全中国习惯。由于南北气候不同，养鱼方法也不尽相同。南方气候比较热，必水多些金鱼才能过夏，因此盛行大鱼缸。这种鱼缸一般多搁在人家庭院中，缸上照规矩还得搁一座小小石假山，上面种一些特别品种花药，千年矮或虎耳草，和翠色蒙茸的霉苔，十分美观。一面可作缸中金鱼的荫蔽，一面可供赏玩。一座有值百十两银子的。缸中水里还搁个灯笼式空花“鱼过笼”，明龙泉窑烧造较多，景德镇则烧作米色哥窑式。北方地寒，瓷缸多较小，和玻璃缸常搁于客厅中窗前条案间，作为室内装饰品一部分。18 世纪著名小说《红楼梦》，就描写过这种鱼缸。室外多用扁平木桶和陶缸，冬天必收藏于温室里，免得冻坏。

养金鱼既成社会习惯，因之也影响到现代一般工艺品的题材。北京著名的景泰蓝，就有用金鱼作装饰图案的。此外，玉、石、骨、牙、竹、木雕刻中，民间艺术家更创作了多种多样的美丽形象。而最值得赞美的，还是金鱼本身品种的千变万化，给人一种愉快难忘的印象。公园中蓄养金鱼地区，照例是每天游人集中地方。庙会中出卖金鱼摊子，经常招引广大的妇女和小孩不忍离开。

还有北京市小街窄巷间，每天我们都有机会可以发现卖金鱼的担子，卖鱼的通常是个年过七十和气亲人的老头子。小孩一见这种担子，必围着不肯走开，卖鱼的老头子和装在小玻璃缸中游动的小金鱼，使得小朋友眼睛发光。三者又常常共同综合形成一幅动人的画稿，至于使它转成艺术，却还有待艺术家的彩笔！

狮子在中国艺术上的应用及其发展

老虎称百兽之尊，狮子也称百兽之尊，都勇猛矫健，瞻视不凡。但老虎是本国土产，西南东北各省区山地都可发现，以东北产躯体特别庞大，知名世界。狮子却是外来物，在海外出现的地区，也只限于非洲及中西亚若干接近沙漠荒远地方。古代当作文化交流的珍禽奇兽之一来到中国，可能早于战国，但文献上比较落实具体，大致还是在西汉。《后汉书·顺帝纪》称：

疏勒国献师子，封牛(或应作“犎”)。

注:《东观记》[①] 曰:“疏勒王盘遣使文时诣阙。”师子似虎，正

① 即《东观汉记》。

黄，有颛彨，尾端茸毛大如斗。封牛，其领上肉隆起若封然，因以名之。即今之峰牛。

注中所形容的狮子形色特征，是和真正的狮子相差不远的。但注实出后人之手。至于由汉代人说来，西汉时能见到狮子真形的人，大致还并不多。由于武帝以来，海外文化交流，世界上各地出产的珍禽奇兽如犀牛、鸵鸟、狮子等，即或已当成入贡礼品，送到长安洛阳，大致还只是豢养在政府宫廷园囿离宫别馆中，供封建统治者个人开心，及其亲近家属从臣欣赏，不仅大多数人民无从得见，即身在长安洛阳供职的一般官吏，或许也难于见到。因此在西汉以来，即普遍流行的狩猎纹工艺图案，无论铜、陶、漆、玉、丝或金银加工，产于本国的熊、虎、鹿、豹、貘、兔、羚羊、野猪、孔雀、鸿雁，及传说中的龙凤等形象，无不可以发现，而且都无不作得极其生动活泼，形象逼真。内中却未发现狮子纹。墓葬石刻平面浮雕或线刻上反映属于《王会图》《瑞应图》或《博物志》中奇异动植物，也没有狮子在内。惟大型立体石刻在墓葬阙门间，却出现了成双的狮子，或名异实同的“天禄辟邪”。时间多在东汉中晚期，和史志记载狮子入贡有一定联系。至于反映到小件雕玉的大小璧、盾形佩、筒子式的酒卮，和玉具剑上的装饰，珌、璏、珥，无不可以发现用高浮雕或圆透雕的子母辟邪，时间较早则可到西汉，来源也可以说是沿袭春秋战国以来的奇禽怪兽，和狮子的关系是间接的而非直接的，但是到汉代，彼此便已经混淆，随同历史发展，更难于区别显明了。

东汉大型石刻狮子形象，如何由宫廷珍物转而为普及到中等官僚墓葬前陪衬物，发展情形不得而知。当时付雕并留下当地刻工价值的，为山东嘉祥武氏祠石刻，中有狮子一对值钱四万，石工张胜记载。四万钱在当时值黄金二两，并可买上中彩锦二匹，普通绢帛约五十匹，价值不能不说已经相当高！又南阳宗资墓，成都高颐阙，也均各有狮子一对。四川石狮形象，已近似现存分布于南京市郊外南朝齐梁时萧氏诸墓前辟邪形象，前胁间各附以助其雄猛由云气纹变成象征飞翔的小小双翼。因此谈艺术史的，对于它们的产生，有两种不同的推测：

一、联系这个石兽造形，和胁间两个翅膀而言，认为来源似和史传中的贡狮子少直接关系，实出于中亚巴比伦艺术有翼猛兽飞廉的间接影响。二、另外一点推测，即四川东汉末既有这种石狮子出现，江南至迟在三国东吴孙权时也会产生，当时即不用于孙策、孙权墓前，也会用于当时南方特别迷信的蒋子文的蒋侯庙、伍子胥等先贤祠堂前，也会和东晋诸皇陵相关。决不至于到百多年后的萧梁政权时代才忽然出现。若孤立看来，前者似乎说的还有点道理，若联系材料比较分析，却不一定是事实。因为西汉以来，凡受《史记·封禅书》等记载、神仙方士传说影响下产生的造形艺术，为了能符合“白日飞升”流行传说，不问是主题角色的东王公西王母，还是王子乔安期生，以及其他附属于海上三山上的珍禽奇兽，无一不是浮在云气上行动，于背后或于两胁旁生着一行或一对小小翅膀，表示具有这样飞腾的能力。四神瓦当中青龙白虎，虽大不过五六寸，也各具有同样翅膀。不过反映到较小面积雕刻绘画上，云气翅膀做得比较简单草率，不能比用于大型立体石刻上那么完整具体而已。所以与其说它的来源，系出于巴比伦同类性质艺术的影响，还不如说是受秦汉以来神仙方士传说影响。其次一件事，则有可能东吴孙墓即已有石辟邪出现，东晋渡江，经济财力十分枯窘，节葬说又正流行，未见继续。到南朝萧梁统治江南时，有数十年生聚，封建贵族统治者为夸大个人财力和事功，才依据旧物，大有兴作，彼此仿效。所以这些石辟邪虽产生于社会艺术风气萎靡的南朝，事实上这种辟邪艺术风格，还具有典型汉代天禄辟邪雄骏奔放的原因。

至于附于礼器上的玉璧，佩饰上的盾形玉佩，饮食器中的玉卮、玉碗，和玉具剑上的镖首、珥、璏等装饰或柄足子母辟邪，同样经常也在胁腿间附以云气翅翼装饰，唐宋以后却发展成为“如意灵芝”或一般卷草，一直使用于玉、石、牙、角、金、铜、竹、木等雕刻上，和部分丝绸彩绘图案上，到清代犹继续有不断发展，成为中国民族图案应用最广泛普遍熟习的形象。但是后来人却已少有明白它的来源和狮子本来密切关系了。

狮子来到中国，若照史志记载既在汉代，到的地方必然是长安或洛阳，陕洛一带总应当也还留下一些比较近真的图形，比外州郡一般辟邪更像真正的狮子。这种合理的假设，近年已有些实物出土加以证实。例如陕西博物馆保存的一件大型石狮和陈列于中国历史博物馆的一个狮子，都可以作为例证。这两个石刻体格结构都和真正狮子极其相近，而胁间小小翅膀，就显得只是一种行动迅速奔走如飞的象征。这种表现方法，事实上在春秋战国以来青铜器的铸造和彩绘漆工艺装饰图案中，即已经习惯运用，并非起于汉代。

狮子本身既然是从海外来的，同时必然还有进贡的异国人民，汉代石刻虽有根据《王会图》《职贡图》或《山海经》而作的图像，似多以意为之，有图案效果而少考古价值。例如武氏祠石刻作“穿胸国人著汉式衣冠而用二人扛贯其胸而行”可知。这类石刻中是未见有狮子和贡狮人形象的。沂南汉墓石刻有作胡人奇形怪状，押着奇禽异兽作行进的，却又近于汉代所谓犁靬幻人举行的百戏，是用人装扮弄假狮子和九苞凤凰的。因此汉代贡狮子的外国人应当是种什么样子？不得而知。从近年新出土文物试作些探索，重要的新材料，是江浙地区出土一个晋代烧造的越州青瓷水注（或镜台、烛台座子），作一胡人戴长筒阔边帽子，骑于一个蹲伏狮子背上。这个艺术品现藏于北京故宫博物院，曾彩印于故宫藏瓷图录中，事实上若联系前后材料分析，似应当叫作“醉拂菻弄狮子”，这个主题画且和西汉文人东方朔，及晋代名臣庾亮及当时著名的“文康舞”均有联系。反映于此后工艺各部门，前后约千年时间。唐代宫廷中大朝会应用的“五方狮子舞”，白居易新乐府中的《西凉伎》，宋明以来的弄狮子，无不从之而来。即仅以“醉拂菻弄狮子”直接表现于艺术品而言，也不下百十种不同式，反映于民间艺术各部门。后来称弄狮子的为“狮子郎”，似乎即还留下一点痕迹。但从历来以文人画、宫廷艺术为传统的艺术史看来，却极少有对于这个古代文化交流影响于广大人民极其普遍的问题有所叙述的。

画史称梁元帝萧绎，曾绘有《职贡图》，本于周代《王会图》传说而续作，叙齐梁时西域诸国来朝时种种。实物既不存，内容也难于详悉。近人论述传世唐阎立本绘《职贡图》时，便以为从画旁附录文字记载分析，或即根据当时萧绎所绘《职贡图》而成。这个假定实不能成立。因为判断一个画的时代，最可靠的无过于图画本身。判断一幅人物画的产生相对时代，比较可靠的又必然是从起居服用各方面来探讨问题。若从这个图卷中人物衣服冠巾看来，则无疑只是宋或以后人依据唐人画迹和出土陶俑附会而成，托名唐初阎立本或立德。不仅和萧绎无关，且和阎氏兄弟也无关。敦煌石窟有不少唐贞观时壁画，行香人中还留下有不少中原和西北诸族人民形象，衣著多画得十分具体，虽有些奇怪，总依旧近于写实。阎立本兄弟的《职贡图》中人物，应当和敦煌壁画反映极其相近。且大有可能，这些图画中一部分，本来即系取自《职贡图》。而传世《职贡图》中西北诸族人民巾裹，却近似宋金时不明当时情形的人傅会而成。立本兄弟父亲阎毗，是隋代有名艺术家，并且参与隋代舆服的制定。立本兄弟也称博识多闻，并参与唐初舆服的制定，那里会如此胡乱使用冠巾？所以说这个《职贡图》既不可能和梁元帝有什么关系，也不会出于唐初名画家阎氏兄弟之手。

晋代以来虽即有“醉拂菻弄狮子”，使狮子的原本神性失去作用，而赋以民间百戏杂伎娱乐开心的意义。但过不多久，到宗教迷信浓厚的南北朝，却又和其他固有传说并富于神灵象征的“龙”，和国产的固有的猛兽“虎”，一同成为佛力驯服的对象。经过斗争终成为佛前的俘获物。先是在稍前一时，魏晋之际南方作青铜“天王日月”镜子上，即常有分段有翅神像中，夹以若干狮虎不分的怪兽头颅出现，是否和佛经中的降魔经变有一定联系，有待进一步探讨。“降龙伏虎”由于较后成为十八罗汉主题之一，为世人所熟习，但北朝以来紧密和佛分不开的还是狮子。在北齐造像佛菩萨两旁，经常均可以发现一对狮子。有的位置又是在莲座前边，共同捧着一个博山香炉，成为后来“狮子滚球”的最早姿势。狮子滚球直接的影响，大致还是唐代小狮子狗同滚唐代圆形香炉（也叫香球）而起！说详后述。在一定时期内，宗教宣教是要借重狮子来夸大佛法威力而增加世人敬信的。或借助于狮子雄猛达到“护法”目的，或作为佛说近于“狮子吼”警醒愚蒙的象征。总之，应用上的心理意识是错综的，而求达到宣传目的却是单一的，利用狮子对于人的威胁为佛降伏而反映于艺术中。《西游记》上说的孙猴子始终跳不出如来佛手掌，也是一种巧妙的宣传。

到唐代，佛旁狮子已由护法天王金刚代替，狮子为宗教服务却以另外一个姿态而出现。佛旁文殊普贤三尊形象完成后，文殊普贤必骑青狮白象（由于狮子王经故事的原因），狮子于是换了一种式样和地位，反映于以后宗教艺术中约一千三百年。狮子失去固有的雄猛、敏锐、果敢、决断种种形象和精神上特征，形象逐渐和叭儿狗合流，用醉拂菻弄假狮子作为范本，成为一个逗人开心的共同体，也是这个时期！为求达到所谓“妙相庄严”，事实上却自然和实物越来越远了。

但在其他附属应用工艺装饰图案中，唐代却大量应用真正狮子和部分想象中的狮子，作为反映到工艺图案各部门，取得艺术上空前广泛效果。由宫廷应用贵金属器物到民间儿童玩具，都可以发现狮子的雄健活泼形象。

前者例如近年出土的直径过一尺的大型鎏金盘子，用狮子作为主题浮雕，当时显明是成于宫廷作坊金工之手，而为封建主帝王特有的。后者属于唐代烧造成流行天下的邢州白瓷。内丘白瓷既流行全国，这种玩具也必然是一般人熟悉的。

北宋徐兢作的《宣和奉使高丽图经》中提到高丽青瓷狮子，得知瓷制狮子还影响到高丽艺术。

四川织锦工人，则用彩织创造了以狮子舞图案为主题的狮子锦，用狮子舞作主题，串枝花缠绕于其间，奏乐人缩得极小，围绕四旁，狮形大将二尺。连缀成三五丈大面积锦帐，悬挂于殿堂深院中，艺术效果显明是十分强烈的。这片锦缎是大约在肃宗时流传于日本，现在还保存得上好的。

唐代陶瓷工人新发明的三彩陶，用来作马和骆驼，世界早已知名，也有作立塑狮子，艺术上得到极高成就的。

又日本法隆寺还藏有一片天王狩狮子锦，作二骑士相对立，回身引弓射狮子，狮子举身猛扑骑士。照画面说，它或出于波斯式样。但《南史》已称有猎狮子锦，而这片锦纹正中作唐初习见菩提树式，团窠旁附连珠，也和其他几种近年西北出土唐锦相同。极可能实出于张彦远《历代名画记》中提起的唐初在四川做行台总管兼管督造的窦师纶出样，成都织锦工人作成的。这些锦样当时叫“陵阳公样”，称为章彩奇丽，流行百年不废。晚唐大历时诏令中禁织的狮子、麒麟、天马、辟邪诸锦，必然就包括有这类图案的彩锦在内。

此外石碑边沿装饰图案中，正流行鸟兽穿花图案，有采用十二辰图样的，有一般性鸟兽穿花的，有太子玩莲的，也有作奔狮和文殊骑狮子的。拂菻骑狮子奏乐的，虽属附属装饰，同样作得十分生动活泼，壮丽华美。

汉六朝以来，狮子主要应用，即在陵墓前面用大型石刻作成仪卫一部分，产生堂皇庄严效果。唐代为了达到这个政治目的，也还继续采用，在顺陵乾陵前，都还有这种成对大石狮，作得极其威严庄重。这个制度且贯串了整个封建社会中。

狮子由写实转为象征，失去本来雄猛不可羁勒，转而为驯服坐骑，近似和叭儿狗的混合体，除了宗教画的影响，而宗教画的形成，大致又来源于民间习惯影响。正如同狮子舞锦缎虽出于唐代宫廷大乐舞的“五方狮子舞”，这个大型舞蹈，照史志记载，是专为帝王而设的，诗人王维天宝时作“协律郎”，即因作黄狮子舞而得罪，几乎死去。（分析原因，可能是于天宝十三载安史之乱，安禄山入长安时，陷身于敌伪，曾被迫为安禄山安排过这个大乐舞，否则不会有机会私自作黄狮子舞的。）但它的起源，却明显和晋代以来的“醉拂菻弄狮子”分不开。更和北朝《洛阳伽蓝记》所述当时宗教迷信利用五色狮子进行宣传有一定联系，所以到唐代不仅成宫廷大节会乐舞之一，同时还流行于一般社会，近似外国马戏性质，成为军营中和人民群众的季节性娱乐。诗人元稹、白居易均有《西凉伎》描写形容。

元稹《西凉伎》描写凉州军营歌舞有：

……前头百戏竞撩乱，丸剑跳踯霜雪浮。狮子摇光毛彩竖，胡腾醉舞筋骨柔。……

白居易《西凉伎》，并注明是“刺封疆之臣也”而作。重要的是对于这种假狮子形象的叙述形容：

西凉伎，假面胡人假狮子。刻木为头丝作尾，金镀眼睛银帖齿。奋迅毛衣摆双耳，如从流沙来万里。紫髯深目两胡儿，鼓舞跳梁前致辞：应似凉州未陷日，安西都护进来时。……

李白《上云乐》歌词，且提到：

金天之西，白日所没。康老胡雏，生彼月窟。巉岩容仪，戍削风骨。碧玉炅炅双目瞳，黄金拳拳两鬓红。华盖垂下睫，嵩岳临上唇。不睹诡谲貌，岂知造化神。

大道是文康之严父，元气乃文康之老亲。

老胡感至德，东来进仙倡。五色师子，九苞凤凰……

诗中不仅有胡人进仙倡五色狮子、九苞凤凰等后汉人辞赋中叙述引申，还涉及和“醉拂菻”同时流行于晋南北朝，著名的大臣庾亮有关的舞蹈“文康舞”。末尾还牵涉到东方朔窥窗偷桃故事连在一起，这么说来不免言之话长，非本文所能尽。当俟另写专文讨论。但是可以知道不仅真狮子来自海外，舞假狮子也来自海外。更重要即照白居易形容，唐代舞假狮子的形象，已不像真，却接近唐代壁画中文殊菩萨身下那个坐骑。

又胡人弄狮子反映到唐代艺术品中，也有种种不同发展。有作成墨昆仑的，在绸缎中还比较近真，即波斯胡应有形象。在西北新发现瓷器中还不例外。在敦煌壁画中却开始作成“墨昆仑”模样，黑而矮小，即唐人小说中的“昆仑奴”“黑波斯”，一般以为是真的黑非洲人，有搞语言学的专家却认为指的是过去新几内亚，现在马来西亚岛的本土少数民族，唐代或属锡兰，所以称狮子国，并以善于驯服狮子著称。又有作其他高鼻胡人形象的，例如敦煌画，石刻边沿，和近年西安新发现，现陈列于北京历史博物馆一小石刻，即各不相同。至于宋初画家作的线画木刻文殊骑狮子像，前边驯狮人，却又还是高鼻尖锥帽西域胡人，形象且和南朝砖刻上所见到的唯一传世文康舞胡人形象相近。也可知文殊坐骑狮子就是从拂菻弄的假狮子而来。因此不论是文殊坐骑前，或舞狮子形象，必有一（或二）狮子郎，事实上即“拂菻”简称，也即“墨昆仑”别称。

唐代金属工艺中的尖端，是扬州金工于八月五日或五月五日铸造的各种镜子，镜子上用对兽作主题的，计有对羊、对鹿、对犀及对狮子。这种近于特种生产工艺品，重复相同的出土因之较少。至于另外一种后人名为“海马”“海兽”“狻猊”“辟邪”镜子的，多奔驰于满地葡萄间，或间穿插孔雀鸾凤等珍禽，蜂蝶等虫蛾类，则占有唐镜大部分。清代官修的《西清古鉴》中镜鉴，因本于史称张骞由西域带回葡萄事，误把这类镜子一例称作汉镜，致近人写美术史犹有沿袭错误，以为系汉代艺术，不知实唐代产品的。

宋代由于生产发展，都市生活也有了进一步发展，一面是拂菻弄狮子在建筑彩绘部门，有个一定位置，另一面玩真假狮子也更广泛成为瓦舍百戏和民间娱乐之一部门，因此在艺术上反映这个题材，也更加广泛，而且各具不同风格。但共同特征，即拂菻狗的形象已占重要位置，特别是南方狮子的造型，居多从叭儿狗启示，作得十分可笑，狮子应有的雄猛无比的形象已被完全歪曲，成一个逗人怜爱的形象。在舞狮子的图像中，那个狮子郎在官书上或乐舞记载上，虽还说额上系红抹额，如《营造法式》一书彩绘部门所反映种种，在《婴戏图》一类南宋画迹中，就成为儿郎子们的少年郎了，从此以后近十个世纪，舞狮子的都化成白面郎，再也不会如波斯形象。

一、辽代契丹建筑工人在庆州建造的白塔腰部主要浮雕装饰，即有作醉拂菻弄狮子形象，由于充满地方风格，日本学人却误以为系“高丽人牵狗”，一再著录种种图谱中，如孤立看来，即易附会为某某人牵狗。如联系分析，就可知错误得十分可笑！除了醉拂菻弄狮子，哪容许这种和宗教迷信不相干的事件成为宝塔上主题装饰浮雕？

二、北宋初高□□作的线画板刻，也作有文殊骑狮子，旁有戴尖锥浑脱帽拂菻和一天女在旁。高□□是著名画家，无遗墨传世，由此板刻不仅得知艺术风格实出于吴道生，而且由此得知，这个醉拂菻形象，基本上还和近年邓县出土南朝墓砖上唯一传世的文康舞高鼻尖帽胡人相同。可证明李白《上云乐》中叙述两者相互关系。

三、宋元流行小手镜，镜纹装饰图案，也有用醉拂菻弄狮子作为题材的。制作虽草率，而形象却和前者相近。

四、南宋苏汉臣绘《婴戏图》……

事实上这个主题画当时还应用到冠服制度中，例如宋舆服志腰带制度花纹二十多种，内中有“狮蛮”一种，就指的是拂菻弄狮子。是在带的排方上用“识文隐起”浅浮雕作成的。照规矩为□品官身上物。有残余带饰可证。宋政府每年有送臣僚袄子锦计七等，其中“翠毛狮子”一种，当时实物虽已不得而知，但从明代现存几种狮子锦看来，是多少还保留一点唐代写生神情的。

专述北宋社会生活的《东京梦华录》，叙述南宋□□生活的《梦粱录》都提起瓦舍百戏的马戏棚子名狮象棚，观者常及数千人，象或用真物表演，至于狮子可能也和唐代一样是用人扮演的。

单独用唐式定型狮子而略有变化作为栏槛柱头装饰的，最著名的应数金大定时修造于燕京卢沟河上的卢沟桥狮子柱头。世俗相传这几百个狮子形象姿态没有一个相同的。从艺术精神上说，其实也可说完全相同。而且时代性鲜明，和以前的唐代，以后的明代，倒是差别显明。

日常特种工艺品装饰上应用的，却多采取汉玉的辟邪，不常见真狮子。这大约和宣和好古《博古图》《古玉图》的编纂有一定关系。例如定州白瓷的平面浮雕装饰图案，用的就是子母辟邪如意云，或由云衍变的灵芝草。宋宫廷设有玉作，专门雕治犀角、玉翠、水晶、玛瑙等贵重材料作杯斝饮器或瓶壶类插花器，用辟邪作为柄耳部分装饰，常见于记载。因此明代政府抄权臣严嵩的家留下那个财物底册《天水冰山录》中记载的许多水晶器物，其中可能就有不少是宋代作品。现存于故宫这类工艺品，虽鉴定时多以为系明清两代，有的出于猜测，有的根据入库记录或乾隆题诗。乾隆喜附庸风雅，或任官吏贪污，再抄家将所得珍贵文物字画没收成为宫廷所有。或用做生祝寿名分，聚敛民间收藏，过目虽多，鉴定还是糊糊涂涂。有时还把商代玉器刻诗于上。所以宋明器物，不能因为有他的刻诗即认为清代制作。

元明两代对外交通扩大了范围，因此从晋代葛洪以来即传说犀角可以解毒，因此除在药物上应用外，用犀角作酒杯的风气也还继续。并且很出几个工艺名家。用犀角作杯不外两种形式，其一作横倒平放式，雕张骞泛槎故事，张骞乘于一段独木舟式的枯槎上，注酒入内，可以从船头一端吸饮，或称“酒船”。尤通就是其中一个名工，故宫博物馆还保有他的作品一件。另一是竖置式，阔处向上，尖端向下，有的必须搁置于另一个架子上，方能稳定。这种竖式犀角杯，装饰加工也有许多种，最常见的就是杯身上部和边沿刻高圆浮雕透雕子母辟邪，或照龙生九子俗传雕大小十龙，柄部也作龙形。这种犀角杯传世的还有千百件，大型的且有长及一尺的。

元明雕玉大小杯洗用辟邪作主要装饰或柄部的也极多。二寸以下作饭糁色的小玉佩，作为扇坠或腰间系佩，用辟邪作同样□□也极多。瓷铜器瓶壶耳柄足口沿采用的也不少。一般称为螭虎，事实上还是辟邪，是由狮子衍进的工艺图案。它的形象，虽然已经和世俗过年玩的狮子已大异其趣，而事实上来源还是一个，狮子。

狮子艺术还是在继续发展和应用。直到19世纪末，满清封建王朝结束期，北京街市中这一时期的新式建筑，不问是私人住宅，还是商店铺子，当街一面屋顶，照例还蹲了两只傻乎乎的守门狗式的兽物。起始流行湘中商品绣，也经常见到用棕黄色为主调的公母狮子主题出现。多是由于北京动物园前身“三贝子花园”

的开放，一般市民看到了狮子的结果。这些狮子应当说是比较写真的，但事实上应用的却只是一种自然主义手法，反映出延长了两千多年的封建社会外受帝国主义的侵略，内受几次重大农民革命的影响，政治上已摇摇欲坠，临于崩溃前夕，而艺术上也形成一种混乱，失去了固有民族艺术风格。